ミルククラウンのとまどい

崎谷はるひ

13100

角川ルビー文庫

目次

口絵・本文イラスト／高久尚子

ミルククラウンのとまどい

その変化はゆるやかに、しかし確実にはじまっていた。

怠惰《たいだ》な週末、雨の午後。耳に甘い、低い音律がゆるやかに覚醒《かくせい》を促《うなが》す。

雪下希《ゆきしたのぞむ》はその細い手足をぬるまったシーツの中で丸めて身じろいだ。枕《まくら》の上の艶《つや》やかな黒髪《くろかみ》は、昨晩の汗《あせ》と寝乱《ねみだ》れた時間を物語るように少しだけ絡《から》まって、襟足《えりあし》をくすぐる。

長い睫毛《まつげ》を震《ふる》わせて瞼《まぶた》が開かれれば、印象的な、いつでも濡《ぬ》れたように黒い希の瞳《ひとみ》が現れた。

整ったアーモンド型のそれは見開けばずいぶんと大きく、周囲のなにもかもを吸いこんでいくように深い色合いをしている。

抜《ぬ》けるような白い肌《はだ》に零《こぼ》れかかる吐息《といき》の色はまだ甘く湿《しめ》り気を帯びて、とろりとした空気を醸《かも》し出した。

「起きたのか？」

衣擦《きぬず》れに気づいたのか、出窓になっている窓辺に腰掛《こしか》けた男の指が止まると同時に問いかけられ、やわらかな音楽も余韻《よいん》を残して消えていく。

「……やめないで」

まだ眠気《ねむけ》を引きずった表情のまま微笑《ほほえ》んで希がねだると、高遠信符《たかとおしのぶ》は無言のまま、冷たく整った容貌《ようぼう》の中ひときわ印象的な鋭《するど》い目元だけをやわらげた。

長くしなやかな指が、金褐色《きんかっしょく》の楽器へと這《は》わされる。硬質《こうしつ》な印象の爪《つめ》が鎧《よろ》う指先がなめらかに金属の曲線をなぞる動きはどこか艶《なま》めかしく、希はそっと頰《ほお》を赤らめた。

「なんて曲……?」

「アディオス・ノニーノ」

素っ気なくさえ聞こえる声は、その手にした楽器と同様になめらかで低い。

タンゴの第一人者であるピアソラのもの悲しい調べは、テナーサックスのあたたかく低い音階で奏《かな》でられれば、ほんの少しそのせつなさをやわらげるようだ。

曲名にある「ノニーノ」とはピアソラの父親の愛称《あいしょう》で、亡父に捧《ささ》げる曲であったという。哀悼《あいとう》と愛情に溢《あふ》れたその曲がとてもやさしく響《ひび》くのは、高遠自身のアレンジもむろんあるだろう。

こうした音を聴《き》くたびに、冷たそうに見える高遠の本質がわかる気がすると、微睡《まどろ》みながら希は思う。

手すさびのように奏でられても、高遠の音はやわらかくしなやかで、甘い。そしてどこかあたたかく、官能的でさえある響きを、希は彼自身の存在とともにこよなく愛している。

寝転がったままシーツから顔だけを覗《のぞ》かせて、恋人《こいびと》の端整《たんせい》な横顔をじっと見つめた。

高遠の彫《ほ》りの深さを物語る、すっきりと高い鼻梁《びりょう》の先、伏《ふ》せればずいぶんと長い睫毛が午後の日差しを受けてけぶっている。

持て余すような長い手足に、顎《あご》や頰のラインはどこまでも鋭く冷ややかな印象が強いが、その切れ長の目尻《めじり》だけがほんの少し下がっていることで、奇妙《きみょう》な崩《くず》れと色気を感じさせた。

日本では有数の若手サックスプレイヤーである彼は、この秋の誕生日で二十八となった。

希との年齢《ねんれい》差はこれで十一開くことになり、その違《ちが》いはいつまで経《た》っても追いつかない悔《くや》しさと、大人の男への憧《あこが》れとを同時に感じる。

「……寒くないですか？」

「別に」

問いかけたのは、シャワーのあととおぼしき高遠が、ジーンズの上にシャツを引っかけただけの服装だったからだ。

見た目の印象では体温が低そうに見えるのに、実際の彼はその逆で、触《ふ》れれば驚《おど》くほどその肌は熱い。そのせいであるのか案外に暑がりで、風呂《ふろ》上がりなどはしばらく、裸《はだか》同然のしどけない格好でいることが多い。

(目のやり場に困るんだけど……)

なにかにつけ音楽というものはその調べの優雅《ゆうが》さに反して、体力がいるものだ。ことに重量ある管楽器を扱《あつか》うためには、相応の筋力が必要になる。

細身に見えても高遠の身体《からだ》にはきりきりと絞《しぼ》りこんだような筋肉が張りつめている。自分の頼《たよ》りなく細い手足にいささかコンプレックスのある希は、ある種の悔しさと感嘆《かんたん》を同時に覚えつつ、それに見惚《みと》れた。

もう秋も深まる時季だというのに、この部屋の中にはまるで季節感がなかった。

というのも住居であるとともに高遠のレッスン場でもあるため、完全防音になるよう壁材《かべざい》でかためた空間は、外気温をまるで感じさせないのだ。また部屋の主《あるじ》である高遠が厚着を嫌《きら》い、真冬でもシャツ一枚で過ごせるような快適な空調を用意しているせいでもあった。

だから実際にはそんな格好をしていても寒いということもないのだが、呼吸のたびに引き締《し》まった胸が上下して、それがひどく艶めかしく、希はうろたえてしまう羽目になる。

「風邪《かぜ》ひかない？」

「そんなに、やわじゃない。……っていうより」

心配するふりで咎《とが》めたのは、希にとっては刺激《しげき》の強いその肌をしまってくれないかという気持ちが強かったせいだが、高遠は見透《みす》かしたようににやりと笑った。

「いい加減、慣れろよ」

「そんなこと、言ったたって……」

あげく、手にした楽器を窓べりに立てかけ、長い脚《あし》で歩み寄ってくるから焦《あせ》った。シーツにくるまったまま、じりじりとうしろにいざっても、すぐに壁に突《つ》き当たる。

「なに逃《に》げてる……？」

おもしろそうに笑われたのと、足下《あしもと》から忍《しの》んできた長い指が剝《む》き出しのままのすねに触れたのは同時だ。自分が息を呑《の》んだ音と、窓の外の雨音だけがひどく響いて、希が動揺《どうよう》している間に大きな手のひらは徐々《じょじょ》に這《は》い上がってくる。

「……や、だ」

「そっちこそ風邪ひくんじゃないのか、こんな格好で」

「だってそれは……！」

好きで寝転がったままでいるわけじゃないと、希は顔をしかめて縮こまった。腿《もも》に直《じか》に触れた手のひらが物語るようにこのシーツを剝《は》がされれば、身にまとうものはなにもない。

(高遠さんのせいなのに……っ)

この年上の恋人と濃密《のうみつ》に甘い時間を過ごすようになってから、ずいぶん経った。若い身体は
順応が早く、身体を繋《つな》げてもダメージを受けるようなこともない。

だがその分だけ行為《こうい》がややエスカレートしてきているのも事実で、泊《と》まりがけの時には毎度
毎度、昏倒《こんとう》するまで求められ、翌日も大抵《たいてい》は腰が抜《ぬ》けて起き上がれないのだ。

「——それは？」

見透かすような瞳に覗きこまれ、頰の熱はその上限を知らないかのように火照《ほて》るばかりだ。

希のように上向きにカーブすることのない密な睫毛も、彼の髪の色と同様に少し色素が薄《うす》い。

そのためか、瞳を伏せれば普段《ふだん》は威圧的《いあってき》なまでに端整な顔立ちは、おそろしく甘く変化する。

「ずるい……」

なじるような上目づかいで唇《くちびる》を嚙《か》みしめ、希はそっと呟《つぶや》いた。

ただ一途《いちず》に慕《した》い焦《こ》がれている彼に、こんな顔でこんな目をされて脚を撫《な》でられて、抗《あらが》えるものならとっくに、そうしているだろう。

「希」

「……あ、あの……え？」

閉じた脚の間を這い上がった手のひらが、身体の中でもっとも脆弱《ぜいじゃく》な部分に差しこまれる。

さすがに驚いた声をあげれば、高遠は瞳の熱っぽい鋭さはそのままに、薄い唇を笑わせながら囁《ささや》くような声を出した。

「いやなら、しない」

「……っ、だからそれが、ずるいって……！」

無垢《むく》でもの慣れなかった希をこの目線で搦《から》め捕《と》った男は、普段ではこの危険な、滴《したた》り溢れるほどの艶めかしさを隠している。

高遠は一見すればその鋭角的《えいかくてき》に整った容貌のせいか、ストイックなまでに素っ気ない印象が強い。

もとより饒舌《じょうぜつ》なタイプではないし、190センチ近い飛び抜けた長身からじろりと睨《ね》め付けるような視線は、少し気弱なものなら萎縮《いしゅく》してしまうだろう迫力《はくりょく》がある。

いまでも仕事中や他人のいる前では涼《すず》しい顔しか見せていないし、男女問わず冷たく厳しい態度を取ることも多い。だから希が彼についてまだよく知らなかった頃《ころ》には、きっと恋愛《れんあい》も、もっと淡々《たんたん》とこなしていくタイプなのだろうと思いこんでいた。

　しかし、指先に触れた清潔な肌《はだ》がその印象を裏切るように熱いのと同じく、彼の向けてくる愛情は肌がひりつくまでに濃厚《のうこう》で甘く、希は時折に困惑《こんわく》する。

（だめになりそう……）

　それは高遠の情を受け止めきれないからではなく、求められたのと同等かそれを凌駕《りょうが》するほどに強くなる、自身の欲深さに対してだ。

「まだ、明るいのに……？」

「関係あるか？」

　ぐずるようなことを言いつつも、強くは拒《こば》めない。実際抵抗《ていこう》したところで、こうなった高遠を自分では止められないことも、煽《あお》られて引き返せなくなる自分も、希は知っている。

「だ、って……恥《は》ずかしい、よ」

「いまさらだろ……もう全部、知ってる」

「そう、いう……っあ、んん……！」

　急《せ》くような仕草で含《ふく》まされた指はすぐに去って、昨晩の名残《なごり》でとろりとなったままの場所を、ただ確かめるだけのような性急さに少しだけ怯《おび》えが走った。

（あ、すぐ……するのかな）

愛撫もそこそこに、餓えた熱を散らしてくれというように求められることも、最近ではめずらしくない。はじめて身体を繋ぐまでにはおそろしく彼は時間をかけたけれども、希の身体がこうしたセックスに慣れてからは、高遠からはよくも悪くも遠慮《えんりょ》が消えた。

その態度は傍若無人《ぼうじゃくぶじん》と言えなくもないが、結局は強引《ごういん》に欲しがられるくらいの方が嬉《うれ》しがって感じる希が悪いのだ。

溺《おぼ》れているという言葉がよぎって、その淫靡《いんび》さにひとり、希は赤くなった。それでも進んで溺れたいのは事実だったから、のしかかってくる広い背中を抱《だ》きしめる。

「……？」

その瞬間《しゅんかん》、細い首筋に埋《うず》まる酷薄《こくはく》な印象の唇が、どこか安堵《あんど》に似たため息をこぼしたことには、気づかないふりで目を閉じた。

（……どうか、したのかな）

形にならない気持ちを抱《かか》えたまま、また少し伸《の》びはじめたクセのある髪《かみ》に触れる。形よい頭に沿って、襟足《えりあし》で削《そ》いだような淡《あわ》い色の髪の手触《てざわ》りが好きだと思う。

けれど、そんなささやかな感触《かんしょく》は、直截《ちょくさい》な刺激と欲望の前に霧散《むさん》する。

「ん、ん……」

シーツを剝がされてきつく抱かれて、開いた身体にそのまま恋人《こいびと》の重みを受け止めた。思った通りにすぐあてがわれた高遠の熱に、こくりと喉《のど》が鳴ってしまう。

「んあ、あっ！……あ、来る……っ」

了承《りようしよう》を取る言葉もないままに侵入《しんにゆう》してきたそれは、熱くて硬《かた》い。それでも昨晩、夜が白むまで溶《と》かされ続けていた粘膜《ねんまく》は甘いばかりの抵抗感だけで彼を受け入れた。

「はっ、……あ、あっ、あん……っ」

上擦《うわず》った声をあげて首を仰《の》け反らせると、ブラインドも下ろさないままの窓から、鈍色《にびいろ》に泣いている空が見えた。

雨とはいえ、外はまだ充分《じゆうぶん》に明るくて、それなのにこんなに脚を開かされているのが恥ずかしい。それ以上に、あっさりとこんな場所で男の性器を受け入れ、あまつさえ感じるようになった欲深い身体《からだ》に、まだためらう部分もなくはない。

「……感じるか？」

「うん……うん、いい……っ」

それでも、問いに従順に答えて縋《すが》りついた瞬間の、高遠の満足げな顔を見られるのなら、どんな恥知《はじし》らずな真似《まね》でもしてしまいたいと思うのだ。

「……希」

そのほっそりとした身体を抱く指先の強さが、やはりどこか縋るようにさえも感じる。名前を呼ぶ声も、どこかしらせつなく、寂《さび》しげな響《ひび》きがあった。

（なんだろう……？）

近頃の高遠はその所作の中にどこか、不安定なものが滲《にじ》んでいる。こういう時間には特にそれが顕著《けんちょ》で、冷たいくせに甘いのは相変わらずだが、彼の意地悪を希が受け入れた瞬間、すっと肩《かた》の力が抜けるような反応を見せるのだ。

それはどこか、うまくは言えないけれども甘えという言葉で表現されるものに似ている気がして、時々不思議になった。

秋に入った頃から見られるようになったその揺《ゆ》らぎが、折りに触《ふ》れて希を惑《まど》わせそうして、どこまでも高遠に対しての態度を甘くさせる。

「高遠さん……たか、……あっ、きも、ちい……っ！」

「ふ……っ」

この細い身体を抱く腕《うで》は長く強いのに、広い胸も逞《たくま》しい肩も、希とは比《ひ》較《かく》にならないほどの大人の完成形を見せているのに。

幼さを自覚する希をして、なにか守ってあげたいような頼《たよ》りなさを感じさせる高遠は、それでもやはり魅力的《みりょくてき》だった。

むしろそのギャップが、たまらないのかもしれない。翻弄《ほんろう》するばかりの荒々《あらあら》しさを見せつけながら、瞳《ひとみ》だけで縋られるとどこまでも許してしまいたくなる。

ぴったりと触れあった胸から、互《たが》いの鼓動《こどう》が混じり合う。濡《ぬ》れた音が下肢《かし》の奥から響いて、身悶《みもだ》えながら希は腰《こし》を揺り動かした。言葉のない高遠の荒《あ》れた息が耳に触れると、夢中になってくれているようでただ嬉しい。

揺れながらひたむきに濡れた瞳を合わせて、広い背中を抱きしめる。

そうしてこの拙《つたな》い指先で、彼の背中を強《こわ》ばらせているなにかを拭《ぬぐ》いとれるのならばいいと、希はただそれだけを思った。

＊　＊　＊

なんの根拠《こんきょ》もなく、ただ漫然《まんぜん》と続くと信じていた日常が覆《くつがえ》されるような変容のきっかけは、希の進路希望調査票からはじまった。

高校三年に進級するにあたり、大学進学のコースを決めるための紙切れを前に、希は頭を抱えていた。

「……どうしようかなあ」

大抵《たいてい》の学生がそうであるように、希も一生を左右する決断など、いままでにしたことがない。

提出期限は一週間後。その小さな紙切れひとつで、三年時のクラス編制と受験先、ひいてはその後の人生がある程度決められてしまうのだ。

クラスの顔ぶれを見回すと、表面上は呑気《のんき》な顔を見せてはいる。しかしやはり、その笑《え》みにも明るい声にも、よくない意味で浮《うわ》ついたような、不安を匂《にお》わせるものが感じられた。

誰《だれ》もがどこかしら、ひりひりと神経を張りつめている。否《いや》が応でも変わらざるを得ない――

大人への準備をしなければならない、その厳しい季節の来訪に、期待と怯えを抱えているのだ。

「なんだ雪下、まだそれ出してねえの?」

「ああ、うん。なんだか……迷って」

書面とにらみ合っていた希の頭を小突《こづ》いたのは、同じクラスで仲のいい鷹藤昌利《たかふじまさとし》だ。

大柄《おおがら》で押し出しの強い彼は、見た目通りあまりくよくよと悩《なや》むタイプではなく、とっくに調査票など提出してしまっている。

「贅沢《ぜいたく》なことで悩んでんじゃねえよ。どうせ、選び放題だから絞《しぼ》れないってんだろ?」

私立文系、国公立とおおまかな希望調査でしかないけれども、それでもなんとなく気は重い。

幸いにも成績だけはよいから、いずれのコースであれ無理はないのだが、だからこそ希は選択《せんたく》肢《し》を絞る材料が少ないのだ。

「ん、まあ……それも、あるけど」

といっても、悩んでいるのはそれが理由ばかりではないのだが、そこまでを口にはできず曖《あい》昧《まい》に笑う希に、吐息《とい》混《き》じりの鷹藤が告げる。

「余裕《よゆう》だよなー、秀才《しゅうさい》は違《ちが》うよ」

「ま、俺らなんかこの程度のランクしか無理だからなあ……悩むだけ無駄《むだ》無駄。うっちーと雪下なんかは、どこ狙《ねら》ったってOKだろけどさ」

「……うっちーはやめろ。それに俺はもともと国立理系狙いでこの高校に入ったんだ。いまさら迷うかよ」

隣《となり》から混ぜ返したのは鷹藤ともよくつるんでいる叶野弘伸《かのうひろのぶ》、そしてクールに眼鏡《めがね》のブリッジを押し上げたのが、内川充《うちかわみつる》だ。

「ってことは……出してないの、俺だけ？」

その通り、と三人揃《そろ》って頷《うなず》かれ、希はますます頭を抱えた。

「また来るぞ、長山《ながやま》が。『雪下クン、早くちゃんと提出してよう！』って」

「それは勘弁《かんべん》……」

長山というのはクラス委員をつとめる女子で、そこそこかわいい顔をしているものの、とにかく口やかましい。基本はおとなしいのだがまじめすぎる性格のためにムキになりやすく、きいきいうるさいのでしょっちゅうこの鷹藤にからかわれているのだ。

このクラスに進級してしばらく、希はあまり学校へ来ることがなかった。一年と少しの間、退学ぎりぎりの出席日数で通ってきていた希は、その華《はな》やかな容姿と相まってある種クラスの有名人だった。

そうして誰もが臆《おく》したまま、希自身の人嫌《ひとぎら》いも手伝ってろくな友人もできなかったのだが、人間、どんなハプニングがいい方向に転ぶかわからないものだ。

長山にせっつかれ怒鳴《どな》られたことをきっかけに、この鷹藤らとは仲良くなっている。そうした意味でも潔癖《けっぺき》な長山のことを希は嫌いではないが、しかしやはり怒鳴られるのは勘弁だ。

「ともあれ、早く出しちまうに越《こ》したことないだろ。週末だし、月曜までには決めちゃえよ」

「うーん、まあ……」

こんなの変更《へんこう》できるし、適当でいいんだからなどと言われて、その適当がどうにも思いつかないのにと希は曖昧に笑った。

(そればっかでも、ないんだけど)

また、いま現在進路についてはっきりと決められないのは、自身の置かれた複雑な状況《じょうきょう》のせいでもある。

幼い頃《ころ》にいささかひとととは変わった経験をしたものの、めまぐるしかったそれらはすべて周囲の大人の都合だけで、そこには振《ふ》り回されるばかりの希の意志など介在《かいざい》する余地はなかった。

この高校への進学を決めたのは、当時の希の成績に見合うものだったことと、現在の保護者である叔父《おじ》、玲二《れいじ》の家から通える距離《きょり》にあるところに存在した、という単にそれだけの理由しかない。

その後も諦念《ていねん》に捕《と》らわれるまま、ただぼんやりと日々を過ごしていたから、いざこの先の展望を述べよと言われたところで、なにも思い浮《う》かばない。

(まだ、それは言えないけどね……)

衒《てら》いなく笑う友人たちを見つめて、そっと希は目を細めた。

この逡巡《しゅんじゅん》と迷いは希自身の置かれた、やや特殊《とくしゅ》な状況に起因するものだ。だがその鬱屈《うっくつ》のすべてを、健《すこ》やかにこの年まで育ってきたであろう屈託《くったく》のない友人たちにはやはり、打ち明ける気にはなれない。

希は中学生の一時期、失語症《しつごしょう》で入院したことがある。原因は精神的なもので、喋《しゃべ》ろうとしても一切《いっさい》声が出なかったのだ。それが原因で希は両親と離《はな》れ、叔父の家に居着いている。

そこに至るまでの事態は、あまりにも状況が特異なために、彼らに理解してもらうことは難しいだろう。また一口に語れるような話でもなく、どこから説明していいのか希自身がわからないというのも事実だ。

（いつか、少しだけでも……事情、言える日が来るかなあ）

屈託のない顔を見せてくれる友人たちを横目に、そっと希が吐息すると、ポケットに入れたままの携帯《けいたい》電話がバイブレーター機能で着信を告げた。

こんな時間にいったい、とこっそり液晶《えきしょう》画面を見れば、メールの送り主は『ナツミ』。

（げ……）

ひやりとしながら気づかれぬように机の下で文面を見れば、件名には『激怒！』とある。

『ちょっとさあ、どう思う⁉　今日の歌番、あたしと愛香《あいか》トークからはずれるんだよ！　ＭＣのやつ、麻妃《まき》びいきなの丸出しでむかつくったらもう！』

「……あああ」

スクロールできる限界で既《すで》に文面は怒《いか》りマークの顔文字だらけだ。困ったもんだと思いつつ、読み進めれば、しかし後半にはずいぶん弱気な言葉がある。

『でも本当に、あたしってそんなに売れないのかなあ。……センター変わっちゃったらどうしよう？　柚《ゆう》ちゃんにも、顔向けできないよね……』

頼《たよ》りにしていたリーダーの抜《ぬ》けた穴を埋《う》めるべく頑張《がんば》っている彼女の、素直《すなお》な惑《まど》いと不安に微笑《ほほえ》んで、希はできるだけ手早く返信ボタンを押して励《はげ》ましの言葉を連ねる。

『なっちゃんにはなっちゃんのファンがちゃんといるよ。がんばれ。応援《おうえん》する。なんて、おれは進路調査でいっぱいいっぱいだけどね』

まだ漢字変換《へんかん》もうまくできないので長文を打ちこむのは希には不可能だった。それにたぶん相手も、じっくりと読むことなどできないだろう。

手のひらに汗《あせ》をかくのは、希自身が携帯メールが非常に苦手なのと、その相手がばれれば、ひとかどの騒《さわ》ぎでは済まないだろうことを知っているからだ。

（送信、と）

完了《かんりよう》通知にOKをして、折りたたみの携帯をまたポケットにしまいこむ。

ふと顔を上げれば制服姿でふざけあい笑うクラスメイトと、どこも代わり映《ば》えのしない教室の風景が目に入り、希は奇妙《きみよう》な気分になった。

「あれ？　めずらしいな、雪下がメールに返事？」

「あ、ああ……バイトのシフトのことでちょっと」

目ざとい内川が理知的な眼差《まなざ》しをよこすのに、校則で禁止されているアルバイトの件を口実にして誤魔化《ごまか》せば、なるほどと彼は頷いた。

希のアルバイト先は、「3・14」と書いて「パイ」と読む、横浜某所《よこはまぼうしょ》にあるジャズバーだ。アルコールを扱《あつか》い深夜営業になる店の性質と希の年齢《ねんれい》を考えると、本来は法的に無理なものであるのは当然。

しかし3・14のオーナーは、玲二の旧知の友人――これはどうやら表向きの関係性らしいけれども――東埜義一《ひがしのぎいち》がつとめており、その点では融通《ゆうずう》がきいたため、店では大学生という触《ふ》れこみで使ってもらうことになっている。

「ってかさぁ……まだバイトやってんの？」

「え？　ああ、うん。なぜ？」

「いや……まあ、雪下がいいんだったらいいんだけど……そろそろ三年だし、一応は」

まずいんじゃないのかと、普段《ふだん》あまり他人事《ひとごと》に詮索《せんさく》しない内川が問いかけたのは、おそらくは心配してくれてのことだろう。やんわりと笑って、希は大丈夫《だいじょうぶ》だと答えた。

「身内の店だしね。それほどハードじゃないよ。あっちも気を遣《つか》ってくれているし……」

アルバイトをする理由のひとつに、玲二自身その店のチーフであるため、生活時間帯の合わない甥《おい》が家にいるよりも、却《かえ》って目が届くというものもあったらしい。

神経の細さから壊《こわ》れかけた希を、玲二はこよなく心配してくれている。冷たい両親の分もとでもいうように希を溺愛《できあい》する彼には、さまざまに迷惑《めいわく》をかけた自覚はあって、玲二にはどうも頭が上がらない。

平日でも深夜になるシフトは結構にきつく、翌日の授業で希はあくびばかりしている。それでもアルバイトを続ける理由は、少しでもそんな彼らの役に立ちたいという気持ちと、もうひとつ。

「そっか。まあ、無理はすんなよな」

ありがとう、と笑《え》んで返しながら、ほんの少しだけ後ろめたいものもある。

(だって、バイトやめちゃったらさ……)

恋人《こいびと》と――しかも同性で、一回り近く年上の相手と過ごす時間が少しでも減るのがいやで、深夜営業のジャズバーのバイトを辞《や》められないなどと、とてもではないが言えはしない。

公私混同するなと玲二には苦い顔をされているが、ただでさえ彼とはなかなか会えないのだ。ましていまは、どこかしら不安定な気配のある高遠を放《ほう》っておきたくなかった。

先だっての週末の逢瀬《おうせ》でも、ほとんどの時間を部屋の中にこもって過ごした。その間中、高遠は希を傍《かたわ》らから離そうとはしないままで、おまけにその場所は主にベッドの上である。

なんだかある意味、非常に不健康な時間ではあったが、希としてはそういう親密な時間や、肌《はだ》を絡《から》めること自体も決して嫌いではないから、なんの不満もない。

だが少しばかりでなく、近頃の高遠は「らしくない」のだ。

（あんなに、べたっとするひとじゃないんだけど……）

やわらかい態度はただ嬉《うれ》しいと感じているが、どこかしら不安は残る。

普段がまるで動じない性格である彼の内面を、長いこと希はわからないでいた。でも近頃では少しは、その気分であるとか機嫌《きげん》を察せられる程度には親密になったと思っていたのだ。

（なにがあったのか、全然わかんない）

自信をなくすなあ、と吐息《といき》して、教室の窓を見上げながら希は頬杖《ほおづえ》をつく。

なにかあるなら、言ってほしい。子どもでも少しは、気を楽にするなにかをあげられるかもしれないのに。

そう考えつつも自分自身、心配してくれている友人たちに打ち明けられないことが多いから、踏《ふ》みこむ距離を摑みあぐねている。

（……俺も、言えないことばっかりだなあ）

恋人の高遠のこともしかり、そしてまた、すっかりメル友状態の彼女のことも、同様だ。

先ほどのメールの相手は市原菜摘《いちはらなつみ》。いまをときめくアイドルユニット『Ｕｎｂａｌａｎｃｅ』のメインボーカルで、なりたてほやほやのリーダーだ。とてもではないがこのいま、昼休みの教室で進路に悩《なや》むいち高校生と、メールのやりとりをするような人物ではない。

（現実感ないし……信じられないだろうな、やっぱり）

やはり普通とは言い難《がた》い自分の環境《かんきょう》について、希はほろ苦く笑う。

「お、Ｕｎｂａｌａｎｃｅじゃん」

誰《だれ》かが呟《つぶや》いたように、昼休みの校内放送で流れる曲は菜摘のア・カペラからはじまる新曲だ。

タイミングがいいのか悪いのか。菜摘のハイトーンボイスに苦笑《くしょう》しながら、希は記憶《きおく》の底に沈《しず》みこむ。

＊　＊　＊

現在でもヒットチャートには必ず名前を連ねる、十代の女の子で構成されたＵｎｂａｌａｎｃｅというアイドルグループは、最年長の水見《みずみ》柚が脱退《だったい》したつい先日まで、四人での活動を続けていた。

しかしそのグループが本来、そもそもは男女取り混ぜた七人の編成であったことを覚えているものは、世間ではいないに等しかった。

また、当時はステージネームのみで活動していたから、七年近く前に一度解散し再結成されたＵｎｂａｌａｎｃｅのメインボーカル「ノゾム」が、雪下希そのひとであったことに気づくものはほとんどない。

成長の著《いちじる》しい十代、ことに少年の変貌《へんぼう》は激しい。人形のようだったかわいらしいアイドルの身長は七年の間に三十センチは伸《の》び、顔立ちも涼《すず》やかなものへと変化して、いまだに中性的な印象はあるものの、当時の面影《おもかげ》を探すことはさすがに難しいだろう。

幼い頃《ころ》から、希は際《きわ》だってうつくしい顔立ちをしていた。透明《とうめい》に白い頬に長い睫毛《まつげ》、ぱっちりと大きな二重《ふたえ》の瞳《ひとみ》。艶《つや》やかな黒髪《くろかみ》は素直《すなお》な流れで、どこを取っても完璧《かんぺき》に愛らしい、ミルクをベースにした甘い菓子《かし》のようにやわらかく、それでいてそっと舐《な》めて味わいたいような危《あや》うさをも持った、そんな少年だった。

希の芸歴は意外に長い。母である真優美《まゆみ》は、そのうつくしいひとり息子《むすこ》を、物心つく前からアイドルグループの一員にすることに腐心《ふしん》していたため、希は一歳に満たない頃から、ＣＭや雑誌などの幼児モデルにはじまって、子ども向け番組などにもよく出ていたようだ。

そして七歳の時、当時流行《はや》っていた企画《きかく》番組の「チャイドル育成」コーナーで見事希は生き残り、デビュー後あっという間に人気グループとなったＵｎｂａｌａｎｃｅのリードボーカルを取るようになったのだ。

以後数年に亘《わた》ってそのまま活躍《かつやく》してきたが、しかし流行があれば廃《すた》る時も来る。本来Ｕｎｂａｌａｎｃｅの売りであった少年の高い声、それを希が失った変声期の成長を理由に、所属事務所は少年たちをすべて引退させた。

実際にはほかの芸能事務所の圧力など、種々の事情があったらしいが、希にとっては本当に突然《とつぜん》の、そしてあっけない芸能生活の終わりだった。

そこからが、希の本当の地獄《じごく》のはじまりだった。

希自身は物心がつくやつかずの年頃で、芸能界に対して未練はなかったが、息子をアイドルにすることを生き甲斐《がい》としていた母の狂乱《きょうらん》ぶりは凄《すさ》まじかった。

母親業も妻としての生活もすべて投げ捨て、マネージャーとして走り回っていた真優美は、その事実をまっすぐに受け止めきれなかったのだろう。完全な解散ならまだしも、菜摘を筆頭にした女の子四人が残されそのままスターダムにのし上がったことも、彼女の未練を強くした一因だった。

――どうしてこんなことになったのよ……！　なんであんな子が残ってあなたはだめなの！

一切《いっさい》が希の咎《とが》ではないというのに、ヒステリックに怒《おこ》るばかりの母。

そうした妻に早々に見切りをつけた仕事人間の父親、総一《そういち》は、一方的になじられるばかりの子どもになんの言葉をかけるわけでもなかった。

そのあげく希は神経を少し病《や》んで、中学はほとんど不登校、おまけに失語症《しつごしょう》までを患《わずら》った。

だがそこまでの状態になっても、希の脆弱《ぜいじゃく》さばかりを責めた両親は自分たちの姿を省《かえり》みることはなく、どころか叔父《おじ》の玲二へと、希を押しつけたのだ。

――うちに遊びにおいで。

そうして両親にスポイルされた希を、そういうやわらかい言葉で受け止めてくれた玲二には、希はこの上ない感謝と素直な愛情を傾《かたむ》けている。

玲二の細やかな気遣《きづか》いでどうにか声は取り戻《もど》したものの、根深い人間不信と慢性的《まんせいてき》な人生への倦怠感《けんたいかん》は、長く希の中に留《とど》まった。

成績だけはよかったもので一応高校へは進学した。しかしひとに対しての嫌悪《けんお》は相変わらずのままでろくに友人もできずにいた。

そうして結局出席日数ぎりぎり程度しか登校せず、高校も二年へ進級したけれど、希の生活は中学時代とあまりに変わらないものだった。

さすがにやさしく放任してきた玲二も、そんな希の行く末を案じたのだろうか。

——ぶらぶらしているだけなら、ぼくの仕事手伝ってみる?

そんな軽い口調で誘《さそ》われたあのアルバイトは、玲二の仕向けたある種のリハビリだったのだろうと、希はいまでは思っている。そもそもそんな理由でもなければ、口べたで極端《きょくたん》に表情の硬《かた》い未成年を接客業に使う理由は皆無《かいむ》に等しいのだ。

だが、希本人の予想や周囲の心配を裏切るように、案外と店の空気は希には合っていた。

希はひどく整った顔立ちをしているだけに、表情をなくすと実年齢《じつねんれい》よりも大人びて見える。おまけに口の下手な自分を自覚する分、言葉遣いや物腰《ものごし》を店員としてのマニュアル通り丁寧《ていねい》に振《ふ》る舞《ま》うことにはかなりの努力をしたため、接客も完璧で評判もよかった。またその落ち着いた態度から、大学生という誤魔化《ごまか》しを疑われることはなかった。

複雑なトラウマから、極端なまでにひととの接触《せっしょく》を嫌《きら》っていた希を、玲二や義一はつかず離《はな》れずの距離《きょり》であたたかく見守ってくれていた。

その彼らに認めてもらえたり、褒《ほ》められたりすることで、まんざら世界も悪いことばかりじゃない、そう感じられるようになってきた矢先のことだ。

――高遠と、出会ったのは。

見上げるほどに背の高いあの男とは、店でライブをやるミュージシャンと、アルバイトの店員として顔を合わせた。

はじめは、ただそれだけの関係だった。高遠は店のオーナーと旧知の仲で、ライブがなくともよく顔を出してはいたものの、一介《いっかい》のアルバイトではろくに口をきく機会もなく、希の方が一方的に彼の奏《かな》でる音楽に惚《ほ》れこみ、いわば単なるファンでしかなかった。

それは他人同然の関係であったというよりも、希の個人的な事情によるところも大きかっただろう。

あの当時、希は学校にもろくに行かずに、半ば引きこもりのような生活を送っていた。友人もなく、接触する相手は身内を含《ふく》めたほんの数人で、必要最低限の言葉しか交《か》わさない日常はひどくつまらない、色褪《いろあ》せたものでしかなかった。

高遠と出会って、希の世界は一変した。最初に惹《ひ》かれたのは彼の音楽で、ジャズなどろくに知らなかった希はテナーサックスの響《ひび》きに魅《み》せられ、また高遠の淡々《たんたん》としたたたずまいにも、大人の余裕《よゆう》を感じて憧《あこが》れた。

しかし、憧れを憧れのままにしてくれなかったのは、高遠の方だった。

高遠と希の関係が、濡《ぬ》れた肌《はだ》を絡《から》ませるようなそれに変化したのは、まだ風も冷たい春先のことだ。偶然《ぐうぜん》見つけた彼は行きずりの相手と淫《みだ》らに過ぎる口づけを交わしていて、ほのかに慕《した》っていた希の中にある、高遠への感情をまざまざと意識させられてしまった。

その後、気づいていた彼に強引《ごういん》な腕《うで》でひとに言えないようなことをされて、無自覚だった恋《こい》心《ごころ》とそして、誰にも見せたことのない肌を暴《あば》かれた。

高遠のやり口は乱暴で、あまり褒《ほ》められたものではなかっただろうけれども、あのくらいの強引さがなければ実際、希の閉じこもっていた殻《から》は割れることがなかっただろう。

気がつけば、虜《とりこ》にされていた。うぶな心にも身体《からだ》にも、彼はまるで悪い薬のように染《し》みこんで、少しでも日があけばどうにかなりそうなくらいに焦《こ》がれるような日々が続いた。

極端に口の重い彼は肝心《かんじん》の言葉をなかなかくれなくて、ただ弄《もてあそ》ばれているように感じていた時期も長かったけれど、いまではそういう意味では高遠を疑うこともない。

いくつかのトラブルを越《こ》えたのち、臆病《おくびょう》だった希もどうにか、彼のことを恋人と言い切れる自信はついた。

喧嘩《けんか》もして、大声で泣いたり怒ったりといままでにない激しい感情の揺《ゆ》れも知った。

自分が案外に強情でしかも激情家だということを自覚したのも、高遠との関《かか》わりの中からだ。

ミルク色の殻を割り、外に向かって開いた希の世界は、甘かったり厳しかったりと色とりどりで、まだたくさんためらうことも多い。

それでも、ぶっきらぼうで複雑でわかりにくい高遠の、早い歩みについて行きたいから、精《せい》一杯《いっぱい》に努力をしている。

素直に甘えることも、はっきりとした言葉で自分の気持ちを告げることもようやくに覚えて、これから少しずつでも、高遠の高い目線に近づけるように頑張《がんば》りたい。

そうして心を決めた希は、近頃ではだいぶ明るさが増したとバイト先でも学校でも評判だ。自分でも少しはそう感じるだけに、ひどく嬉《うれ》しい。

だが物事、そううまくはいかないもので、自助努力とは別の部分での鬱屈《うっくつ》に、現在の希は悩《なや》まされている。

(なんだか、なあ……)

日を追ってため息が増えるのは、どうも周囲の様子がおかしいからだ。このところ浮《う》かない顔でいる高遠も気になるし、それに——。

(なーんか変なの……高遠さんだけじゃないし)

希が心から大事に思う玲二もまた、なにかを抱《かか》えこんでいるような気配がある。

高遠の内心は窺《うかが》い知る由《よし》はないが、玲二の鬱屈は、この進路調査票と無関係とも言い切れないのはわかっている。

というよりも——それが最大の問題で、この空欄《くうらん》を埋《う》めることができないでいるのだが。

進路を定めるということは、どうあっても両親の許可が必要になってくる。自分なりに考えた方向性を、果たして彼らは許してくれるのか。

それ以前に、どうあっても言葉を交わさなければならなくなること自体が憂鬱《ゆううつ》でたまらず、こっそりと希は吐息《といき》した。最悪の場合玲二を通して告げてもらう方法もあるが、どこまであの問題から逃《に》げ切れるものだろう。

（今夜、話そうかな……）

ともかくも、ひとりで抱えこんでも仕方ない。そう考えられるようになっただけましとおのれを励《はげ》ませば、再度携帯《けいたい》の着信がある。

ひょいと覗《のぞ》きこんでみれば案の定菜摘からで、しかしその身も蓋《ふた》もない内容に、希は思わず微笑《ほほえ》んだ。

『進路か。希、頭イイけどカタイもんね。でもガッコ行けるだけいいじゃん！　あたしなんか中卒アイドルだぞ！　こうなったらおバカらしくMCには乗りこんでやる！　進行なんか知るもんかー!!』

短く端的な女王様の言葉は逞《たくま》しくも過激で、いまの希には眩《まぶ》しくさえあった。

「励まされちゃったなあ……」

どこかでいま、頑張っているひとがいると知ることは、それだけで心を強くするのだと知る。だから彼女はアイドルなのだなと感心しつつ、ようやく希は玲二に話す決心をつけたのだ。

＊　＊　＊

めずらしく早番の玲二が仕事を退《ひ》けてきたのは、それでも夜の十二時を回る頃《ころ》だった。

「あれ？　希まだ起きてたの」

「うん、ちょっと話したいことあって」

華奢《きゃしゃ》な身体の玲二とは、近頃ではもうだいぶ目線も変わらないほどになった。面差《おもざ》しも希とよく似ている、年の離れた彼はやや年齢不詳《ねんれいふしょう》で、やわらかいウェーブのかかったクセのある髪《かみ》を少し切ったせいか、もうじき二十九になるというのに、最近ますます若く見える。

色の白さやその細い体つきから、体力的にはあまり頑健に思われないのは雪下の人間の特徴《とくちょう》でもあるが、実際には見た目に反して彼も希も丈夫《じょうぶ》な方だ。

「でも……玲ちゃん、疲《つか》れてる？」

しかしそれだけにこの夜、玲二のほっそりとうつくしい顔が、ひどく青ざめて見えることが気になった。

「ああ、ここんとこ忙《いそが》しいから、かな……？　あんまり寝《ね》てないし」

数日徹夜《てつや》をしたところで、この叔父《おじ》は顔色を悪くすることさえない。あまりうまい言い訳とも思えないそれに、希はそっと眉《まゆ》をひそめた。

「大丈夫だよ。ところで話って？」

そんな顔しなくても平気、と微笑む玲二に眉間《みけん》を突《つ》かれ、希はまだ少し引っかかりを覚えながらも用意してきた書面を取り出した。

「あの、これ。一応提出したあとに、また面談あるんだって」

「……進路希望調査か」

毎度ながらこの手のことが起きるたびに、兄弟のように仲のいいふたりの間に気まずい沈黙《ちんもく》が落ちる。ことに今回は、希の卒業後の状況《じょうきょう》をいやでも考えざるを得ないためか、玲二の反応もいささか重いものになった。

「希は、どうしたいと思うの？」

「うーん……まだわかんない、って言ってちゃいけないんだと、思うけど……」

しばしの沈黙のあと、やんわりと水を向けてきた玲二へ素直《すなお》に惑《まど》う心情をこぼせば、おや、と彼は目を瞠《みは》った。

「……なに？」

「いや、うーん……そうか。迷ってるんだね」

心を決めかねているというのに、どこかしら玲二は微笑ましいように呟《つぶや》く。その理由に思い至り、申し訳なさと少しの歯がゆさを感じて希は小ぶりな唇《くちびる》を尖《とが》らせた。

「そりゃ……ちょっと前まではさ。なんかこういうのも、どうでもよかったんだけど」

中学生の頃、自失した時期を越えてからの希は、凄《すさ》まじい倦怠感《けんたいかん》と無気力さに苛《さいな》まれていた。

昨年のいまごろにも実は似たような調査票の提出があったのだが、面倒《めんどう》くさいしどうでもいいと、それこそ適当に返答を書いた覚えがある。

「でもなんか、……それじゃまずいでしょ？」

「そう、だね……うん、そうだね」

二度、同じ言葉を繰《く》り返した玲二の瞳《ひとみ》はあたたかく細められ、しかしその奥にはどこか寂《さび》しげな光がある。

自立していく甥《おい》を、心から微笑ましく感じていることは玲二の声と表情に教えられた。

「希は、大学、行くつもりはある？」

「んー……」

だがそこには避《さ》けて通れない問題があることを告げるため、やわらかだったそれらは一瞬《いっしゅん》で引き締《し》まる。

厳しくあたたかいそれに、何度か唇を噛《か》んで熟考した希は、ややあって小さく、頷《うなず》いた。

「はっきりはわからないんだ、でも……もう少し、勉強しておいた方が、いい気がする」

「あれ。3・14には就職しないの？」

からかうように言った玲二だが、それもまんざら冗談《じょうだん》ばかりではないのだろう。

「それも、考えたんだけど」

義一の店でアルバイトをはじめたばかりの頃には、ふざけ混じりの店長に『卒業したら就職しないか』などと誘《さそ》われていたこともあった。

当時は希自身将来どころか、いま現在の自分というものに対する展望がなにひとつ見えなかったから、それもいいかな、などと考えたこともある。

「俺、やっぱり、いろんなことあんまり知らないから……仕事とか、そういうのでやっちゃいけないような気も、するんだ」

だが、そんな風に流されて怠惰《たいだ》に過ごしてしまうのがまずいのではないかと感じたのは、明らかに高遠の影響《えいきょう》であろう。

自身の仕事に関してもそうだが、高遠は他人のいい加減さにひどく厳しいところがあり、怠惰な人間を弾劾《だんがい》する時の辛辣《しんらつ》さと容赦《ようしゃ》のなさは凄まじい。

それはかつて、希と同じＵｎｂａｌａｎｃｅに在籍《ざいせき》した古森《こもり》が道を踏《ふ》み外し、希らを脅迫《きょうはく》してきた事件の折りに知らされた。

挫折《ざせつ》から歪《ゆが》んでいった古森のことは、いまも思い出せばやるせない。希自身、玲二らの手助けがなければもっとひどいことになった可能性もあったからだ。

しかし高遠はそれを、古森の甘えだと切って捨てた。落ちぶれる自身を許したのもまた、古森自身の選択《せんたく》であり誰《だれ》の責任でもないだろうと、弱さに甘えるなと告げた。

——勝手に挫折だのなんだのほざいて、自分じゃなにも努力しないくせに全部オトナのせいにして、あげくに昔の仲間に八つ当たりか。

吐《は》き捨てるようなあの言葉は希の胸の奥、深い部分に刺《さ》さっている。

その時は、高遠のようにできない弱い人間もいる、と反論するのが精一杯《せいいっぱい》だった。

——俺、も。……俺も、弱いから、……高遠さんみたいに、強くないから。

そうして怒《おこ》らせた高遠に、拙《つたな》くそれでも真摯《しんし》な気持ちを伝えた日から既《すで》に、数ヶ月。

震《ふる》える声で、弱い人間を許してくれと告げたあの日には気づかなかったが、どうも高遠のあれは単なる勝者の理屈《りくつ》ではなかったのだろうかと、近頃の希は感じている。

高遠があの低い声で、強く言い切る言葉は傲慢《ごうまん》にさえ響《ひび》く。けれどそのうしろになにか、苦《く》渋《じゅう》と悔恨《かいこん》のようなものが透《す》けて見えるようになったのは、近頃の彼の不安定さからだ。

高遠もまた、希のように惑った時期があったのかもしれないと、そしてそれを乗り越《こ》えてのいまなのだろうかと思えば、よけいに彼への想《おも》いは募《つの》った。

（あのひとに、軽蔑《けいべつ》されたくない）

彼のようにその腕《うで》ひとつで生きるほど、希は才能に恵《めぐ》まれてはいない。しかし、だったらなにか、自分にできる最大限のことをしたいと思うのだ。

「それに、いまのまま正社員になっても俺、ギャルソン以外なにもできないでしょう？　もしも使えるようならだけど、もっと、玲ちゃんたちの仕事、ちゃんと手伝いたいんだ」

「希……」

「ただ、『あっち』の仕事には、役に立つかわからないんだけど」

希はいまだにその全容を知りはしないのだが、玲二と義一は店の経営のほかに、探偵《たんてい》じみた仕事を持っている。

といっても正式な事務所をかまえているわけではない。どうやらやたらに顔の広いふたりがあれこれと頼《たの》まれごとをするうちに、噂《うわさ》が噂を呼んでいつのまにかトラブルシューターのような依頼《いらい》が舞《ま》いこむようになった、というものらしい。

おかげで店長とフロアチーフがふたりして店にいないということもしばしばで、そのたび希らアルバイトはてんてこ舞い。場合によれば信用のできる友人である高遠が、なんの酔狂《すいきょう》か店長代理を請《う》け負うことさえあるのだ。

「でもね、希の好きにするといいんだよ。あの店にどうでも就職することなんかないんだし、ぼくのところに居候《いそうろう》してるからとか、そういう気を遣《つか》ってるなら——」

「ううん。……そういうんじゃないよ」

なにかを案じるように告げた玲二の心配を、希は笑っていなした。

「確かにね、玲ちゃんにはいっぱい……変な言い方だけど、お世話になったよ。そういうのもなんにもない、ってんじゃないけど」

小さい世界だけで閉じこもろうとしている、そういう時期はもう終わったんだよと、やんわりと告げる希の口調は落ち着き払《はら》っていた。

「でも、玲ちゃんたちが忙しい時、俺がいればどうにかなる……って、そういう風に、なりたいんだ。それに、俺、あの店好きだし」

話しながら少しずつ、胸の裡《うち》が整理されてくる。自分がそんなことを考えていたのかと、口にするまでは希自身よくわかっていなかったことまでが声になって溢《あふ》れる。

だが、うっすらと考えていた将来についての最優先事項《じこう》は、自分の好ましく思うひとびとの役に立てることだというのは、はじめから心に決まっていた気がする。

「そしたら、経営のこととか、……ってそこまで大きくなくても、経理とか、そういうのもわかった方が、いいよね？」

考え考え、少ない言葉からどうにか打ち明ければ、途中《とちゅう》から玲二は押し黙《だま》ってしまっていた。

「……玲ちゃん？　あの……そういうのは、だめ、かな？」

「希……」

なにかいけなかっただろうかと不安になって、大好きな叔父《おじ》の顔を覗《のぞ》きこめば、玲二はそのほっそりとした腕を伸《の》ばしてくる。そうしてぎゅうっと抱《だ》きしめられ、希は目を丸くした。

「え、あの？　ど、どうしたの……？」

「……おっきくなったんだねえ」

よしよし、と髪《かみ》を撫《な》でられて面食《めんく》らうと、玲二の声は少しばかり鼻にかかったものになっていた。あたたかい抱擁《ほうよう》に抗《あらが》う気はないけれど、訝《いぶか》った希は身じろぎ、はっとなる。

至近距離《きょり》にある、希によく似た二重《ふたえ》の瞳は、わずかに潤《うる》んで赤らんでいた。

「そこまで考えてるとは思わなかったから……なんか感無量で」

「……玲ちゃん」

この数年、心配ばかりかけていた叔父の涙《なみだ》ぐむさまに、希は胸の奥が小さく痛んだ。壊《こわ》れかけ、もうなにもないと世界から切り離《はな》された気分になっていた自分に、あたたかい情を与《あた》え未来があることを教え、縮こまっている間も決して急《せ》かすことのないまま、見守ってくれた玲二ならではの反応に、申し訳なさと愛《いと》おしさを感じる。

このだだっ広いリビングにはあまりファニチャーのたぐいがない。ふたり分の食事をセットするのが精一杯の大きさのローテーブルに、ラグとクッション。その他《ほか》には玲二の趣味《しゅみ》と仕事を兼《か》ねたAV機器にパソコンが壁面《へきめん》を埋《う》めている。

無駄《むだ》に空間が余っているこの3LDKのマンションは、そもそもは玲二がその恋人《こいびと》と住むつもりだったようだが、三年前に希を引き取ったことからその件は流れてしまったようだ。

どこか殺風景に感じる、生活臭《しゅう》の感じられない場所を眺《なが》め回し、希はそっと吐息《といき》する。

（考えてみれば、いつまでここにいるのかも、決まってなかったっけ……）

玲二の家に引き取られたのは結局、言葉を失った希が退院できるまで回復したとしても、その原因である両親と暮らしはじめれば、結局は再発する可能性があると告げられたせいだった。

救済措置《そち》として慌《あわ》ただしくやってきたまま、この部屋に暮らす約三年の間に、それでも徐々《じょじょ》にものは増えていった。けれど、基本的にきっちりとした生活空間になり得なかったのは結局、ここが「仮の宿」だという意識がどこかにあったせいでもある。

それでも、きちんと巣立つその日までは玲二のもとに在りたいのだが、それは許されることなのだろうか。にわかに不安は色を増したけれど、希は思い切って願いを口にする。

「でね、……できれば大学も、ここの家から通いたいんだけど」

「なんだ、そんなのいいに決まってるだろう？」

いいかな、と上目づかいに問えば、もちろんだと彼は頷《うなず》いた。そうして微笑《ほほえ》みあったあと、希は避《さ》けて通れない話題を口にするため呼吸を整えた。

（玲ちゃんは、いいって言ってくれても……）

これらの問題について、了承《りょうしょう》を得なければいけない人物が、まだ残っているのだ。希の最大のトラウマの象徴《しょうちょう》である、彼らが。

「そうすると……やっぱり、あのひとたちに話さないといけないよね？」

自分との関係を位置づける『父』『母』という言葉ですら呼ぶことをためらわれる彼らについて、希は玲二と暮らしてからおそらくはじめて、おのれの意志で口にした。

そのことにもまた驚《おどろ》いたように目を瞠《みは》ったあと、玲二は苦く微笑みを浮《う》かべる。

「うん、……そうだね。そこまで考えてるなら……もう、いいかな」

「え？　なにが？」

何度も自問するように頷いてみせた玲二は、物憂《ものう》い瞳《ひとみ》をひとつ瞬《また》かせ、息を吸った。

「実はね……進路相談の前に、希に話しておかなきゃいけないことがあるんだ」

「うん？　なに？」

「うーん。……その前にお茶、淹《い》れるね」

わざわざの前置きに、ひどく不安な気持ちになる。なにかと問えば、少し待ってくれと、まるで逃《に》げるかのように玲二はリビングからその薄《うす》い背中を翻《ひるがえ》した。

（なんだろう……？）

玲二はその穏和《おんわ》でやわらかい物腰《ものごし》の割に、きつく剛胆《ごうたん》な性格をしている。それで義一とぶつかることもしばしばで、ストレートな物言いにはあまりためらいがない。

その彼があんな風に言葉を濁《にご》すことはめずらしく、そわそわと落ち着かない気持ちになった希は、間の持たない沈黙《ちんもく》に疲《つか》れてテレビをつけた。

適当にザッピングして選んだのは深夜の情報番組。この時間帯にしては明るい雰囲気《ふんいき》の音楽と画面の色合いが、重そうな気配を吹《ふ》き飛ばしてくれることを願ったからだ。

『――というわけで、来週のNKホールでは日野原奏明《ひのはらそうめい》氏のコンサートが行われます。先行チケットの発売は明日からですが、この番組のみの特別招待をご用意しましたので、ご覧の電話番号に――』

深夜なので間違《まちが》いのないように、とアナウンサーのハイトーンな説明を聞き流していれば、めずらしくコーヒーではなくミルクティを淹れた玲二が台所から顔を出す。

「あ、ありがとう……？　玲ちゃん？」

しかし、トレイを持ったままの彼はどこか驚いた顔をしていて、希は訝しむ。

「そうか、……日野原奏明、帰ってきたんだ……」

「え？――知ってるの？」

「あ、ああ。……世界的に有名なヴァイオリニストだよ。もう何年も日本にいなかったけど。それこそ希が小さい頃《ころ》に、ドイツに生活拠点《きょてん》を移しちゃってて」

玲二の言葉を裏付けるかのように、チケット発売を煽《あお》るアナウンサーは日野原の経歴や今後の予定を、明るすぎる声でうたいあげていた。

『このコンサートのあとはニューヨーク、カーネギーホールでも公演を行われるそうで、まさに世界の日野原、といった氏の、日本での演奏はこれがラストチャンスかもしれません。クラシックファンは、お聴《き》き逃《のが》しのないように！』

クラシックには興味のない希は、ふうん、と首を傾《かし》げて玲二の差し出したカップを受け取る。

そんなことより、と目顔で話を促《うなが》せば、玲二も腰を落としながら一口啜《すす》った。

「まず、もう一度確認《かくにん》していいかな？　希は大学に進みたい、それにはぼくと一緒《いっしょ》に暮らしてここから通いたい、それはもう、変わらないね？」

甘いミルクティで唇《くちびる》を湿《しめ》らせたあと、いつになく硬《かた》い口調で玲二は切り出した。そのひとつに、しっかりと頷きながら希は同意する。

「就職したらさすがに、ひとりで暮らそうとは思うんだけど……お世話に、なってもいい？」

「ぼく的には全然ＯＫ。その話はもっとあとでいいんじゃない？……ま、ひとりかどうかは別にしてもね」

　少し気が早いでしょうと苦笑《くしよう》されて、希は少し赤くなる。後半の言葉は明らかに、希がいま熱を上げている恋人の存在を示唆《しさ》されてのことだからだ。

「……っ、そんな、つもりは」

「希になくても信符はどうかなあ……ぼくも知らなかったけどあれであの男結構、べったりなの好きっぽいし？　週末はすっかりおうちにいない子だし？」

「そ、そんな話はあとでいいんじゃないの!?」

　ただでさえ身内に恋愛《れんあい》関係がばれているのは気まずいというのに、こうしてからかわれるのは正直かなり耐《た》え難《がた》い。まあそれでも、兄のような相手に、同性の恋人の存在をとりあえずは黙認されているだけでも僥倖《ぎようこう》であるとは思うのだが、やはり恥《は》ずかしいものは恥ずかしい。

「うん、でもね……まじめな話。最悪、そういう選択肢《せんたくし》もある、って話なんだ」

　勘弁《かんべん》してくれ、と顔を赤らめた希はしかし、続く玲二の言葉にふっと真顔になる。

「？……それ、どういう」

「……煙草《たばこ》、いいかなあ」

　自宅では滅多《めつた》に吸わない玲二がそう告げたことで、これは思うよりも根の深い話があるのかもしれないと希は思った。頷くと、細い肩《かた》を上下させて吐息した玲二は、愛飲のメントールに火をつけながら目を伏《ふ》せる。

「実はね……ちょっと前に、総一兄さんから電話があったんだ」

「え……？　あっちから、わざわざ？」

ふかした煙草の長さが半分ほどになる時間を沈黙した玲二は、ようやく重い口を開き、希は
その意外な言葉に目を瞠る。定期連絡《れんらく》を玲二が入れているのは知っていたが、あちらからは
「希はどうしているか」の声さえ、この三年の間かけられたこともないのだ。

「もう、希の気持ちを聞けたから、やっと言えるよ」

煙草の苦さだけではないものに目を細めた叔父《おじ》は、落ち着いて聞いてくれと希に告げた。

「あのね。……真優美さんと、別れることになったって」

「……あ、……え？」

その言葉を聞くなり、ぽかんと口を開けた希は一瞬《いっしゅん》頭が白くなった。意味がまったく摑《つか》めな
いまま、真優美というのが自分の母の名前であったことを思い出すまでに、数分かかる。

「ええ、っと……あ、そう」

あげく、その後口から出たのはそんな間抜《まぬ》けなもので、痛ましげな玲二の瞳に、なぜこの叔
父はそんなつらそうな顔をするのかわからない、と本気で思う。

「驚かないの？」

「えっと……まあ、驚いたけど」

ショックではない。その事実を何度も自分の内面を覗《のぞ》きこんで確かめ、うん、と希は頷いた。

「なんか、変な感じ、かな……うーん。だってもう……三年近く顔見てないんだもん」

「希……」

「現実感がないっていうか……むしろ、うん、そうだなあ」

いまさら、という気はしたかもしれない。希が家にいた頃から彼らの関係は最悪で、それは自分が悪い子どもだからだと気負って傷ついた時期も既《すで》に通り過ぎた。そうしてなにもかもを諦《あきら》めて、ようやく落ち着いたいま、それも仕方のないことなのだと思う自分がいる。

「それで楽になれるんなら、いいんじゃないのかなあ……あのひとたちも。だから、そんな顔しなくていいよ、玲ちゃん」

苦笑して告げた希に、玲二はまるで自分こそが誰《だれ》かと別れるような、そんな哀《かな》しい顔をした。

「……強くなったんだね、って、言ってもいいのかなあ。ぼくは……」

「そう思ってくれる方が、俺、嬉《うれ》しいよ?」

そして、自分が強くなれたのは玲二のおかげでもあるのだと、希は笑う。

むろんなにもかもが割り切れたわけではない。やはり自分の両親の関係が壊《こわ》れてしまったことについては、苦く重いものを感じもする。

けれどやはり、顔を見ない三年は長かった。ことにこの年、春先からの激動を思えば、ひどく過去のなにもかもが遠い。

(現実感がない、っていうか……なんだかもう、顔もよく思い出せないしなあ……)

たぶん自分は、この半年近くで急速に大人へと近づいたのだろう。そんな気がしてだから、彼らもまた自由になるならばそれでかまわないと告げようとした、その時だ。

「ただね……話はまだ、終わりじゃないんだ」

「え、……なに？」

玲二の重苦しい声が、これからが本題だと教えるようで、希は思わず居住まいを正す。

「今回の離婚《りこん》のきっかけは、兄さんの転勤なんだ」

「転勤……？」

「北海道。札幌《さっぽろ》支社に異動になって、それで」

いやな予感を覚えつつ、その先の言葉を希は引き継《つ》いだ。

「……あのひと、ついて行くのいやだって言ったんだね？」

皮肉な響《ひび》きになってしまうのは抑えきれないまま、できる限り淡々《たんたん》と発した声はおそろしく冷たい。

派手好きの真優美は生粋《きっすい》のお嬢様《じょうさま》で、生まれも育ちも都内の高級住宅街だ。

そもそも結婚して横浜に住まいを移すことさえ、都落ちだと嘆《なげ》いたほど、東京の一等地に暮らしたいという願望は強かった。

真優美が希をアイドルとして扱《あつか》うことに燃えていた理由のひとつには、年がら年中東京のテレビ局やそのほかに入り浸《びた》り、派手な世界を垣間見《かいまみ》ることに陶酔《とうすい》していたからだ。

当時、自分が活躍《かつやく》することを見守るよりも、顔つなぎに飛び歩いていた彼女の姿を思い出せば、北海道行きを嫌《いや》がる姿は想像に難くない。

「実家に帰る、って言いはって。それじゃあもう、ってことに」

「あのひとらしいよ……」

希の件以来、どうにもしっくりいっていないふたりだったようで、総一の転勤はいい機会だったらしい。嘆息《たんそく》した希を痛ましげに見やった玲二は、きっとこんないやな話をする羽目になってつらいだろうに、自分を案じてくれているのだと申し訳なくなった。

「ごめんね、玲ちゃん」

「希が謝ることじゃないだろう……！」

どこまでも身勝手な彼らに代わって謝罪を述べれば、それこそが不快だと玲二は怒《おこ》った。

「だいたいそれどころじゃないんだ……兄さんときたらまた、めちゃくちゃなこと言いだしたんだから……っ」

「……ほかに、なにを言ったの？　まさかいまさら引き取りたいでもないでしょう」

冷笑しながら希が呟《つぶや》けば、しかし玲二はぐっと押し黙《だま》る。その苦渋《くじゅう》に満ちた表情と、緊迫《きんぱく》した雰囲気《ふんいき》に、希はすうっと血の気が引くのを知る。

「まさか、でしょ……？」

そんな、まさか、あり得ない、という言葉が何度も巡《めぐ》り、先ほどまで割り切れていたはずの

──忘れていたはずの恐怖心《きょうふしん》がぞっと肌《はだ》を粟立《あわだ》たせる。

「その、まさかなんだよ……」

憤懣《ふんまん》やるかたない、という表情で長い髪《かみ》をかき上げ、二本目の煙草に火をつけた玲二は口早に言い募《つの》った。

「いままで、希の生活費と学費だけは兄さんが一応は出してたんだ。……けどそれをね」

総一か真優美かについてこい、その場合には親権を得た方が支払《しはら》う。けれどもどちらの手を突《つ》っぱねるというのなら。

「どっちも打ち切る、って言いだしたんだ……」

「な……っ!?」

言葉もなかった。一気に周囲の酸素が薄《うす》くなったような気がして、誇張《こちょう》でなく目の前が暗くなる。少し以前の自分であれば、このまま気を失うか、あの濁《にご》った闇《やみ》の中で自失してしまっていただろう、それくらい強い絶望感が襲《おそ》ってくる。

けれど。

「……っ、冗談《じょうだん》じゃないよ……っ!!」

それを遥《はる》かに凌駕《りょうが》したのは、純粋《じゅんすい》な、そして凶暴《きょうぼう》なまでに熱い憤《いきどお》りだった。

「あのひとたちはなにを言ってるわけ!? 俺をいらないって言ってほったらかして、玲ちゃんに押しつけてそれで……っ、それで、いまさらなに!?」

「――……希」

がちがちと鳴る耳障《みみざわ》りな響きがしばらくは、なんの音だかわからなかった。激しい怒《いか》りのあまりに震《ふる》えだしたこめかみの奥、嚙《か》みしめた歯の鳴るそれだと気づいたのは、目の前が赤く染まり、激情のままにテーブルを拳《こぶし》で打ち付けた瞬間《しゅんかん》だ。

「俺がどっちも選ばなければって？　離婚の条件が悪くでもなるわけ、それで⁉　それとも、意地の張り合いで俺を押しつけあってる⁉」

嘲笑《ちょうしょう》するように言い放った瞬間、その憤りを向けられるべきでない叔父が咄嗟《とっさ》に目を逸《そ》らしたことで、それが事実と希は知ってしまう。

（冗談じゃないよ……っ）

総一の――父親の性格を、希は当然ながら知っている。エリート意識が強く、仕事人間であった彼には生まれてこの方、まともな情をかけてもらった覚えなどろくにない。

物心ついた時には既にアイドルとして引きずり回され、接触《せっしょく》が少なかったせいもむろん、あるだろう。しかし、たまの休日に家にいれば彼はひどく疲《つか》れた顔をして、今度のテレビはどうのこうのとはしゃぐ真優美に引きずり回される希を、億劫《おっくう》そうに鬱陶《うっとう》しげに、睨《にら》んでいる姿しか記憶《きおく》にないのだ。

（あのひとが、一緒《いっしょ》に暮らす、だって……？）

おそらくそれも方便だ。引き取る気などもともとなく、要は妻にも子どもにももう、愛想《あいそ》をつかしたのだろう。それでもいきなり放《ほう》り出すのは体裁《ていさい》が悪いから、言い訳として条件を提案したようにしか希には取れない。

そしてそれはおそらく、真実からそう遠くはない。

「あのひとたちは、また俺を壊す気なの……？　引き取ってそれでまたどうせ、放り出して、……何回俺を捨てれば気が済むんだよ!?」

「希、……希、落ち着いて」

震える声で言いながら、どうしてか顔は笑いの形に歪《ゆが》んでいく。玲二の青ざめた顔がひどく遠くて、希は言葉が止まらない。

「いやだ、……絶対やだ、勝手に離婚でもなんでもしてくればいいよ、でも、でも俺はもう、もうやだ……っ」

あの恐《おそ》ろしい無関心の中に放りこまれ、自分を見失うことだけはいやだと、希は軽いパニックに陥《おちい》った。それをとどめたのは、鋭《するど》く短い玲二の声と、頬《ほお》の熱だ。

「落ち着きなさい！」

「……っ」

軽く頬をはたかれ、その後にすぐ抱《だ》きしめられる。

「大丈夫《だいじょうぶ》、だいじょぶだから……落ち着いて、希」

「……っれ、ちゃん」

あたたかい腕《うで》、痛みを感じるほどの抱擁《ほうよう》に、少しだけ呼吸が落ち着いてくる。

そうだ、ここには――自分には、玲二がいると、その瞬間希は思い出すことができた。

「ごめん、ごめんね……やっぱり少し様子を見て、話せばよかった」

うるさかったこめかみの震えもようやく治まって、長く深い息を吐《は》き出した。

「……ごめん。……もう、平気」

それでもまだ指先の震えは止まらなかったが、気丈に笑ってみせる。続いた言葉は表情ほどに繕《つくろ》うことは、できなかったけれど。

「そうだね。……じゃあ、ごめん。さっきの話、なしにして」

「なしって……希？」

だってもう無理じゃないかと笑うそれが、先ほどのように明るくやさしいものではなくなっていることは自覚していた。

それでももう、取り繕うこともできないままに希は吐き捨てるように言った。

「今度、店長に……もうすぐ、就職するって頼《たの》まないと」

「希⁉」

「だってそれしかないじゃないか……っ。俺、どっちの方にもついて行きたくない、そしたら大学なんて行ってられない！」

歯がみして、希は絞《しぼ》り出すような声を出した。腹の奥がねっとりとした熱に滾《たぎ》っていて、肌がじりじりと焦《こ》げるように痛い。憤りは体熱を引き上げ、そうしてそのまま脳までを煮《に》えさせるのだと、希は知る。

「高校だって、やめなきゃ……あと一年なんて通ってなんか」

「……やっぱり、落ち着いてなんかいないでしょう」

だが、その希をもう一度いさめたのは、やはり玲二だった。

「希。この調査票はぼくがいいって言うまで提出しないって約束して。先生にも、先走ったことは言わないように」

「玲ちゃん！」

落ち着きなさいと再度、深くしっかりとした逆らうことを許さない声で玲二は言う。

「兄さんたちの方とは、ぼくがもう少し話し合う。……いい？　希」

でも、と喘《あえ》ぐように告げる希を遮《さえぎ》り、玲二はどこか淡々《たんたん》とした声で告げた。

「……きみがね、彼らの犠牲《ぎせい》になったり振《ふ》り回されることは、ぼくも……さすがに許せないでいるんだよ」

「れ……ちゃん」

その重い声に、希は目を瞠《みは》る。引き取られて三年近くの間、一度としてその手の発言をしなかった玲二が、この日はじめて希の両親を弾劾《だんがい》した、そのことにこそ希は驚《おどろ》いていた。

「だから、きちんとしよう。そのためにも短慮《たんりょ》はいけないから……少しだけ、もう少しだけ。

希も、我慢《がまん》して」

「……玲ちゃん」

誰《だれ》よりもその権利はあるのに、いままで彼は面と向かって総一と真優美についての批判や非難を口にしたことはなかった。

理由はただひとつ。矛盾《むじゅん》しているけれども、どれほどに憎《にく》んでいる肉親であれど、親を貶《おとし》められる発言をされれば子どもははっきりと傷つくからだ。

希が疲れて言葉を失った日、周囲の医師や大人たちは一斉《いっせい》にその理由として両親の存在をあげた。カウンセラーは冷静に分析《ぶんせき》し、教師はやや感情的に思い入れつつ、「きみを傷つけたのはその存在を生み出した彼らである」と口を揃《そろ》えて。

玲二の手を取ったのは、そのいずれをも彼が責めることをしなかったからだ。

傷つけられたばかりの、まだなまなましく血が吹《ふ》き出るような痛みを抱《かか》えた希には、捨てないでと腕を伸《の》ばし続けた両親への否定は、つらすぎた。

慕《した》う腕を拒《こば》まれて、傷ついてそれでもなお声を殺したのは、両親を責める言葉のなにひとつをも、希が発したくはなかったのだ。それを言ってしまえば、その彼らから生まれた自分自身の存在さえも、否定するような気がして。

「玲ちゃん、……おれ、……俺」

気づけば涙《なみだ》が溢《あふ》れて、華奢《きゃしゃ》な叔父《おじ》の指にそれを拭《ぬぐ》われながら、本当に自分が変わったことを希は知る。

距離《きょり》を置いて、立ち位置を確かめた自分の両親は、やはりどうしても尊敬することのできない——そして、自身の生きる上での障害を与《あた》える存在でしかないと自覚することはつらい。

けれども、それ以上に守ろうとしてくれるひとがいることを知り、また、自分のために怒《おこ》ってくれる、そして闘《たたか》ってくれる玲二を、本当にありがたいと思う。

ぎこちなくおずおずと、それでもどうにか選び取ろうとした意志さえも、いま押しつぶされようとしている。それが自分を生み出した、当の本人たちだということが、どうしようもなくやるせない。

「こんなに、泣かせて……あのひとたちは、本当に」

勝手な、と呟《つぶや》く声の苦さを、だから希は嬉《うれ》しく思う。

そんな玲二だからこそ迷惑《めいわく》をかけたくないと感じる、それもまた希の真実なのだ。

どうすればいいのかわからないと思いながら、ただ泣くしかできない子ども。それだけの小さな生き物でしかない自分を持て余しながら。

＊　＊　＊

結局次の週が終わる頃《ころ》になっても、希はその紙切れを提出することはできなかった。

案の定長山には早くしてくれとせっつかれたが、書けないものはどうしようもない。

まして惑《まど》うまま、いくつかのコースに分類された希望欄《らん》に、『就職』と書きかけてはやめているのだとは、結局仲のいいクラスメイトたちにも言えないでいる。

（せっかく、前向きに考えてたのに……）

玲二はおそらく、学費も生活費も心配するなと告げるだろう。けれどもいまでさえ、迷惑をかけ通した叔父に、そこまでを頼《たよ》れないと希は思う。

短慮はよせといさめられたものの、落ち着いて考えれば考えるほどに、選択肢《せんたくし》はひとつしかないような気分になってしまうのだ。

こういう時には本当に、子どもは損だと考えてしまう。誰にも干渉《かんしょう》されることなく、自分の力で自分を養うことができればどれだけ心穏《おだ》やかだろうと、憧《あこが》れるような焦《こ》がれるような気持ちでいっぱいの希の唇《くちびる》からは、ため息ばかりがただ零《こぼ》れた。

「……浮《う》かない顔だな」

「っあ、……す、すみません」

三回目のそれを見とがめたのは、高遠だった。

この日は遅番《おそばん》シフトの希をそのまま家に持ち帰ると宣言する彼は、幼い恋人《こいびと》の上がりを待つために3・14でジンを舐《な》めながら時間を潰《つぶ》している。

高遠がもたれかかっているのは上層階にあるバーカウンターだ。イギリスから取り寄せた百年前のバーを、まるごと移築したアンティークは店長の自慢《じまん》で、黒光りするほど磨《みが》かれた木材にはどっしりとした歴史の重みがある。

3・14では、通常営業の日とライブの日では店内のセッティングから違《ちが》う。地下二階に亘《わた》る吹き抜《ぬ》けのフロア、最下層にある空間がライブステージに変わり、それを取り巻くようにした地下一階の止まり木席からも、ライブを眺《なが》められるようになっているのだ。

ちろりと色の浅い瞳《ひとみ》で下を覗《のぞ》きこんだ高遠は、抑揚《よくよう》の少ない声で問いかけてきた。

「おまえこういうの、好きじゃなかったか？」

「あ、うん……好き、だけど」

高遠の音楽を追いかけるうち、近頃ではサックスばかりでなくいろいろなジャンルに目を向けた希は、このところタンゴ、それもピアソラにはまっていた。

つい先頃、店長である義一が高遠とその仲間たちのライブ企画《きかく》として、ピアソラ・ナイトなるものをやったのがきっかけだ。三日間、チェロからサックス、バンドネオンとメインを変えて行われたそれは、同じ曲調でもその楽器と奏者によってどれほどのバリエーションが出るのかを希に教えてくれた。

この夜は、そのピアソラ・ナイトの中でもやはり人気のあったバンドネオンのソロライブで、独特の音色が鮮《あざ》やかに少しもの哀《がな》しく、場を盛り上げている。

普段《ふだん》の希ならば、その大きな瞳を輝《かがや》かせるまま音楽に夢中になり、声をかけてもろくに気づかないほどなのにと、彼は訝《いぶか》ったようだった。

「なんでもないです、ごめんなさい。……あの、おかわりは？」

「いい、勝手にやる」

かまうな、と短く告げてカウンターにもたれた彼は、勝手知ったるといった風情《ふぜい》でバーカウンターの中から好みの酒を取り、手にしたグラスに注ぐ。

ライブ中には客席も前方にしつらえられたステージの音楽に集中するため、店員たちもテーブルから呼ばれない限りにはフロアに出ることもない。その間は休憩《きゅうけい》にはならないにしろ実質の仕事はないに等しいもので、だからギャルソンエプロンにベストのままの希も、少し気が抜けてしまったのだろう。

（まずいなあ）

こんなんじゃ独り立ちなど夢のまた夢だと、希はやや猫背《ねこぜ》気味になっていた背をすっと伸ばした。バイトとはいえ店内にいる客からすれば、希は接客のプロであらねばならないのだ。

それ以上に、頭ひとつ高い位置からの視線が痛い。よりによって高遠の前で情けない姿は見せられない、だらしなくしていてはまずいだろうと気を引き締《し》めた希に、思うよりもやさしい声がかけられた。

「疲《つか》れてるんじゃないのか？　ここんとこ、またシフト立てこんでるんだろう」

「ううん、それは平気だけど」

気遣《きづか》われてしまえばくすぐったく、もう慣れたから、と笑ってみせるのも本心からだ。

久々の長期オフである高遠は時間を持て余しているのか、このところ用があってもなくてもこの店に顔を出していて、だから希のバイトが連日になっているのも彼は知っている。夏頃の彼は仕事で慌《あわ》ただしかったせいで、ろくにその顔を見られずひたすら落ちこんだ希には、毎日のように会うことができるいまは素直《すなお》に嬉しい。

（でも……）

その嬉しさをも失念してしまうほどの物思いに囚《とら》われていた自分に気づけば、うっかりとまたため息をつきかけて、希はくっと奥歯を噛《か》んだ。

玲二と暮らして三年、この店で働く半年の間にもいろいろなハプニングはあったけれど、今回のこれは重さが違う。

（どっちか選べ、なんて……）

お荷物とばかりに放《ほう》り投げた両親に対して、恨《うら》む気持ちもむろんある。しかしそれ以上に、心の奥底では「もしかしたら」という願いが捨てきれないのも事実だ。

だが玲二の表情やいままでを考えればそんな儚《はかな》い期待を抱《いだ》いても仕方ないのはわかっている。父、総一はいったいどういうつもりであんなことを――……。

「――……い、おい」

「あ、はいっ。なんでしょう」

客が呼んでる、と高遠に肩《かた》をつつかれ、まったくこれではどうしようもないと希は薄《うす》い肩を落とした。

逸《そ》らした頬《ほお》に、気遣わしげな彼の視線を感じながら歩き出す。せつなく狂《くる》おしいタンゴの調べが細い身体《からだ》を包みこんで、希の吐息《といき》を押し流した。

＊　＊　＊

その夜、いつものように部屋に来るかと誘《さそ》われると思いこんでいた希は、車を走らせる高遠が知らない道を選んだのに気づき、目顔で「どこへ」と問いかける。

「ちょっとその辺、流してもいいだろう」

「それはいいけど……」

ちらりと流された視線は穏やかにやさしく、いまだに慣れないそれにどぎまぎとする。

希は高遠の横顔が好きだ。まっすぐに見つめられれば視線の強さにうつむいてしまうせいで、あまりじっくりと見ていることができないのだが、この角度ならばいつまでも遠慮《えんりょ》なく、整った顔立ちを眺めていられる。

おそらくはそんなことを告げれば、苦笑《くしょう》混じりにからかわれるのがわかっているから、とても口にはできないけれど。

「あの、ラジオつけても?」

もとより饒舌《じょうぜつ》ではない彼は運転に集中してしまうとなおのこと口が重くなり、車中での沈黙《ちんもく》が耐《た》えきれずに希は口を開いた。

「ああ」

素っ気なく聞こえる返事をもらって、ラジオのチューナーに手を伸《の》ばす。別段聞きたくもないラジオを求めるのも、どこか浮《うわ》ついている自分を落ち着かせたいからだった。

いい加減、肌《はだ》の熱まで知る仲になって半年も経《た》つのに、近頃の高遠とふたりきりでいると、希はそわそわと落ち着かない気分になる。

緊張《きんちょう》しているのとは、また違う。単純にこれは、あがっているのだ。

甘えることや、素直に自分の気持ちを口にすることはだいぶできるようになった。けれど、遠目に彼を見つけただけでも心臓が跳《は》ね上がるようなときめきは、自分では律せない。距離《きょり》が近ければなおさら胸は甘く痛んで、幸福なせつなさに酔《よ》いしれてしまう。

そうしてまた、落ち着かない理由はもうひとつ。

（なんか、ちょっと違うっていうか）

普段が怖《こわ》いくらいに冷たい表情を見せる彼だけに、ごくたまにやさしくされるとひどく胸が高鳴ってしまうことはあった。けれど最近はその「ごくたまに」がずっと続いているのだ。

本質的には高遠はやさしい人間なのだとは知っている。今日のドライブも、高遠の気まぐれではなくため息ばかりをついている希を気遣ってのことだろうし、そういう言葉にならない情の傾《かたむ》け方なら、実に彼らしいと思うのだが。

（やっぱりなんか、どっか、……なんだろう）

先ほどの店での会話にしても、あんな風に口に出してねぎらいをするタイプではなかったのにと、失礼ながら驚《おどろ》いてしまったくらいだ。

あんな風にナイーブな態度をそのまま出してくるひとではないのにと、どうしてもその疑念は去らない。だが少しばかり前、あまりに言葉の足りない彼といささか派手に揉《も》めてしまった時に「少しは話してくれ」となじったあとだから、これも高遠の努力といえばそうなのだろう。

（けど俺も、たいがい慣れろって話なんだけど……）

だいたいが、恋人《こいびと》にやさしくされて戸惑《とまど》ってしまうという事態がやや情けないかもしれない。

散漫《さんまん》に考えつつチューナーを弄《いじ》っていれば、FM放送でクラシック音楽が流れてくる。

気分ではなかったがなにしろ走っている車では、まともに電波を捕《つか》まえられるのはそれしかなく、まあいいか、と手を離《はな》した希に高遠がぼそりと告げた。

「……変えてくれ」

「え？」

低い、呟《つぶや》くようなそれが聞き取れず、問い返した希が目を瞬《また》けば、ラジオでは演奏が終了《しゅうりょう》したあとのアナウンスが流れてくる。

『……──交響楽団《こうきょう》の演奏で、……をお送りしました。この演奏では、今月帰国を果たされたヴァイオリニスト、日野原奏明氏がまだ──……に在籍《ざいせき》していた折りの』

ノイズの混じったラジオの音は、そこでぶつりと途切《とぎ》れる。指を伸ばした高遠がいきなり、音源をオフにしたからだ。

「……あの、どうかした？」

「悪い、ザーザーうるさいのはだめなんだ、苛《いら》ついて。CDが入ってるから、好きなのにしろ」

「あ、……うん」

問いかける言葉をふさぐようにして、顎《あご》をしゃくった高遠の表情は普段と変わりない。けれどそこに、先ほどにはなかった苛立ちのようなものが透《す》けて見えて、希は黙《だま》って頷《うなず》いた。

ノイズが嫌《きら》いだと言われればそうかもしれない。音楽家の聴覚《ちょうかく》や音感は非常に鋭《するど》く、ある演奏家はひとの発した言葉でも騒音《そうおん》でも、世の中の音すべてが音階で聞こえてしまうため、非常に精神的に苦痛を味わうと聞いたことがある。

「あ、……これかけていいですか」

「ジャニス？　めずらしいな」

高遠自身の音楽の趣味《しゅみ》は、希も把握《はあく》しきれていない。彼自身の演奏するジャンルも多岐《たき》に亘《わた》り、ジャズからフュージョンにポップスアレンジと、実にさまざまで、自宅にあるレコードやCDもかなり不思議な取り合わせだったりする。

希自身はジャズを好み、ロックやR&Bにはさして食指が動かない。だがジャニス・ジョプリンを取り出したのは、いま現在アメリカで頑張《がんば》っているであろう、元Ｕｎｂａｌａｎｃｅのリーダー、柚のことを思い出したからだ。

「柚さんがこれ、好きだったから……この間も勧《すす》められて」

二十歳《はたち》になったのを機にトップアイドルの座を捨て、本格的なシンガーになるため単身自由の地に乗りこんだ涼《すず》やかな彼女がこよなく愛したのは、このハスキーボイスのミュージシャンだ。小学生の頃《ころ》からサマータイムを口ずさむなど、ずいぶん早熟だった彼女を思い出して微笑《ほほえ》む希に、いささか不機嫌《ふきげん》そうな高遠の声がかけられる。

「——最近、連絡《れんらく》あったのか？」

「柚さん？　ちょこっとだけ電話が。近況報告《きんきょう》だけだけど」

レッスンがきつい、日本食が恋《こい》しい、ハンバーガーばかりで三キロ太ったと、愚痴《ぐち》めいたことをこぼしつつも楽しそうだった年上の友人に、希自身は尊敬と慕《した》わしさ以上のなにもない。

「そっちじゃねえよ」

「……ええと」

だが、Ｕｎｂａｌａｎｃｅのメインボーカル——菜摘についてはいささか、事情が違《ちが》う。

「菜っちゃんは忙《いそが》しいし、そんなに、連絡とかは」

「……あんのか」

「えーと……いや、あの、……はい」

嘘《うそ》もつけないまま、たまにメールが、と答えつつも希の声はだんだん小さくなっていく。

共に芸能界で活躍《かつやく》していた頃、ひとつ年下の菜摘にはいじめられていた記憶《きおく》しかない。だがそれを、好きなゆえに突《つ》っかかってしまうからだと教えられたのは、夏の盛《さか》りだ。あげくその彼女に強引《ごういん》に唇《くちびる》まで奪《うば》われたのは、おまえに隙《すき》があるからだと高遠にさんざん甘く責められ、それ以来菜摘の名前はふたりの間では鬼門《きもん》になっている。

（言えない……）

本当はたまにどころでなく、居直った菜摘はあれ以来、トップアイドルのどこにそんな暇《ひま》があると思うほどに連絡をよこしているのだ。主に携帯《けいたい》へのメールがほとんどだし、たいして色気のある話ではなくもっぱら怒《おこ》りっぽい彼女の愚痴ばかりではある。

しかし、泣きつかれれば無下にもできず、慰《なぐさ》めの言葉を送ってしまう希も少しばかり罪作りだと、柚にもからかわれてはいるのだ。

「あの別に、こっちも、近況報告ばっかりで……」

菜摘自身は多少の事情を知りつつも業界にいない希を、思うさま愚痴れる男友達と認定《にんてい》しているくらいだろう。だからこそ希も衒《てら》いなくつきあえるのだが、果たして高遠はそれで納得《なっとく》するかは怪《あや》しい。

これで案外嫉妬《しっと》深《ぶか》いのだと、それこそ身体《からだ》に教えられているので。

「まあ、別にいいけど」

案の定、全然よくなさそうな声でぼそりと呟かれ小さくなりながらも、妬《や》いてくれていると思えば少し、嬉《うれ》しかったりする。くすぐったい気持ちで少し口元を綻《ほころ》ばせると、高遠はなぜかほっとしたような吐息《といき》をした。

「機嫌、少しは直ったか」

「え……？」

長い指に眉間《みけん》を突かれて、強《こわ》ばりの取れた頬《ほお》にいまさら気がつく。そのことで、もうずいぶんと高遠の前に硬《かた》い表情をさらしていたのだと希は知った。

「あ、あの別に……不機嫌とかじゃ」

「ああ。……わかってる」

ごめんなさい、と肩《かた》を竦《すく》めれば、ゆるやかに減速した車は海沿いで止まった。みなとみらいの夜景が見えるこのあたりは、地元の人間だけが知る穴場らしい。

「なにか、あったんだろう」

エンジンを切った車中には、ジャニスの声だけが静かに流れている。

「俺が原因で苛ついてるわけじゃなさそうだ。それはわかってる……けど」

そっと告げる高遠の穏《おだ》やかな声には気分を害した様子はなく、淡々《たんたん》とした響《ひび》きの中に希は心配を感じ取った。

「ためこむからな、おまえは。……言いたくなければそれもいいけど、だからって聞き出さないと喋《しゃべ》らないのも知ってるし」

「高遠さん……」

「言ったたろう、一応俺も努力はしてる」

苦笑《くしょう》する横顔にたまらなくなって、希は息をつまらせた。

――俺は、言葉は、うまくない。それでも、欲しいものがあるなら言えばいいし、苦手だが、努力する。

すれ違《ちが》いに泣いて落ちこむばかりだった希が、その言葉をもらって半年。確かに少しずつ歩み寄ってくれた年上の恋人は、日を追って甘くなる指先で頬を撫《な》でてくれる。

「あ、の、……」

なにもかもを頼《たよ》ってしまいたいような気持ちがこみ上げ、しかし言葉がうまく、出てこない。

玲二ともつきあいのある高遠は、おおよそは希の事情を呑みこんではいるらしかった。しかしそれはあくまで、アイドル引退から両親との仲がこじれ、玲二の家に引き取られた、という程度のことでしかない。

(どこまで、言っていいんだろう)

言葉を失うまでに傷ついてしまったあの日々のことを、まだうまく他人に説明できる自信がない。恨《うら》み言《ごと》ばかりになりそうでもあったし、また――その重さをひとに預けていいものか、希にはよくわからないのだ。

――両親には数年前に捨てられていました。その時に声をなくして、ようやく取り戻《もど》したけれど、今度はそのふたりが別れて、どちらかを選べと難題を突きつけています。

なにをどう言っても重苦しいことに変わりなく、希は痛む胸を堪《こら》えて唇だけを笑わせた。

（……言えない）

「……進路で、迷ってて」

「ああ……そういう時期か」

揺《ゆ》れる瞳《ひとみ》で逡巡《しゅんじゅん》したあげくの言葉を発すれば、高遠はそれだけではないだろうと察したように見つめてくる。

「いろいろ、あるから……就職にした方が、楽かなって」

「——楽？」

鼻白んだような高遠の声に、浅い考えだと言われた気がした。しかし頬を捕《と》らえた指は、なだめるようにやさしいままで、希は唇を噛《か》みしめる。

「……早く、おとなになりたいんです」

「うん？」

本心からの、しかし言葉足らずなそれを口にすれば、どういう意味だと高遠が片眉《かたまゆ》を上げる。

「ちゃんと、……誰《だれ》にも迷惑《めいわく》かけないで、ひとりでちゃんと、いられるように、したくて」

喘《あえ》ぐようにもどかしく言葉を選びながら、くじけそうな心のまま希は言葉を紡《つむ》いだ。

「でも難しくて、……考えてるとなんか、ぐるぐるしてきて」

相づちもないまま、黙《だま》って見つめる高遠の視線が少しずつ、なにか苦いものを帯びていくのが暗い車中でもはっきりわかる。

（甘いのかな……）

頭だけで考えていると、そう責められてしまうかもしれない。高遠のように、自分の力で凛《りん》と生きている大人からすれば、こうした悩《なや》みはあまりに小さいと笑われそうで、希は怖《こわ》かった。

「……わかる気は、する」

「え……？」

しかし、長い沈黙《ちんもく》のあとに高遠が告げたのは、希には意外な言葉だった。

「おまえくらいの頃《ころ》にはな。結構みんな、そう思うから。自分だけでどうにかしたい、そうすれば自由になれる……そんな感じだろう」

「あ、……うん」

言外に、自分も同じだったと告げられた気がして、希は驚《おどろ》く。どこか高遠には、惑《まど》いや焦《あせ》りというものは無縁《むえん》の気がしていたし、他人の都合に振《ふ》り回されることなどないような印象があったからだ。

「雪下さんは、なんて言ってる？」

「玲ちゃんは……大学に行きたければ行けって、焦るなって」

だろうなと少し瞳をなごませた高遠の声に、なにか懐《なつ》かしいものを見るような響きがあった。

(高遠さんも、……そういうの、あったのかな)

子どもが大人を見てすべからく感じるように、なんとなく、生まれた頃から高遠はいまの彼だったような気がしていた希は、当たり前の事実を失念していたことにいまさらに気づく。

「甘えられる相手がいるうちは、そうしておいた方がいい」

「でも……」

「……自分ひとりで生きるってことが、まだおまえにはわかってないだろう」

厳しい言葉だが、声音《こわね》はやわらかく包むようだった。痛い部分を突かれて押し黙った希の額に、その声を発した唇《くちびる》がそっと触《ふ》れる。

普段《ふだん》のような突《つ》き放す厳しさではなく、やさしくさえある言葉なのに、希にはどうしてかいままでで一番それがつらく聞こえてしまう。

(どうして……そんな声、出すの?)

強い実感のこもった言葉には、高遠の過去がうっすらと透《す》けて見える気がした。

自身の後悔《こうかい》や、痛みや、そういうものを見据《みす》えて、「だからおまえは間違うな」と、そう告げられている気がするのは、たぶん錯覚《さっかく》ではない。

「あんまり、急ぐな。……思いつめるなよ」

けれどその声が、やさしくて、あまりにやさしすぎて、却《かえ》って不安になってしまう。

この脆《もろ》そうな響きはいったい、どちらの痛みなのか、わからなくなりそうで。

「高遠さん……」

聞いたことのないやわらかい声で抱《だ》きしめられ、希はむしろ飢餓感《きがかん》に似たものを覚えた。

（でも、決めないといけないんだ）

父か、母か。いずれにしろ選べと告げること自体がひどく残酷《ざんこく》なことでもあった。けれど、それ以上に――ふたりを捨てないとなれば、この愛《いと》おしい相手とも別離《べつり》を迎《むか》える可能性があることを、この瞬間《しゅんかん》希は強く意識する。

総一を選べば北海道へ、真優美にしても東京だ。まして彼らは、玲二のようにリベラルな性格ではなく、共に暮らすとなれば、相当に行動の制限を強《し》いられることは目に見えている。

（――……いやだ……）

いずれにせよ、いままでのように高遠と過ごすことはできなくなる。それだけは耐《た》えられず、勢い伸《の》ばした腕《うで》はなにかに封《ふう》じられたように動かない。

「……シートベルト」

はずせよ、と笑われて、もどかしく希はロックを解除した。瞳を潤《うる》ませて広い胸にすがりつきながら、こんな風に指先ひとつで、自分を縛《しば》り付けるもののなにもかもを解いてしまえればと強く願う。

「……高遠さん」

「ん……？」

「高遠さ、……高遠さん、好き……」

離《はな》さないでほしい。その長い腕で強く抱いて、くらくらと迷う自分を繋《つな》いでおいてほしいと希は声なく訴《うった》え、わななく吐息《といき》を高遠の唇に押し当てる。

「……ん」

奪《うば》われるのも傷つけられるのも、高遠がいい。なにかにめちゃくちゃに振り回されるのなら、
この男以外には許したくない。せつなく思いつめて、希はしなやかな彼の首筋を抱きしめた。

「……なんにも、考えられなくさせてやろうか？」

「っふ……ん、……んぁ」

淫《みだ》らさを含《ふく》んだ囁《ささや》きに、頰《ほお》が燃える。答えるよりも先に痛いくらいに舌を吸われて、じんと
瞼《まぶた》が熱くなる。ひどく高ぶった気分のまま濡《ぬ》れた口づけに応《こた》える希は、必死に腕を縋《すが》らせた。

「……俺の部屋より」

「う、ん……っ？」

目眩《めまい》のするようなきついそれをほどくと、息があがりきっている。薄闇《うすやみ》の中でも危険に瞳を
光らせた高遠に魅入《みい》られて、走り出した鼓動《こどう》がもう戻らない。身動きもままならない腰《こし》の奥も
既《すで》に妖《あや》しく疼《うず》き、ひどく急《せ》いた気分になっている。

「あ、や……っ」

「近いホテル、……行くか？」

それらを見透《みす》かしたように告げながら、耳朶《みみたぶ》をきつく噛む高遠の長い指は、希の薄い胸の上を何度も撫《な》でた。シャツを押し上げる小さな乳首《ちくび》は、わざと焦《じ》らすようにその周囲だけをくすぐる愛撫《あいぶ》に悶《もだ》えて尖《とが》り、痛みさえも覚える。

（……はやく）

そこに触《さわ》って、ひどくしてと濡れた瞳で訴えれば、高遠はぐらかすように目を細めた。

「それともやっぱり、今日はこのまま、帰るか？」

疲《つか》れてるみたいだし、と軽く突き放す言葉を告げられ、ひどいと思いながらもどこかほっとした。

揺《ゆ》れているいま、やさしくされるばかりでは怖い。

理由はわからないけれど、甘えるばかりでは——自分が、だめになりそうで。

「どうする……？」

そしてまた、からかう響《ひび》きがどうにも淫靡《いんび》なものを孕《はら》むから、違《ちが》う意味ではとっくにだめになりながら、希は指を広い肩《かた》に縋らせる。

「や、……も、いじわ、る……」

こんなにしておいて、おとなしく家に帰れるわけもないだろうと上目に睨《にら》めば、高遠の顔が滲《にじ》んでいる。涙目《なみだめ》になった眦《まなじり》をそっと吸われて、早く、と希はしがみついた。

「も、……もう、どこでも、い……から」

早く触ってほしい。それを許される場所もそして、鋭敏《えいびん》に火照《ほて》った肌《はだ》も、なんだっていいから彼の手で、いっそ淫らに堕《お》とされたいと、希はかすれた声で哀願《あいがん》する。

「このまま、ここでもいいから……っ」

「……積極的なのはいいけどな」

そこまでがっつかせるなよといなす余裕《よゆう》が悔《くや》しくて、すらりとした首筋に齧《かじ》りつく。

お返しにと施《ほどこ》されたのは、泣き出しそうなほどに濃厚《のうこう》で意地悪な、甘い口づけだった。

涼《すず》しい顔をして、それでも急いた気分だったのは同じだったのだろう。余裕じみたことを言いながら高遠が向かったのは、夜景の華《はな》やかなロケーションを狙《ねら》ったように点在する、ホテルのうちのひとつだった。

内装はさほどけばけばしいものではなかったけれど、やはりそれのみを目的とした空間には恥《は》ずかしさが募《つの》る。うつむいたままの希は無人のロビーを通り抜《ぬ》ける間、どう見ても女性に見えない自分と高遠のふたり連れが奇異《きい》な目で見られはしないかとひどく落ち着かなかった。

「ここは客同士、鉢合《はちあ》わせしないようになってるから、そんなに固くなるな」

そわそわとする希は、しかし慣れた風な高遠にさらりと告げられてしまえば緊張《きんちょう》よりも少しの不愉快《ふゆかい》さと、不安を感じてしまう。

「誰《だれ》かと……来た？」

「ばか。金がない時に泊《と》まったんだ」

笑った高遠に軽く頭を叩《たた》かれ、どこか誤魔化《ごまか》されたような気分を持て余す間にもエレベーターは上昇《じょうしょう》し、目的の部屋に到着《とうちゃく》してしまう。

「……ひとつ、言っておくけどな」

「なんですか……？」

考えまいとしても、顔をしかめてしまっていたのだろう。部屋の中に入るなり抱きしめてきた高遠は、面倒《めんどう》そうな吐息をしつつも希をなだめる声を出す。

「おまえに、誰かの手順をそのまんま踏《ふ》むようなことは、してねえよ」

「高遠さん……？」

そもそものはじまりがはじまりで、結構に乱れていたおのれを知られている以上、その程度のことしか言えないと高遠は苦い顔をする。普段からはらしくもない言い訳を口にするのも、希が不安定でいるからだろう。

「……うん。信じる」

詮索《せんさく》めいたことをしたくはない。実際、過去の事実を知ったところで希が受け止めきれないのは、幾度《いくど》か揉《も》めた折りに既に知っている。

だから、いまこの瞬間、自分にだけ差し伸べられる腕だけを信じられれば、もうそれでいい。

頷《うなず》いたつむじにまず唇を落とされた。背の高い高遠と立ったまま抱き合えば、そこそこ平均以上は身長があるはずの希さえも、その肩まで届かない。

（……あったかい）

広い胸にすっぽりと包まれて、頬や額に唇を受け止める瞬間がひどく希は好きだった。守られて、このまま微睡《まどろ》んでいていいのだと言葉なく告げられているようで、安心してしまう。

「信じるはいいけどな……そんな安心しきった顔、してる場合か？」

「あ、……え？」

落ち着かれてばっかりでも困るぞと笑った高遠は、車から移動する間に気のゆるんだ希をからかうように抱《だ》きしめ、するりと腕を伸ばしてくる。

「あ、ん！」

「なにしに来たか、忘れてないだろうな」

大きな両の手のひらにきゅっと摑《つか》まれたのは腰の丸みで、そのままぐいと引き寄せられた瞬《しゅん》間《かん》に、希は盛大《せいだい》に赤くなる。

「や、……もう、こんな」

「煽《あお》ったのはおまえだろ」

逸《そ》らした首筋を唇《くちびる》に撫でられ、震《ふる》え上がった希は足下《あしもと》が危《あや》うくなる。そのままよろけたところでベッドに倒《たお》れこめば、もうあとは高遠のなすがままだ。

「シャワー、……とか」

「いらねぇよ」

ぐずるなと押さえこまれ、車の中でさんざんにされた唇を嚙《か》まれた。上下の順に吸われてふっくらと腫《は》れあがるそこを舐《な》められて、果物《くだもの》の皮でも剝《む》くようにつるりとシャツが脱《ぬ》がされる。

「あ、は……っ」

車の中で既に刺激《しげき》を欲しがっていた胸にきつく吸いつかれて、声があがった。

高遠がこうして触《ふ》れるまでは、自分で意識さえしたこともなかった小さな赤い突起《とっき》は、指先に舌に捕《と》らわれて、どんどん硬《かた》くなっていく。

「そこ、や……っ」

少し痛くて、甘痒《あまがゆ》いような感じのするそこを舌に撫でられるのは、感じすぎて苦手だった。だがむずがるように言って首を振《ふ》っても、愛撫は一向に去っていく気配がない。

「噓《うそ》つくなよ、……ここ、好きだろう」

「や、も……あっ、あああ！」

違うと首を振れば、強引《ごういん》に剝《は》がされた下着の中で既に濡《ぬ》れていたものを摑まれる。

あやすようにゆっくり、手のひらで全体を揉みしだかれれば湿《しめ》った音がやけに響いて、希は啜《すす》り泣くような声をあげた。

「だ、め……や、やだ、だめ……」

「……じゃあ、どうする？」

この夜は感じ方が激しくて、指先になだめられるだけでもひどく、つらかった。そしてまた、普段《ふだん》ならばからかったり、少し意地悪に追いつめてくる高遠がやわらかい声を出すからよけい、敏感《びんかん》になってしまう。

「してほしいこと、言ってみな、希」

「ん……っ、ん、……たかと、……さ……っ」

なだめるように頬《ほお》を啄《ついば》んだ唇でさえ、びりびりとした痺《しび》れを呼び起こす。施される愛撫《あいぶ》を知った肌は、期待感だけで既《すで》にしっとりと潤《うる》み、この先を待ちわびて震えていた。

（違う……）

性器をくすぐるようなやさしいそれではなく、もっと強い力でどうにかされたい。自分の身体《からだ》の中で、もっともせつなく疼《うず》いている場所がどこなのか自覚した希はひとりで赤くなる。

「やだ、も……っ」

餓《う》えた粘膜《ねんまく》が、高遠を待ちわびていまにも濡れてしまいそうで、そんな風に変わった身体を持て余し、希はどうしていいのかわからない。くしゃりと顔を歪《ゆが》め、泣き出しそうな顔のまま赤面した希に高遠は少し訝《いぶか》ったような声を出した。

「おい……どうした？」

「なんか、……なんかもう、だめで……」

瞳《ひとみ》もまた、いまにも零《こぼ》れ落ちそうな涙で揺れている。溢《あふ》れそうな雫《しずく》をたたえた瞳で覆《おお》い被《かぶ》さる男を見上げ、早く脱いでくれとシャツのボタンに震える指をかけた。

「ど、しよ……高遠さん、……ど、すればいい？」

「だから、なにが」

ぎこちない動きで胸をはだけさせ、露《あら》わになるしなやかな身体にくらくらする。鼻先をシャツの隙間《すきま》に押し当てて、少し汗《あせ》ばんだ高遠の肌《はだ》の熱さを直《じか》に感じれば、おののきはさらにひどくなった。

「さわらないで、いい……から」

——すぐ、して。

顔を見たままではとても言えない言葉を、吐息《といき》だけのそれで胸に染《し》みこませれば、腰《こし》を抱いた腕《うで》が一瞬、痛いほどに強くなる。

「……わかった。けど、途中《とちゅう》で泣くなよ」

「——……っ、あ、や……っ」

言ったのはおまえの方だからと、笑う高遠の瞳はもう、やさしくはない。

突《つ》き刺さるような視線に怯《おび》えて、さらに泣きそうになった希はしかし、竦《すく》み上がる身体の奥に灯《とも》った熾《お》き火が、ゆらりと膨《ふく》れあがるのを知った。

濡れた音が響《ひび》いて、その合間に細く切れ切れの甘い声が混じる。

汗が眦《まなじり》を引いて零れ、涙《なみだ》なのかもわからないままに胸を喘《あえ》がせれば、下肢《かし》の奥へと粘《ねば》ったものを塗《ぬ》りつけていた高遠は、ひそめた卑猥《ひわい》な声で問いかけてきた。

「どの指か……わかるか？」

「あ、そ……そん、な」

ゆっくりと差しこまれたそれは、いままでに知らない細さだった。くすぐったいような甘痒さを与えるそれに震え上がりながら、遊ばないでと涙目で希は訴《うった》える。

「も、ひど、ひど……い」

「ひどくないだろう。……入れてって言ったのはおまえだろ」

いつものように肌を撫《な》でて、身体をやわらげる愛撫を拒《こば》み、早く、と告げたのは自分だった。

けれどそれは、高遠としっかり繋《つな》がりあいたかったからで、こんな風に延々と指で弄《いじ》られたかったわけではない。

「答えてみろよ。口で言えなければ、ほら……」

恨《うら》みがましく濡れた瞳で睨《にら》んでも、しかし相手はおもしろそうに笑うばかりだ。

かざされたのは奥を穿《うが》つのとは逆の手で、からかうように湿った唇を撫でたあと、高遠は揃《そろ》えた指を軽く押し当ててくる。

「同じ指、噛んでみろ」

「ん、ん……っんあ、たか……っ」

淫猥《いんわい》に過ぎる遊びを仕掛《しか》けられ、くらりと目の前が歪んだ。

（はいってる……、ゆび……）

整ってうつくしい高遠の指が、あの素晴《すば》らしい音律を奏《かな》でるそれが希は好きだった。彼の才能を迸《ほとばし》らせるあの指先が、自分の体内を淫《みだ》らに弄ってくれているだけでも希には目眩《めまい》がするのに、もうひとつそれを与《あた》えると言われて拒めるわけがない。

「はむ……んっ」

両手に捧《ささ》げ持つように手を掴んで、すっぽりと根本まで小指をくわえた。熱を持った舌先を絡《から》みつかせ、窄《すぼ》めた口腔《こうこう》で吸うと高遠はその鋭《するど》い瞳を甘く細める。

「……あたりだ」

乳児が乳房《ちぶさ》を含《ふく》んだ時のように無心に吸いついていれば、ほっそりとしたものはなぜだか不意に身体を去っていき、そして別の場所からちゅぷりと小さな水音が立った。

「次は……どれだ？」

「ふぁっんっ、や、太い……っ」

次に訪《おとず》れたのは、先ほどからすれば倍ほどにも感じる感触《かんしょく》で、びくりと震える腰がシーツから浮《う》き上がる。濡れそぼった性器を高遠に向かって突き上げるような体勢は希にひどい羞恥《しゅうち》を覚えさせたけれども、食い締《し》めた腰の奥で動く指がその身体をおとなしくさせてくれない。

「ほら、どれだよ、希……」

「ああ、あ、う……んふっ、んっ、は、ぷ」

感じ入ったまま何度も腰をがくがくとさせて、縋《すが》るように希は親指を噛《か》んだ。幅広《はばひろ》の爪《つめ》と指先を口内の粘膜に感じながら、それが舌表面をぐりぐりとなぞる動きに喉声《のどごえ》が漏《も》れる。

「じゃあ……これは」

「ふあっ!? あああああ……っ」

これも正解、と耳朶《みみたぶ》を齧《かじ》った高遠は、次に少しばかり難しい質問を出した。極端《きょくたん》に大きさの違《ちが》う両端《りょうたん》の指ではなく、山なりに長さの違う残りのどれかを、ゆるゆると回しながら押しこんできたのだ。

「ん、いやぁ……っ」

「いや、じゃない。……どれ？」

意地悪に問われても、わかるわけがない。先ほど親指までを受け入れた希のそこはもうすっかり綻《ほころ》んでいて、異物感と快感だけを享受《きょうじゅ》することに夢中になってしまっている。

「どれだ、希。答えないとこのままだぞ」

「……っぷ、んむ……ん」

再三問われてようやく含んだのは、高遠の大きな手の中でもひときわ長い指だ。正直に言えばもう、問われている意味も半ばわからなくなっていた。

ただもう、熱く蕩《とろ》けて潤んだ内部を攪拌《かくはん》する、その淫靡《いんび》な感触だけに希はすべてを奪《うば》われていく。ぐりぐりと押しつけられ、指の腹で揉《も》むように粘膜を押されて、中で、回されて。

（もっと……）

こんな風に遊んでいないで、もっと長くて確かなものが欲しいと、頭の中はそればかりになっていくのに、高遠はこの遊びをやめてくれない。

「それじゃない……」

「——……っんひ、あああんっあんっ」

はずれだ、と口の端《はし》を引き上げた高遠が、ずるずると粘着質な音を立てる指を引き抜《ぬ》き、また強引に押しこむという動作を繰《く》り返した。

「だっ、わか……ない、よぉ……っ、そん、っあああっ！」

「だめだ。答えろって、言ったろう？」

「ひど、いじ、意地悪……っ」

端整な指のストロークはひどく長く、身体の中がすべて引きずり出されるような感覚がいっそ怖《こわ》くなる。

「そ、なのわかんないも……っああっん、だめ、だ……っん、んふぅ……っ」

卑猥に過ぎる水音が聞こえて、それは唇《くちびる》と奥まった粘膜に感じる振動《しんどう》と繋がっている。敏感な部分を同時に犯《おか》されて、もうどちらになにが入っているのかなどわからない。

「……仕方ないな」

「んく、んっ、ん――……！　ふぐ、ん！　んん!!」

喉奥で笑いながら、高遠は希の口腔に揃えた指を二本含ませる。そしてその愛撫《あいぶ》は同時に、下肢の奥にも施《ほどこ》され、希は目を瞠《みは》ったまま腰を捩《よじ》った。ぐじゅぐじゅと粘った音はますますひどくなり、希の細い身体《からだ》のおののきもまた、激しく間断ないものに変わる。

「んえ……っ、あ、ふ……うっ」

このタチの悪い遊びに、しかし希は辱《はずかし》めを受けているという意識は不思議とない。身体でからかわれることを普段《ふだん》ならば泣いて拒絶《きょぜつ》するのになぜ、と希は自分でも不思議に思った。

（でも……いつもと、違《ちが》う）

なぶるような愛撫は正直、どこまで行ってしまうのかという本能的な恐怖《きょうふ》を誘《さそ》いはする。だが、この夜の高遠はその残酷《ざんこく》さでもって希を貶《おとし》めるのではなく、どこか拒絶を待つような、それでいてどこまでを許容するのかと問うているような気配があった。

（試《ため》してるの……かな？）

こんなことをしても、おまえは俺を嫌《きら》わないのかと。どこまで許すのかと、言葉ではなくこんな形で問いつめられたような気がした。それは、ここしばらく彼の見せる不安定な気配によるものだろうかと、ぼんやり希は感じ取る。

「ん……っ」

気づけば無意識のうちに、含んだ指先を必死に舐《な》めていた唇が笑《え》みを形どった。それはどこか甘やかすような、言葉にすれば「仕方のない」といった気持ちからくる不思議な笑みだった。試されるまでもないのに。もうとっくに全部許しているから、なにをしたっていいのに。

そんな風に思いながら、両手に摑《つか》んで舌先を弄《もてあそ》ぶ指を引き抜く。べっとりと濡《ぬ》れそぼった長い一本ずつを舐めとってみせれば、高遠の金褐色《きんかっしょく》の瞳《ひとみ》が獣《けもの》めいた表情を映し出した。

「あ、あん……っん、ふ……っく」

瞳を合わせたまま、希はその舌を必死に閃《ひらめ》かせ、高遠は腰《こし》の奥を穿った指を、先ほどの数倍複雑に揺《ゆ》り動かし、かき回した。そのたびに蕩けたようなそこから、なにかが滴《したた》っていくのがわかる。

(感じる……)

奇妙《きみょう》な感じだった。互《たが》いに触《ふ》れるのは指の先と粘膜《ねんまく》のみ、だが絡みあった視線が実際に身体を繫げる以上に希と高遠の昂奮《こうふん》を誘う。そうして、濡れそぼった官能の極《きわ》みはすぐそこにまで来ているようで、背筋が震《ふる》えて止まらない。

「んん、んあ……っあ、も……っ」

このままでも達しそうだと思った。いつもならば希は指先だけで追い込まれるのは好きではない。ひとりで淫らさをさらし、それを観察されるのは辱めを受けているようで苦しいのだ。

またいぶ前、なかなかこの未熟な身体を、本当には暴《あば》こうとはしなかった高遠への、せつない気持ちがよみがえるせいだった。

それは後日、不慣れな希をいきなり犯すような真似《まね》をすれば身体に負担になるだけだと思いやってくれてのこととは知れた。しかし、同性であるから無理だと言われているのかと、そうして惨《みじ》めになっていた日々は結構につらくて。

(でも、違う)

今日のこれは、この場所をほぐすための愛撫ではない。執拗《しつよう》で容赦《ようしゃ》がなく、とうに蕩けた場所をいたずらに刺激《しげき》し、希を喘《あえ》がせるためだけのものだ。

だが、羞《は》じらうさまを眺《なが》めるためのような、悪辣《あくらつ》な焦《じ》らしでもない。それだけは覗《のぞ》きこんだ瞳の熱に信じられるから、希はどこまでも奔放《ほんぽう》に乱れていく。

(――怖いの?)

翻弄《ほんろう》されているのは自分なのに、なぜだか自然にそう感じて、含みとった指先をふたつの粘膜であやすように締めつける。

怖くないから。こんなに溶《と》けて、やわらかくなって待っているから、――包んであげるから。早く。

「もう、たかと、さ、……もう……っもう、い……っ」

「ああ……」

眼差《まなざ》しに、ちかりと頭の奥でなにかが光って、身体では届かない奥まで貫《つらぬ》かれた気がした。

高遠のそれをゆったりと腿《もも》にこすりつけられればなおのこと愉悦《ゆえつ》は激しくなり、もどかしさと焦《こ》げるような激しい感覚とを同時に味わいながら、希は放埓《ほうらつ》の時間を迎《むか》える。

「い、く……っ、ああ、ああ、いく……！」

びくり、とひとつ腰を掲《かか》げて、はしたなく脚《あし》が開いた。シーツより高く尻《しり》を持ち上げる状態から戻《もど》れないまま、ぬめったものが数回に分かれて希の身体を溢《あふ》れていく。

「は、あ……っ」

性器そのものに触れるなにもなかったせいか、放出は緩慢《かんまん》で長かった。そのもどかしい感じを堪《こら》えるために高遠の指を強く吸えば、脱力《だつりょく》した身体がシーツに落ちる間際《まぎわ》で腰を掬《すく》われる。

「ふあ⁉……っあああん！」

そのまま膝立《ひざだ》ちの高遠に押しこまれたのは、待ち焦がれた恋人《こいびと》の欲望で、希は達した直後の強引《ごういん》な挿入《そうにゅう》に悲鳴じみた声をあげた。

「ああ、あ、ん……っ、いや、やあ……っ！」

みっちりと体内の肉が恋人のそれを締《し》めつけているのがわかる。それでも、さんざんに濡らされて綻んだ場所は軋《きし》むような痛みなどなにひとつ与《あた》えないまま、息もつけないような抽挿《ちゅうそう》を許してしまう。

「……っ、すごいな」

肩口《かたぐち》に顔を埋《うず》めた高遠がふっと短く吐息《といき》して、その空気の動きにさえも感じた。

「ひぁ、おおき、よぉ……こわれ、こわれちゃ……っ」

「嘘《うそ》つけ……こんな、ぬるぬるにして」

肉のぶつかる音がするほどのそれに怯《おび》えて叫《さけ》んでも、一言でいなされて希は啜《すす》り泣く。がくがくと不安定な首が揺らいで、たぐったシーツが裂《さ》けそうなほどに握《にぎ》りしめた。

「んんあ、な、なか、へこん、じゃう……っ」

「……当たるんだろう」

囁《ささや》く高遠の形までも、鋭敏《えいびん》になった身体にははっきりとわかった。どこが膨《ふく》らみ、どんな風に角度を変えているのか、そして、時折に脈打つ収縮の感触《かんしょく》までもが、視界で確かめたかのように鮮明《せんめい》だった。

「あっあっあっ！　強い、あ……あたる、そこ、そこぉ……」

恥《は》ずかしくて、いやらしいと思った。耐《た》えきれないような羞恥《しゅうち》と快楽に振《ふ》り回されているのに、もうたがはずれたような言葉しか出てこない。

「は、ふあっ、あああっは、ああ――……！」

いつのまにか、果てたはずの希のそれは膨らみきって、またぬめった雫《しずく》をこぼしはじめていた。高遠が動くたびに揺れ動くのが恥ずかしく、またその不安定な感じがたまらなく快かった。

「……腰……動いてるな」

「ひ、いや……っ、うそ、や……っ」

　笑み含《ふく》んだ声で指摘《してき》され、気づけば掲げた腰がうねっている。いままでにしたことのないような、卑猥《ひわい》な前後の動きはまるで、高遠がいま自分に施している律動を模したかのように激しかった。

「やだ、とま、ない……止まんな……よぉ……」

「別に、いい。……やめるな」

「んむ……っ」

　先ほど指でそうしたように、高遠の舌が唇《くちびる》に含まされる。必死になって吸いつけば、小さな尻が円を描《えが》くように回されて、奥深い部分が唇と同じリズムで彼の性器を啜っていた。

「も、わか……な、い……っひ、あぁ……っ」

　頭の中が赤く染まって濡れている。ぐちゃぐちゃに絡《から》んだ手足がどう動いているのか、高遠がなにをしてくれているのかもまったくわからない。

「もお、なに、これ、な……っあ、あ、いくいくっ、い――……!!」

「……っ、う……!」

　意味不明の言葉を希は叫びながら、駆《か》け上がっていく感覚を知った。そうして、どろりと熱いものが放たれたのは、自分の下腹部の上とそして、底のないような深部だった。

「ひ、……はあ……っ」

「――……くそ、……」
痙攣《けいれん》する自分の内部が、高遠の放ったその濃密《のうみつ》な白濁《はくだく》を嬉《うれ》しげに吸っているのはわかってい
た。しかし、身体《からだ》の上にのしかかって、幾度《いくど》かその広い肩を喘がせた高遠の言葉に、希は紅潮
した頬《ほお》をさらに赤らめる。
「なんだか……出るより先に、もってかれた感じだな……」
「や、だ……」
欲しがりすぎるから、堪えきれなかっただろうと咎《とが》められ、頬を噛《か》まれた。甘くなじる言葉
は淫《みだ》らに過ぎて、どうしていいのかわからない。
高遠が宣言した通り、思考がぼんやりと霞《かす》んでいる。ずきずきと脈打つ身体中の感覚以外、
もう希にはなにも感じ取れない。
「あ⁉　また、あ、あ、……っあ！」
「まだ、……だろう？」
「やあ、も、……だめ、もうだめぇ……！」
だから、繋《つな》がったままの身体をしつこく揺らされるうち、いつのまにかはじまった再度の求
めには、考えるよりも先に応じてしまっていた。
離《はな》さないでと泣いていたのが、もう許してと本気で告げるまで。
高遠はその肌《はだ》を濡らしながら火照《ほて》らせ続ける行為《こうい》を、やめることはしなかった。

＊　＊　＊

週が明けた。水曜になってもまだ希はあの書類を提出できず、案の定、教室ではひとしきり長山に怒《おこ》られ追いかけ回されて、まだ週半ばだというのにすっかりグロッキーだ。

「なぁんだか、やつれてるねえ？　希」

「……店長」

疲《つか》れた身体を引きずってバイトに赴《おもむ》けば、顔を見るなりそう告げたのは義一だ。

「ちょっとおいで。そのまんまじゃ店に不景気ヅラ並べることになっちゃうだろ」

「はあ……すみません」

ちょいちょいと手招かれ、一息入れなさいと連れて行かれたのは、店の奥にある店長室。

「コーヒーでも飲む？」

「ああ、いいえ。……あの、俺が淹《い》れます」

「いや、気にしないでいいよ？　俺は勝手にやるから」

室内にあるサーバーから、四六時中切らさないコーヒーを自分で淹れる彼は、来客でもない限り店員には自分の世話を押しつけない。

（でっかい背中だなあ）

背を向ける形になった義一を眺め、しみじみと希は思った。身長は高遠と同じほどの彼だが、年齢《ねんれい》が三十代半ばということもあってか、希の恋人よりもしっかりとした厚みを感じさせる体《たい》躯《く》をしていて、印象としてとにかく大きい。

いつもぴしりとしたスーツ姿で、さわやかな顔立ちにさわやかな髪型《かみがた》の義一を見て、なんだか奇妙《きみよう》にほっとする自分を希は訝《いぶか》しんだ。

「で、まあ。やつれ気味の希くんは……進路で悩《なや》んでる？」

「あー……玲ちゃん、なんか言いました？」

高い位置にある腰《こし》をデスクに掛《か》けさせ、コーヒーを啜りながら問う義一の視線を受けて、その原因にようやく希は思い至った。

義一は不思議なほどにそのテンションが変わらない男で、どんな局面でも落ち着いている。触《ふ》れれば切れそうな高遠の冷静さとは違《ちが》い、サーモスタットでもついているかのように、あたたかいまま一定の温度が保たれているのだ。

いつでも安定している相手というのは、時に怖《こわ》くもあるがありがたい。ことに不安や惑《まど》いを抱《かか》えた時期、相手へあおりを食《く》らわせて共倒《ともだお》れになることを案じなくていいだけでも。

「言いはしないけど、察しはつくね。大学の授業料ってなんぼすんのよとか、ぶつくさ言ってるんで」

苦笑《くしよう》を浮《う》かべた義一の、この表情もまた気をゆるませる一因だろう。端整《たんせい》で甘い顔立ちには育ちのよさが滲《にじ》んでいて、他人の警戒心《けいかいしん》をたやすく解いてしまうのだ。

「そんなこと、言ってましたか」

プライベートがだだ漏《も》れなのはなんとも言い難《がた》いが、玲二と義一の関係を思えば致《いた》し方ないものもあるのだろう。

義一は玲二にとって上司であり、共同で経営に携《たずさ》わる上での仲間で、古い友人で、甥《おい》の雇《やと》い主で——そしておそらく、長い恋人《こいびと》でもあるのだ。

義一は恵《めぐ》まれた容姿に体格のほか、ありとあらゆるものをその手にしている。

この店をかまえているだけでなく店舗《てんぽ》の入っているビルもまるごと個人の所有で、経営職のほかに探偵《たんてい》まがいの副業までこなすバイタリティ。そして恐《おそ》ろしく広い人脈は希の予測のつかないものがある。

ひとに渇望《かつぼう》されるもののすべてを手に入れた人間は、どこまでも鷹揚《おうよう》になるのかもしれないと、希は義一を見ていてつくづく思う。

「っていうかあいつが荒《あ》れるのって、希がらみ以外ないんだもん。寂《さび》しいことに」

俺なんか放置プレイも長いのにさ、と相変わらずの恬淡《てんたん》さで義一が告げ、希はなんともつかない表情になってしまった。

「……ご迷惑《めいわく》おかけします」

あらゆる面でパーフェクト、と言っても過言ではない義一だが、感情を剝《む》き出しにして、怒ったりうろたえたりすることもないではない。その例外が、玲二ただひとりに関してだということは、いくつかの出来事で希は熟知していた。

「迷惑ついでに訊《き》いてもいいですか?」

「うん?　なに」

そしてまた、義一の恋路にとって、自分の存在が決して歓迎《かんげい》できるものではないのに、邪魔《じゃま》もの扱《あつか》いすることもなく、本当の兄のように接してくれているのも知っている。

「高校出たら、就職しろって言ってくれたの……まだ、有効ですか?」

だからこんなことを言ってしまうのも、おそらくは彼への甘えなのだろう。わかっていてあえて口にした希の瞳《ひとみ》を、義一はくっきりとした二重《ふたえ》のそれで見つめ返し、ふむ、と息をついた。

「……困ったね、これは」

長い沈黙《ちんもく》のあとに、彼が答えたそれを希は沈痛《ちんつう》な面持《おもも》ちで聞く。

「だめ、ですか?」

「うーん。その場の勢いとか、やけっぱちで言うならいっそOKしてあげてもいいんだけど」

どういう理屈《りくつ》かよくわからない、と首を傾《かし》げれば「だってそれならどうせ撤回《てっかい》するだろ」と、ふざけているのかなんなのか、わからない声で義一は告げた。

「それに、たぶんあの叔父《おじ》バカ黙《だま》ってないだろ?　玲二に怒られるのも結構快感だしなあ」

「……店長……?」

まじめに訊いているのにと希が思わず剣呑《けんのん》な視線を送れば、まあまあ、と義一は手を振《ふ》った。

「冗談《じょうだん》でしょ、んーな顔しなさんな。……でもそうだねえ。本気で希がそれを、望んでいるなら、俺はなにも反対する理由はありません」

一番痛いところを確実に突《つ》かれた気がして、ぐっと希が押し黙れば、義一はその瞳を笑《え》みの形に眇《すが》める。

「即戦力《そくせんりょく》にもなってくれるだろうし。塚本《つかもと》なんか実際、このまま正社員になる気らしいしね。……でも、逃《に》げ場にされるようなら、ちょっと困るかな」

「逃げて、なんか」

「だってどう考えてもちょい前まで、希は本気で就職する気なんかなかっただろう？」

義一が怖いのはこういう、いつも通りに笑ったまま胸の奥深くをあっさり暴《あば》こうとするところだ。大上段にかまえて責められたり反対されれば突っぱねられるが、やんわりのんびりとした口調で問われると、反論もしづらい。

「事情、おにーさんにちょっと話してみる？」

「聞いてないんですか……？」

それは少し意外で問えば、細かいことはなにも知らないと義一は首を振った。

「あのひとおうちのことでは口堅《くちかた》いのよ。……俺としては寂しいんだけどね。まあそれに——」

ほんの少し瞳を翳《かげ》らせた義一に気づき、希はおや、と思う。

「それに？」

「ああ、いや。……それは関係ないからいいにしましょう。で？　なんでいまさら、就職？」

言いかけてやめるというのはいかにも義一らしくなかったが、はぐらかされては仕方ない。どだいこの店長相手に希が太刀打《たちう》ちできるわけもなかったし、いまは義一の心情までを慮《おもんぱか》ることはできそうになかった。

「他人の方が言いやすいことも、あるだろ？」

幾度《いくど》か唇《くちびる》を嚙《か》みしめ、話すべきかどうかと希は逡巡《しゅんじゅん》する。しかし今後の生活や進路に関して、就職を頼《たの》む義一には、打ち明けておかなければならないだろう。

怯《ひる》みそうな気持ちを叱咤《しった》し、口を開いた。

「……親が。離婚《りこん》するんです。それで、どっちかの方についてこないと、仕送り……切るって」

高遠にさえも言えなかったことが、思うよりするりと言葉にできたのは、奇妙な気分だった。

「それで……俺は、できれば玲ちゃんとこに、いたくて。そしたら、大学とか無理だし」

しかしそれも、彼自身告げたように義一のようなある程度の遠い距離《きょり》にある相手だからなのだと、希もわかっていた。

「でも玲ちゃん、それで考えこんじゃって……」

「なるほどね。……まあ予想した通りだわな」

そんなことだろうと思った、と頰《ほお》を搔《か》いて吐息《といき》する義一に、すみませんと希は頭を下げる。

「おいおい。希が謝るとこじゃないでしょ、それは」

「でも……なんだか、巻きこんでるみたいで」

プライベートな、それも肉親がらみのことを打ち明けるのには誰《だれ》しも惑うことだろう。ことに希は自身がいささか複雑すぎる環境《かんきょう》にあったことをひどく強く感じているから、なおさらに戸惑っている。

「……巻きこんでくれないのも、寂しいもんなんだけど？」

「店長……」

それらをすべて見透《みす》かしたかのように、あたたかい手のひらを頭に乗せられ、希は背の高い男を見上げた。

「ま、おおまかには了解《りょうかい》したんだけどさ。本来希は、どうしたかった？」

「……え、と」

「親御《おやご》さんも、玲二のこともおいといて。なにをどう、したい？」

言っても詮無《せんな》いことだから、と口を閉《と》ざそうとした希に、辛抱強《しんぼうづよ》く義一は問いかけてくる。

そうして根負けし、希は玲二に述べたこの先の展望を、義一にも告げるため口を開いた。

「俺、俺は……ここで働きたいです。それは、一緒《いっしょ》なんです」

「うん……？」

どういうこと、と役者のように眉《まゆ》を跳《は》ね上げた義一に、希は懸命《けんめい》な瞳を向ける。

「ちゃんと、大学に行って勉強して……それから、店長とか玲ちゃんとかの役に立つようになって……なれるか、わかんないんだけど、そういう風になりたかった」

「過去形なのか？」

「だって……」

いまのままではあまりにも半端《はんぱ》でと唇を噛めば、希のまだセットしていない髪《かみ》を、大きな手のひらがくしゃくしゃと撫《な》でた。

「まだ先の長い若人《わこうど》なんだから、そう諦《あきら》めばっかりよくなることはないんじゃない？　それに」

「……なんですか？」

頭を撫でた手つきは幼い子どもをあやすようにやさしいのに、言葉を切った義一の笑う表情はひどく意地悪なもので、希は嫌《いや》な予感を覚える。

「ついてるよ、案外大胆《だいたん》だねえ」

「は……？」

義一の長い指に襟元《えりもと》を指され、なんのことかと希は一瞬《いっしゅん》わからなかった。しかし、続いた台詞《せりふ》には、頭から血の気が失《う》せていく。

「悩《なや》み多い年頃《としごろ》で、恋愛《れんあい》に逃げるのも一興ですがねえ。慎《つつし》みはやっぱりほしいかなと」

「――……う、わっ」

硬直《こうちょく》し、ややあって希はがばっとシャツの襟をかきよせた。

（見られた）

その場所には確かに、昨晩高遠が強く吸いついてきて、くっきりとした痕《あと》が残されていた。学校に行く時には学ランの襟が隠《かく》してくれるからかまわなかったのだが、店に出る折りうっかりと、シャツのボタンをゆるめていたのだ。

「こういうのは、その場でちゃんとダメ出ししなきゃ、希。見つかったら大事でしょうが、高校生が」

「う……」

困ったもんだと言う義一の声に、色事については揶揄《やゆ》されるより、しみじみと言われた方がよほど恥《は》ずかしいのだと希は知る。

だが、こちらを見やる視線は決しておもしろがっているばかりではなかった。

「でもめずらしいね。週末でもないのに……平日はこういうの、あんまりなかったでしょ」

あっさりと言う義一はおそらく、ここ数日の希の動向も本当は知っているのだろう。

当たり前のことだ。毎晩、高遠の車で店を退《ひ》けてしまえば、目の前の男にはそのあとの展開など見え見えに決まっている。

なにも考えられなくしてやると告げられたあの夜以来、希は玲二の部屋には帰っていない。

あの夜、希を翻弄《ほんろう》しながらどこか試《ため》すような気配を滲《にじ》ませた高遠は、それからも落ち着く様子を見せることはなかった。

どころか、これまでの彼がいくら傍若無人《ぼうじゃくぶじん》に振る舞《ま》っても、実はそれなりに自分を抑《おさ》えていたのだと教えられたのだ。

（あんなの、知らなかった）

最初から最後まで指先を全部絡《から》めたまま、高遠の送りこむ腰《こし》の動きだけで追い上げられたり、足の爪先《つまさき》からなにから、触《ふ》れない場所がないほどに舌で撫でられ、そうしながら彼の兆《きざ》したものを必死に口に含《ふく》んだり。

そんな風にひどい方法を選んで希を苛《さいな》むような高遠に、不快さや険のある態度はない。けれどもなにか煮詰《につ》まっているのが、広い肩の尖《とが》った様子で知れる。

希もまた、目先の問題から逃げたくて、それらのすべてを拒《こば》めないでいるのも悪いのだが、時折痛ましいような瞳《ひとみ》をする高遠を、どうしても抱《だ》きしめていたかった。

その結果が、この身体《からだ》のつらさに表れている。

（腰、だるい……）

身体の奥にはまだ、高遠がいるような気がしている。もうここ数日はその感覚が去らないまま で、爛《ただ》れたような疼《うず》きが落ち着く暇《ひま》がない。

「やつれてる、って俺、言ったよな？　希。いま自分がどういう顔してるか、わかってる？」

「……はい、でも」

そんな状態で、取り澄《す》ました表情が取り繕《つくろ》えるわけもない。少し聡《さと》い相手にはたぶん、希の中にどろどろと流れている淫蕩《いんとう》な気配が見えてしまうだろうとも思っていた。

「信符もその辺のところは、多少気を遣《つか》うやつだと思ってたんだけど……」

そっと指摘《してき》するように、疲《つか》れの浮《う》いた目元をかすめた義一の指に、恥ずかしさもむろん感じた。それでも、咎《とが》められればきっと逆らってしまうだろう自分を知って、希はかたくなに目を伏《ふ》せる。

「……いいんです、それは」

義一の嘆息《たんそく》混じりの呟《つぶや》きに返した声は、羞《は》じらいよりもなにか、かたくなな痛みが強かった。

自分でも発した言葉の響《ひび》きに驚《おどろ》けば、義一が気遣わしげに覗《のぞ》きこんでくる。

さすがにまっすぐに見つめ返すことはできず、希はそのままうつむいた。

「俺が、いいって言ったから……いいんです」

一応の連絡《れんらく》を入れているから、玲二も連日の外泊《がいはく》は了承している。しかし、常であれば高遠との関係にあまりいい顔をしないあの叔父《おじ》が、まったく希を咎めないことで、今回の問題の根深さを感じさせた。

「いま、……一緒にいたいんです」

引き絞《しぼ》るようにして発した声は、悲痛さを孕《はら》んだ。それは先ほど、家の事情を口にしたときよりよほど重く空気を濃《こ》くする。

「……それじゃあまるで、いましかない、みたいじゃないか？」

問いかけるそれに答えられず、希はなおきつく、襟元をかきよせる。

ったからだ。

義一のその言葉は実際、なにか焦《あせ》りを帯びて睦《むつ》みあう自分たちの内心をそのまま抉《えぐ》ってしま
「そういう刹那《せつな》的なのは、あんまり感心はしないんだけど」

滲むように笑った義一に、襟元を握《にぎ》りしめたままの希は逡巡《しゅんじゅん》し、そうして問いかける。

「こういうの、……よくない、ですか？」

「目先のことより愛欲に溺《おぼ》れちゃうのは憧《あこが》れるものはあるけど、非生産的かな？」

「あい、――……」

けろりと凄《すさ》まじい台詞を吐《は》き出され、絶句した希に義一はただ笑う。その笑《え》みはやわらかいけれども感情を読ませない完璧《かんぺき》さがあって、希は顎《あご》を引いた。

「なんであれ、希の好きにすればいいと思うよ」

「店長……？」

その穏和《おんわ》な笑みを、はじめて心の底から怖《こわ》いと希は感じる。

「でもそうだなあ。……ひとつだけ。誰《だれ》もね、誰かになにかを、本当に強制することなんか、できない」

快活な声で語るそれは、伸《の》びやかな響きを持っているのにどうしてか、いままで希に向けられたものの中でもっとも厳しいと感じられた。

「そしてどんなに追いつめられたとしても、その状況《じょうきょう》で追いつめるもの、そのものに負けるの

も、また俺はひとつの選択《せんたく》だと思う」

「……っ、そんな」

諾々《だくだく》と強制を受け入れることに、大抵《たいてい》の人間は不満と屈辱《くつじょく》を持つだろう。しかし、抗《あらが》わない、逃《に》げないでそれを受け入れたのも本人なのだと、義一は告げた。

「だって、無理なことだって……っ」

「希が無理と思うなら、それは無理でしょう」

義一の声は責める響きでなく、だからこそ恐《おそ》ろしい。だだっ広い平原の中にひとり放《ほう》り出され、勝手に動けと告げられたように、途方《とほう》に暮れた気分が襲《おそ》ってくる。

(どうすればいいのか、なんて……)

わからないのに。なにもできないのに。自分で選ぶことなんか、まだ怖くて。

自由にひとりで生きたいと思ってみても、結局はなにも、その方法さえ知らないのに。

唇《くちびる》が震《ふる》え、言葉をなくして青ざめる希は、ふっと苦笑《くしょう》した義一がその気配をやわらげたことを知った。

「……そんな顔するなら、その辺にいる人間に頼《たよ》ってみるのはどうなの？」

「てん、……っ」

「玲二だって結局は、おまえに頼ってほしいんだろ。……なに、意地になってるんだか」

短く息をつきながら呟く義一の声に、びくりと希は身を竦《すく》ませる。しかし、次に続いたのはそんな希を叱《しか》るのでも、咎めるものでもなかった。

「……ああ、悪かった。これはちょっと意地悪が過ぎたね」

「意地悪、って……」

そんな風にできるなら、とっくにそうしているよねと笑う義一の表情は見慣れたもので、希はいつのまにか涙《なみだ》ぐんでいた自分を知る。

「あのね。……さっきも言っただろう？　巻きこんでくれないのも寂《さび》しいって」

「でも、迷惑《めいわく》は」

「あのね、希。人間なんかただ生きてるだけで誰かの迷惑なのよ、これほんとに」

そう意固地になるなと笑って、少しばかり怖がらせたことを詫《わ》びるように、義一はその上背を曲げ、子どもにするように希に視線を合わせてくる。

「それでもって、若さの特権は迷惑をかけても許されるし、やり直しがいくらでもきくってことだ」

いや、実際義一にとっては自分など、本当に子どもでしかないのだろう。なだめる声にうつむいて、なんと答えていいのかわからないまま、与《あた》えられた言葉を希は噛《か》みしめる。

その尖った細い肩を見やり、義一は長く吐息《といき》した。

「まあ——……玲二もぐるぐる、信符も煮《に》え煮えじゃあ、おまえも大変だなあ」

いたわるようなその声音《こわね》に驚いて希ははっと顔を上げる。玲二のことはともかく、高遠についてまでを示唆《しさ》されるとは思っていなかったからだ。

「高遠さんも、って、知って……？」

「そりゃまあね。あいつら結構、わかりやすいですから……まあ、そんな状態じゃあ、頼りにする先もないって思いつめるのもわかるんだけどね」

「そんな、ことは」

ない、とは言い切れないままに唇を噛めば、どこかしみじみとした義一の声が頭上から降ってくる。

「でも、……強くなったな」

「え……？」

このいま言われる言葉ではない気がして目を瞠《みは》ると、義一の瞳はなごんでいる。

「さっきのあれね。少し勘違《かんちが》いさせたようだけど、希が逃げてるって意味じゃ、ないから」

「あの、ええと……？」

「難しいことを、ちゃんと自分で、なんとかしようとしてるだろう？　無理を無理と呑《の》みこむのも、それも選択。まして、それが周囲に気を配ってのことなら、俺は咎めない……というか、そんな気持ちを弱いとは、言えないよ。それに」

強制される無理を受け止め、けれど抗おうとして、拙《つたな》いなりに足を踏《ふ》みしめているだろう。

義一はゆったりとした声で希の意志をそう表現する。

「信符も玲二も、希が思っていたより大人じゃないのも、わかっちゃったんだろ」

頷《うなず》くのは保護者を自認《じにん》する彼らに対して、少しだけやましい気持ちにもなった。しかし、実際そう感じてもいたから、希はこくりと首を縦に振《ふ》る。

いままでのように玲二に任せきりで思考を放棄《ほうき》できないのも、高遠に抗いきれないのも――自分より遥《はる》かに強いと感じていたひとの背中に、不意の弱さを見たからだ。

そもそもが両親の離婚《りこん》問題も、以前の希であれば怒《おこ》るよりも先にショックを受けていただろう。また、高遠や玲二の揺《ゆ》れにも、気づいてやれることはなかったかもしれない。

（玲ちゃんに心配かけたくない、……高遠さんと、一緒《いっしょ》にいたい）

強く深くそれだけは思っている。あまり賢《かしこ》い方法と言えなくても、浅慮《せんりょ》と言われても、いま希にできることはあまりに限られて、だから早く就職しようと考えたのだ。

そして、それを指摘した義一はなにか、その原因であるものを知っているのではないか。根《こん》拠《きょ》もなくそう感じた希は、細い声を紡《つむ》ぐ。

「あの、……高遠さん、なにがあったんですか？」

「うん？」

「玲ちゃんはまだ、わかるんです。……でも、高遠さんなんかこのところずっと、変で……」

おや、と目を瞠った義一が、素直《すなお》に答えてくれるとは思っていなかった。それでも引っかかりを覚えるままに、希は惑《まど》いを抱《かか》えた声を出す。

「──本当に、よく見えるようになったんだね」

そして案の定、彼はやんわりと笑むばかりだ。

「その方法論で、もう少し周りを見れば、もうちょっとわかることがあるんだろうけどね」

「……どういう？」

「大人になるってのは、自分でそうと自覚して頑張《がんば》らないと、結構難しいんだよ。年をとるだけなら、誰にもできるけど」

含《ふく》みの多い言葉は、希にはよくわからなかった。眉《まゆ》を寄せたままその意味するところを摑《つか》もうとあぐねていれば、それはともかく、と義一は声のトーンを変えてしまう。

「ともあれ、おまえは自分の心配だけしてればいいとは思うよ。でも、ちゃんといろいろ見えてきたのは、いい傾向《けいこう》じゃないかな」

微笑《ほほえ》む義一はなにもかもわかっているようだ。しかし摑みきれない真意を探して瞳《ひとみ》を向けても、彼の内心を感じ取ることは希にはできない。

「店長は、……なんでも、わかってるみたいですね」

「──……他人だからね。冷静なんだよ俺は」

ただどこか、その達観した笑《え》みに、強く聡《さと》くあることもまた、弱さを武器に逃げているよりよほどつらい部分もあるのだろうかと希はぼんやり考えた。

「まあ、信符の場合はあれだなあ。流行のインフルエンザみたいなもんだから。しばらくすりゃあ治まるよ……たぶん、一ヶ月くらいってとこでしょ」

「え？」

ひどく具体的な日数に首を傾《かし》げれば、いろいろ気が立ってんでしょ、と義一は笑いながら、希が予測もしないことをいきなり告げた。

「まあそれにもうじき信符もアメリカ行きだし、暇《ひま》そうに見せてても実は、いまの仕事の始末でばたついてるみたいだからねえ……テンパってんじゃない？」

「――……え？」

すこん、と足下《あしもと》を掬《すく》われたような気がして、希は惚《ほう》けた声を出す。その反応に、義一はおや、と目を瞠った。

「え、あれ？……聞いてないの？」

「いいえ、あの、全然……ア、アメリカって、どれくらい？」

「俺も具体的には全然。なんか長いことになる、ってくらいだけど」

言わない方がよかったのかなあ、と少し気まずげな義一の声が、もう希には聞こえない。

（うそ……）

ここ数日の惑いもなにもかも消え失《う》せて、ただがんがんと頭痛がひどくなる。

もとよりミュージシャンとして活動する高遠は、ツアーなどのバックになればひと月は帰ってこない。それを知る義一が長いこと、というからには相当の日数になるのだろう。

(どれくらい……一年、二年……？　それとも、もっと……？)

北海道だの東京だの、そんな程度の距離《きょり》で惑っていた自分がばからしくなるほどに、いま耳にした事実はあまりに絶望的で、ぐらりと視界が揺れた。

「あのね、希――」

指先が小刻みに震えはじめ、愕然《がくぜん》としたままの希に義一が声をかけるより先、不意打ちのノックが部屋の空気を揺らす。

「っ、はい？」

「ちょっといいか？」

そうして顔を出した相手に、希はもう泣き出しそうに歪《ゆが》む顔を堪《こら》えきれなくなった。

「……ああ、なんだ。ここかやっぱり……、おい？」

「っ、高遠、さ……」

青ざめ涙《なみだ》ぐむ希に、その姿を確認した時のやわらいだ表情を強《こわ》ばらせ、高遠は長い脚《あし》で歩み寄ってくる。

「どうした……なんか、あったのか」

詰問《きつもん》するような口調だったけれど、心配を滲《にじ》ませた瞳の色に希は吸いこまれそうになる。

(どうして……？)

ただ、このひとのそばにいたいだけなのに。

周りのなにもかもが、このひとと自分を隔《へだ》てようと動いているとしか思えない。

もうなんだか、わからなくなってきた。懸命《けんめい》に考えて、諦《あきら》めて、選んで、それでもだめなものはやっぱりあるのだろうかと、そんな風にしかもう、考えられない。

「……っ、ふ、……っ」

「希⁉」

鼻の奥が痛んで、まずいと思うよりも先に焼けたような吐息が唇《くちびる》を滑《すべ》り、見開いたままの瞳からは大粒《おおつぶ》の涙が溢《あふ》れていく。

その雫《しずく》が床《ゆか》に落ちるよりも先、広い胸に抱《だ》き取られてしまえば、すがりつくほかに希はなにもできなくなった。

「……東埜さん？」

びりびりとした気配を発した高遠の声は恐《おそ》ろしく低く、抱擁《ほうよう》は痛いほどだった。たぶん頭ひとつ高い位置にあるその眼差《まなざ》しは、鋭《するど》く義一を睨《ね》め付けているのだろう。

「おーい……俺じゃねえよ」

「あんたじゃなきゃあ、なんでこいつは泣いてるんだ。なに言った⁉」

「……おまえのせいだろうが、おまえの」

呆《あき》れ果てた、という声で吐息《といき》した義一は、もう出てっていい、と大きな手のひらを振るのが視界の端《はし》に見える。

「希、話はまたな？」

苦笑《くしょう》の滲んだ声に希が頷くよりも先、高遠の険のある声は義一に向かって発せられた。

「だから、なんの話なんだってんだ。……もうこいつはあがらせるからな」

「うるさいよおまえ。俺に突《つ》っかかる前にすることあんだろ」

吐息混じりに言う義一は煙草《たばこ》をくわえたのだろう、声音《こわね》はくぐもり、どこか疲《つか》れたような響《ひび》きのまま、ぼそりと一言を煙《けむり》とともに吐《は》き出す。

「──いい加減、日野原のことは」

「黙《だま》れよ！」

しかし義一が皆《みな》まで言う前に、凄《すさ》まじい怒声《どせい》がそれを遮《さえぎ》った。びくりと肩《かた》を竦《すく》めたのは希ひとりで、おそるおそるうかがった義一の表情は、見たこともないほど冷めている。

（なに……？）

日野原の名にどこか覚えがあるような気がして、涙に濡《ぬ》れたままの瞳で希が交互《こうご》に彼らを見つめれば、首を軽く鳴らしてその場を終わらせたのは義一だった。

「希。今日はもういいから、帰りな。……玲二には、俺から言っておいてあげるから」

「店長……」

「そいつ、頼《たの》むね」

にっこりと笑む表情にぎこちなく頷《うなず》くより先、長い腕《うで》が希を捕《と》らえたまま歩き出す。ひりついた気配を漂《ただよ》わせている高遠にまろびそうになりながらついて行けば、背後からぼそりと義一の声が聞こえた。

「引きずってんじゃねえよ。ガキ」

「……ほっといてくれ」

高遠の叩《たた》き落とすような声で拒《こば》まれた義一の言葉は、このいま身体《からだ》を束縛《そくばく》されている自分のことなのか、それとも高遠自身のらしくない揺《ゆ》らぎのことなのか。

希にはなにもわからないまま、ドアは閉《と》ざされていく。

しばらくは無言で肩を抱くように歩いていた高遠は、従業員通用口から出る間際《まぎわ》、希に向かってそっと声のトーンを落とした。

「なにか、言われたのか」

「いえ……」

気遣《きづか》わしげな声にただそれだけを答え、いまだに混乱の中にいる希はそっと首を振《ふ》る。納得《なっとく》した様子もないままの高遠に覗《のぞ》きこまれてうつむけば、それ以上の問いはない。

見慣れた彼の車の助手席に座らされるまで、希の涙は止まらなかった。感情は不思議と凪《な》いでいて、それがあまりのショックからだということだけはわかっている。

「——……アメリカ、って」

「なんだ？」

エンジンをかけるなり呟《つぶや》いたそれは、高遠には聞き取れなかったらしい。一度訊《き》きそびれるともう、ふたたび問う勇気はなくて、希はなんでもないと首を振った。

(なにも……言われてない、って)

そういうこと、なのだろうか。

自分はこんなにも彼と離《はな》れたくはないけれど、高遠にはあと少しで訪《おとず》れる別離《べつり》など、どうでもいいことなのだろうか。

だとすれば、自分がいま泣きつくことは彼の迷惑《めいわく》にしかならないのだろうか。

「……高遠さん」

「なんだ?」

だからこんなにやさしい顔を見せるのだろうか。もう少しで離れて——別れてしまう相手だから、それでせめてと。

(もう……わかんない)

こんな状態ではなにを考えても悪い風にしか思えない。見つめる先の甘い視線さえ疑いそうで、希はわななく唇を嚙《か》みしめ、そうして言った。

「……めちゃくちゃにして」

「希……?」

「なんにも、……なんにも考えたくない」

疲れちゃった、と呟いた瞬間《しゅんかん》、どうしてか頬《ほお》が引きつる。瞳《ひとみ》だけを濡らしたまま笑んだ希の小作りな顔をじっと見つめた高遠は、無言のままその顔を近づけてきた。

吐息に触《ふ》れたのは、いままで交《か》わした中で、一番やさしく、そして一番残酷《ざんこく》な、甘い口づけだった。

＊　＊　＊

夜半過ぎ、希の耳にやさしく届いたのは、秋雨が風にさらりと震《ふる》える音だった。

少し湿《しめ》っぽいベッドを抜《ぬ》け出し、かろうじて床《ゆか》にあったシャツだけを拾い上げて身につける。腿《もも》までを隠《かく》す丈《たけ》の長さでそれが高遠のものと知れれば、いまは眠《ねむ》りの中にいる彼に抱きしめられているようでひどく落ち着いた。

ぼんやりと感覚が鈍《にぶ》っていて、頬だけが火照《ほて》っている。手足にもまだうまく力が入らず、肌《はだ》の表面だけはひりひりとした寒さとも暑さともつかないものを感じていた。

（熱、あるのかな……）

外気温をうまく感じられないような奇妙《きみょう》な感覚を持て余し、まろぶように向かったベランダを開け放つと、しっとりとした雨が街灯に白く浮《う》き上がっている。ドレープを描《えが》くようなそれにぼんやり見惚《みと》れていた希は、ふと小さく声をあげ、顔を歪《ゆが》めた。

「――……っ、あ」

身じろいだ瞬間、脚《あし》の間になにかとろりとしたものが伝っていく。掻痒感《そうようかん》と紙一重《かみひとえ》の不快さに眉《まゆ》をひそめつつ、咄嗟《とっさ》に脚を綴《と》じ合わせた。

(出てきちゃった……)

防音サッシの枠《わく》に縋《すが》り、顔を赤らめたまま硬直《こうちょく》する。下手に動けば床を汚《よご》してしまいそうで——それくらいのぬめりを体内に抱《かか》えていると自覚すれば、羞《は》じらいとも後悔《こうかい》ともつかないものが白い顔立ちを色づかせた。

「……なにしてる？」

「あ……っ」

うろたえるままに半ば開いたガラスサッシへ身体をもたれさせていると、不意打ちで声がかけられる。はっとするよりも先に長い腕に抱きこまれ、希は肩を竦ませた。

「起きてられるのか……まだ」

「……っ、あ、や……」

高遠の部屋に訪れるなり、もうどうにかしてくれとねだったのは希の方だった。悲痛な泣き顔のまま玄関先《げんかんさき》で自分から高遠を押し倒《たお》すような真似《まね》をして、下肢《かし》の衣服だけを蹴《け》り脱《ぬ》いだ状態で彼を腰《こし》の奥へ招き入れた。

「だめ、……さわらな、で」

「ああ？……なるほどな」

連日の行為《こうい》で綻《ほころ》びきったそこは苦もなく高遠を迎《むか》え入れ、惑乱《わくらん》のままに達したあとに気づけば、靴《くつ》さえも脱がないままで希はただ喘《あえ》いでいた。

そのままベッドに移動して、数時間。はずれたたがを戻《もど》せないまま何度も高遠を求めて、それに応じた彼の体液が震える脚の間を滴《したた》り落ちていく。

「そういうことか」

「や……！」

くすりと笑《え》み含《ふく》んだ声で呟いた高遠が長い指を伸《の》ばし、ぬめったそれを拭《ぬぐ》いとる。そのまま汚れた痕《あと》を辿《たど》るようにして侵入《しんにゅう》したシャツの奥は、まだ甘く痺《しび》れたままだ。

「だめ、汚れちゃ……っ」

短く喘ぐように告げて、希は膝《ひざ》をきつく閉じたまま高遠の腕から逃《のが》れようとする。まろんだ先にはベランダへ続く段差があって、しっとりとした雨に濡れたそこで裸足《はだし》の爪先《つまさき》を滑《すべ》らせた。

「――……ひあっ⁉」

「ばか」

ずるり、と前のめりに転びそうになって冷や汗《あせ》をかけば、追ってきた逞《たくま》しい腕に腰を支えられた。しかし吹《ふ》きこんだ雨風に、ひたひたと身体を濡らす羽目になる。

「冷た……っ」

「あたりまえだ……ほら、希」

思うよりも強い雨は、シャツ越《ご》しにも体温を奪《うば》っていく。竦《すく》み上がれば、呆《あき》れたような吐息《といき》をつく高遠が抱く腕を強くした。しかし、小さく呻《うめ》いた希はその強い手に従えない。

「どうした？ って……ああ」

いやだ《だ》、と首を振ったのは、転びかけた勢いで崩《くず》れた足下《あしもと》にぬめったものが降り零《こぼ》れてしまったせいだ。いたたまれないままうつむいていると、そろりとした抱擁《ほうよう》が雨から庇《かば》うように希を包みこむ。

「汚れたな……希」

ぽつりとした呟きが、なにか痛みを伴《ともな》って希の肺を苦しくする。

汚れてなんかいない、そう反射的に言い返したくなって不意に、既視感《きしかん》を覚えた。

（ああ……そうだ）

雨の浸《し》みていくシャツの感触《かんしょく》。あの夏、高遠の心変わりを疑って激しく言い争った夜、これよりももっと激しい雨が降っていた。

酸の強い雨の匂《にお》いに混じった、高遠の髪《かみ》の香《かお》りや指先の冷たさ。息苦しい痛みを思い出せばそのまま胸がつまって、自分の身体《からだ》に回された腕《うで》を希は強く抱きしめる。

「もう、ちょっと」

「うん……？」

「ここに、……いてもいいですか？」

それでもあの日の雨はこれほどまでに冷たくはなかった。気化熱に体温を奪われはしても、降りそそぐ雨の雫《しずく》は夏の熱を孕《はら》んで、どこかしら生ぬるく感じられた。

そうしてこの雨よりもなによりも、違《ちが》うのは高遠だ。

「寒くないのか？」

「平気……」

あの日には強引《ごういん》な指先で希を雨の中に引きずり出した彼は、いまは庇うようにその広い背中を丸め、希をゆったりとかき抱《いだ》いている。気遣わしげな声もひそめられ、どこまでも甘い。

「流れてっちゃった……」

纏《まと》いつくような静かな雨は希のさらされた肌の上で少しずつ膨《ふく》れあがり、高遠の残したものを徐々《じょじょ》に洗い流していく。濯《すす》がれていくそれがたまらなく寂《さび》しくて、希はそっと背後の男を振《ふ》り仰《あお》いだ。

もう髪の先からも雨粒《あまつぶ》は滴るほどで、眦《まなじり》にたまったものが零れ落ちる。それを涙《なみだ》と思ったのか、高遠の唇《くちびる》はやんわりと瞳の端《はし》に触れた。

「――……っ」

口づけはすぐに唇に到達《とうたつ》し、吐息が絡《から》んだ瞬間にはまたあの、淫靡《いんび》な熱がこみ上げてくる。伸び上がり、必死に男の舌を吸い上げれば、腰を抱いていた手のひらが薄《うす》い胸に張り付いたシャツの上を這《は》い回った。

「あ……」

湿ったシャツ越しの愛撫《あいぶ》に、腰が躍《おど》る。ちりちりとする胸はその刺激《しげき》によるものか、ほかの痛みから疼《うず》くのか、わからない。ただ、朦朧《もうろう》とする希の唇からは明らかに、その先をねだるような甘い声がこぼれ落ちていく。

「どうかしてるな……」

俺もおまえも。そんな風に呟《つぶや》く声が聞こえたけれど、希はいっそのこともう、おかしくなってしまいたかった。

「はふ、あ……っ」

ねっとりと絡みあった舌をほどけば、高遠の手のひらが際《きわ》どい場所を撫《な》でていく。薄目を開けて見た夜空には、とろりとミルクを流したような雨のドレープがふわふわと揺《ゆ》れている。ひどく、現実感を欠くような情景にぼんやりと見惚れるまま、希は背中に当たるジーンズ越しの熱が凶暴《きょうぼう》さを増したことを知った。

「……もっと」

「ん……？」

「もっと、……汚して」

部屋を訪《おとず》れる前の会話で、めちゃくちゃにとねだった通りにされたくて、希はそっとうしろに腰を突《つ》き出し、体温を失い痺れはじめた脚を誘《さそ》うように開いてみせる。

了承《りょうしょう》の言葉はなく、傾《かし》いだ身体が押しつけられたのはベランダの手すりだった。

「……っ、あ、……ああ……んっ！」

いきなり押し入ってきたものに悲鳴じみた声があがる。両手で手すりを摑《つか》み、咄嗟に腕を嚙《か》んだのは、それがおそろしく大きなものになりそうだったからだ。

高遠の仕事柄《がら》、防音の利《き》いた部屋ではどれほど声を放ってもこんな響《ひび》きにはならなかった。空に向けて放たれる自分の嬌声《きょうせい》はあまりにも淫《みだ》らで、雨に冷えた頰《ほお》がかっと熱くなる。

「声……嚙んでろよ」

「ふ……く、う、……うう……！」

縋《すが》るように手すりを摑んだ上から大きな手のひらがかぶせられる。ゆっくりと動き出されれば既《すで》に雨のこともなにも気にならず、どこまでも開かれて暴《あば》かれる粘膜《ねんまく》のことしかわからない。

「んっ……んっんっ……んんんぅ……っ」

雨の深夜とはいえ、この部屋の向かいには誰《だれ》かの目がないとも限らなかった。ビルや店舗《てんぽ》、マンションなどが密集した通りに面したベランダで、こんなことをしてしまう自分が信じられないと希は思う。

「誰かに、見られるかもな」

「ひはっ……は、あっ、あふ、ふっ！」

言わないで、と振り向いた瞬間《しゅんかん》強く突き上げられ、悲鳴を堪《こら》えようと唇を嚙むよりも先に高遠のそれにふさがれた。喉《のど》の奥とあの場所を同じ男に深く犯《おか》され、それでもまるでなだめるような抽挿《ちゅうそう》と口づけがいっそ哀《かな》しいと思う。

「ひど、く……して……っ」

「してるだろ……これが、ひどくないって？」

充分過《じゅうぶんす》ぎるほどひどいだろう。

嘲笑《ちょうしょう》するように唇の端を歪《ゆが》めた高遠も、そして哀願《あいがん》する希も吐息だけの声音《こわね》で会話する。それでも、開かれた空間には囁《ささや》きさえ響くようで、恐怖《きょうふ》に似た感情が希の身体を竦ませ、高遠から短い呻きを引き出した。

そうして腰《こし》を不意に引かれて、希は今度こそ涙に潤《うる》んだ瞳《ひとみ》で訴《うった》える。

「や、あ……はなさ、ないで……っ」

「……いまさら、おまえ」

離《はな》せるわけもないだろうと言葉なく告げられた気がした。鋭《するど》い眼差《まなざ》しに胸の奥を射貫《いぬ》かれて、希はため息のような喘《あえ》ぎを漏《も》らす。

「ああ……！」

もうどこがなにで濡《ぬ》れているのかわからない身体、その中でも間欠的に粘《ねば》ったものを溢《あふ》れさせる性器を強く摑まれて、次に嚙みついたのは高遠の腕だ。

「ひど、……い、や、……ひどい……っ」

こんなことを教えて、奥までぐちゃぐちゃにして。自分からはしたなく欲しがるような身体にしたくせに。

（アメリカなんて……）

肝心《かんじん》のことはいつもなにも言わないで、指先でその愛撫で希をどろどろにしたまま、また置いていくつもりなのだろうか。そうして彼の去ったあと、身体にも心にもぽっかりと開いた虚《うろ》はいったい、どうやって埋《う》めればいいというのだろう。

「い、ちゃう……ひど、い……っ」

「おい……っ、ちょ、動くな……」

なじったそれは、覚えさせられた淫蕩《いんとう》な睦言《むつごと》にしか聞こえないだろう。わかっていながら、まだいかないでとそれだけを希は繰《く》り返す。

もう少し強くなるまで、あなたにふさわしい大人になるまで、そう告げたかったけれども、もう、こみ上げる感情が強すぎてまともな言葉にならない。

「いや……一緒《いっしょ》に、……っ」

「……泣くな」

駆《か》け上がる感覚を堪えて身を捩《よじ》りながら、啜《すす》り泣いて長い逞《たくま》しい腕にしがみつけば、やさしすぎる声と抱擁《ほうよう》が与《あた》えられる。

「抱いててやるから」

囁きとともに頬に触《ふ》れた口づけがいままでにもらった中で一番甘く、そして——一番残酷《ざんこく》だと、希は思った。

「——……っ、いや、あ……！」

そうしてせつなげな響きを伴《ともな》う放埓《ほうらつ》は、望み通り希の身体を白く汚《よご》していく。

降り続く雨に、またすぐにこれも消えてしまうものだと知りながらも、身体中に散っていく熱を欲して希は泣いた。

ふと目を覚ますと、そこはあたたかいベッドの中だった。あのまま気を失ったのだろう、じんと痺《しび》れる指先はひとつも思うように動かず、希はどうにか重い瞳を開く。

（……あ）

ちらちらとまばゆいものが視界に映った。その光源からなにか耳慣れない音を聞いた気がしてそっと視線を流せば、ベッドの先にあるソファに腰掛《こしか》け、テレビを睨《にら》むような高遠の背中が見える。

ひどく尖《とが》った気配のそれが、なぜか胸を痛ませる。声をかけようとして、しかし身体《からだ》はまだ眠《ねむ》りの中にいるのか、うっすらと瞼《まぶた》を開けているのが精一杯《せいいっぱい》だった。

甘くやわらかい旋律《せんりつ》が、絞《しぼ》りこまれた音量でも聞き取れた。G線上のアリア、その有名な曲はさすがにクラシックに明るくない希でも知っている。

豊かに甘い音色は、身体に染《し》みとおるようだった。けれども、それを聴《き》く高遠の気配はきりきりと張りつめ、ほんの小さな振動《しんどう》、ささやかな物音にさえ、壊《こわ》れてしまいそうだと思う。

(なに……どうして)

いつも不遜《ふそん》なまでに揺るがない背中が弱くて、さんざん泣いた瞳がまた小さく痛んだ。

どうにかして、そんな寂しそうな背中をやわらげてあげたいと思っても、もう声が出ない。

強《こわ》ばらせていた背中がふっと力を抜《ぬ》き、ついで、およそ高遠には似つかわしくないようなため息が零《こぼ》れる。その小さな響きに胸が震《ふる》えて、希は唇をそっと噛んだ。

(どうしたの……)

問いかけたくて、しかしせつなさに痛みを覚えた瞳はひとりでに閉じていき、待って、と呟《つぶや》くつもりの唇《くちびる》からはただ静かな寝息《ねいき》だけが零れる。

ヴァイオリンの伸《の》びやかな音色が、深くとろりとした眠りを誘って、希の意識はふたたびの闇《やみ》の中に落ちていく。

(——日野原……奏明……?)

その刹那《せつな》、誰の奏《かな》でるものか知らないはずのアリアを耳にしながら、意識さえ霧散《むさん》するような眠りに落ちる希はなぜか、その名前を思い出していた。

＊　＊　＊

白々とした朝がくる。

数日続いた雨があがって、ベランダで繰り広げた狂態《きょうたい》を示すものもすっかり洗い流され、からりとした秋晴れを見た時に、希はふっと止まっていた時間が動き出した気がした。

のろのろと重苦しいような身体を起こした希は、シャワーを貸してくれと告げた。高遠は好きに使えと頷《うなず》き、どこか淫蕩にかすれた声で問いかけてきた。

「いいけど……どうした」

「学校、はじまってるから」

行かなくちゃ、とどこか遠い響《ひび》きで呟けば、彼はなにも言わなかった。ただ黙《だま》って立ち上がり、冷蔵庫の前にしゃがみこむ。

簡単にシャワーを終えて制服を着こんだ希が顔を出せば、差し出されたのはモッツァレラチーズとトマトを挟《はさ》んだサンドイッチだった。

「……ん」

「ありがとう……」

まだ濡れた髪《かみ》のままだったが、ソファに腰掛けてそれを囓《かじ》る。ややあって、ミルクを多めにしたカフェオレと共に高遠が運んできたのは、ドライヤーとブラシだった。

「髪。やってやるからそのまま食ってろ」

「はい」

クッションのいいソファに座ると、どっと身体が重いのに気づく。もそもそとパンの端《はし》を囓りながら、吹《ふ》き付けてくる熱風に目を閉じればこのまま眠ってしまいそうなほど怠《だる》かった。

雨を言い訳にするように、希はこの二日間、高遠の家にこもりきっていた。

義一から顛末《てんまつ》を聞いているであろう玲二からも、連絡《れんらく》はないままだった。携帯《けいたい》の電源も切っていたから、居場所を知らないほかの誰《だれ》も、希に連絡のつけようがなかっただろう。

本当に高遠以外の誰とも接触《せっしょく》をせず、食べてたまにシャワーを浴びる以外は、ただひたすらセックスばかりをしていた。

怠惰《たいだ》で、世界から切り取られたような甘く乱れた時間だった。いつまでもこうしていたいと痛切に感じて、何度も何度も求めあった。

閉じきったその空間から出るのが怖《こわ》くて、ベッドから脚《あし》を下ろすことにさえ怯《おび》えていた。過剰《かじょう》なまでに肌《はだ》を欲《ほっ》して、いくら抱《だ》かれても餓《う》えていた。

けれどこの朝、太陽がひどく眩《まぶ》しくて。

（……いかなきゃ）

身体中に高遠の痕《あと》をつけたままベッドに転がっていた希は、ぽっかりと見開いた瞳でそう思った。理由はなにもなく、強《し》いて言えば空がきれいだったせいだろうか。

雲ひとつない秋空の青さに、なにかがふっとよぎった気がした。置き去りにした問題の代わりに欲情と快楽で埋め合わせても、結局はなにも変わることはないと、不意に思い出したのだ。溢れるほどに高遠で満たされたからこそ、思ったのかもしれない。結局どこまで繋《つな》ぎあったところで、ひとつに溶《と》けあうことなどできないから。

「……高遠さん」

「うん？」

それでも、もしも。触れた先から同化してしまったなら、結局はひとりになる。

髪を乾《かわ》かす指の持ち主が、時折にかすめていく頬《ほお》の心地《ここち》よさは、隣《となり》にいる誰かだからこそ与えてくれるものだろう。

「今日、また、ここに来ていい……？」

サンドイッチを食べ終えた指にソースが纏《まと》いついている。髪のセットを高遠に任せながら舐《な》めとろうとすれば、背後からの大きな手に手首を捕《と》らわれた。

「――……来いよ」

命令のような、懇願《こんがん》のような不思議な響きのそれは、指の先を噛《か》む痛みとともに訪《おとず》れる。このままもう一度と引きずられれば、拒《こば》めないだろうと希は思う。

「うん、……待ってて」

それでも、一瞬《いっしゅん》だけ強く握《にぎ》りしめて去った指先の持ち主に、笑う頬はどこまでも透明《とうめい》に明るかった。

——逃《に》げないから。

唇の動きだけでそう告げれば、ただやさしいだけの口づけが、薄《うす》い皮膚《ひふ》にそっと触れた。


そのまま高遠の家から学校へと赴《おもむ》くと、日はずいぶん高くにあった。もうこの日は金曜で、時刻は既《すで》に午後を回り、顔が出せたのは五限目からだ。

このところまじめに学校に通っていた希だが、春先まではこの程度のサボタージュはめずらしくもなかった。そのためかクラスメイトも担任も、さして驚《おどろ》いた顔も見せず、淡々《たんたん》と授業はこなされていく。

次の授業への休み時間、案の定友人たちはからかうような顔をして近づいてきた。

「雪下、今日なんだか久々だったじゃん」

「ああ、……ちょっと風邪《かぜ》ひいて」

鼻声に疲《つか》れた顔の希がそう返せば、顔色悪いぞと顔をしかめたのは内川だ。言い訳ばかりではなく、数日前の無茶がたたって、実際少し頭が重い。だが雨の中、あんな場所であんなことをした割に、この程度で済んでいるのが僥倖《ぎょうこう》なのだろう。

「おまえ身体弱いんだから、気をつけろよな」

「……はは」

実際にはひとより丈夫《じょうぶ》な方なのだが、しょっちゅう風邪を言い訳に学校を休んでいるものだから、否定もできないまま曖昧《あいまい》に笑うしかない。

（あ……）

仕方ない、と嘆息《たんそく》する内川を笑って誤魔化《ごまか》していると、久しぶりに電源を入れた携帯が震えはじめる。たまりこんでいだメールが、自動チェックで受信されたらしい。

件数は三件。そのうち二通は菜摘のもので、ひとつには普段通《ふだんどお》りの愚痴《ぐち》混じりの近況《きんきょう》と、それに対する返事がないことに訝《いぶか》ったもの。

『生きてる？　つーか忙《いそが》しいのかな？　暇《ひま》があったらまた返事ちょーだい』

素っ気ない感じのそれだが、大抵《たいてい》は数分でレスポンスする希を心配していたのだろう。顔文字はしょんぼりとしたものを選んでいて、悪いことをしたなと思いながら『電源が切れていたことに気づかなかった、ごめん』と当たり障《さわ》りのない文面を打ちこんだ。

「……あれ？」

そして返事を送信したあと、もう一通はと見れば、意外にも柚からのものだ。彼女は海外にいるため、もっぱら普通の電話が多かった。必要ないため、このメールアドレスも教えてないはずなのだがと首を傾《かし》げると、『ご連絡』との件名に気づく。

『世界対応の携帯買いました。今後は急用の際にはこちらへお願いします』

メールアドレスはこれこれ、と、事務的に、大人びた文面で連絡されているそれになるほどと思いつつスクロールしていけば、末尾《まつび》に『PS. 希へ』と続いている。

『ご自宅に連絡入れたら、外泊《がいはく》続きと教えられました。未成年め、火遊びはほどほどに！ 叔父《おじ》さん心配そうだったわよ。そしてたまにはおねーさんの愚痴も聞きなさい。菜摘だけじゃずるいわ』

「あっちゃー……」

間の悪いことに、よりによってこのタイミングで電話をもらっていたらしい。小さく舌打ちでもしたい気分になりつつ、希は返信を打ちこんだ。

『ちょっと出かけていました、ごめんなさい。電話はこの携帯にでいいのかな？』

「あ、やば……途中《とちゅう》で送っちゃった」

焦《あせ》っていたため、夜にでもまた、と続ける前に送信してしまった。まああちらも忙しいだろうと思っていれば、ほどなくぶるぶると携帯が震《ふる》えはじめる。

まさかと思っていれば、ディスプレイにはたったいま登録したばかりの『ユウ』が着信を表示している。

（どうしよう）

あと二分ほどで六限目ははじまってしまう。しかしこれを無視しているわけにも、と迷いながら、希は携帯をポケットに隠《かく》して立ち上がった。

「あれ、雪下？」

「ごめん、保健室……」

やっぱり具合悪い、と告げれば内川が頷《うなず》いて、予鈴《よれい》を耳にしながら希は教室を出る。廊下《ろうか》の向こうには次の授業を受け持つ教師の姿が見えて、慌《あわ》てて階段まで小走りに向かい、踊《おど》り場の陰《かげ》に身を隠した。

「……もしもし」

『はろー？　希、出るの遅《おそ》いわよ』

通話口を手で覆《おお》っていれば、本鈴が鳴り響《ひび》く。教室に駆《か》けこむ幾人《いくにん》かの足音が続き、ややあってしんとその場は静まりかえった。

『あー……もしかして、学校？　ごっめん、時差忘れてた』

「もしかしなくてもだよ……いま、そっち何時なの」

呆《あき》れたように吐息《といき》して返せば、けろんと夜中の一時過ぎだと返された。

『切った方がいい？』

「いやもう、いいよ。さぼっちゃった」

『あっはっは、不良だー』

けらけらと笑う柚は、いつもより数倍明るい。これはもしかして酔《よ》っているのかと希は思う。

「……柚さん、どんだけ飲んだ？」

『まだスミノフ二杯よ』

ウォッカ好きは相変わらずのようで、陽気に答える彼女に苦笑《くしょう》が漏《も》れた。希はこっそりとあたりを見回しつつ階段をのぼる。

「元気にしてる？　お酒ばっかり飲んでるんじゃない？」

『たまにしか飲めないわよ。顔がむくむだの喉《のど》が荒《あ》れるだの、管理厳しいんだもの。ひっさびさにオフでいい気分だから電話してるんじゃない』

失敬ね、と笑いながら告げる柚の声にこちらも頰が綻《ほころ》んでいく。

『……ってより、希の方が息切れてない？』

「いま、階段のぼってるから」

若いのにだらしないわよと笑われ、そうだねと返しながら三階を通り過ぎる。目の前にはさびかけたドアがあって、なるべく音を立てないように、希はそのノブを回した。

『たーいへんなんだからもう。基礎《きそ》的に音感が悪いとかかっつって、片っ端《ぱし》からクラシックまで聴《き》かされてさ』

声楽家はだしのボイストレーニングから身体訓練、自由の国は広く大きく、トップを目指す苦労も半端《はんぱ》じゃないと楽しげに柚は語った。

『ま、あたしのことはいいとして。そっちの様子はどう？　変わりない？』

「うん……」

鷹藤に教えられていたけれど、この校舎の屋上は本来生徒は立ち入り禁止だが、鍵《かぎ》の立て付けが悪いために実際は簡単に入りこめてしまうのだ。

軋《きし》む扉《とびら》を開けば、そのまま空に繋《つな》がっているかのような青さが目に滲《し》みる。

「すごく……いい天気だよ……」

『こっちもいい天気よ。っても星もちょっとしか見えないけど』

時差にして十三時間、ニューヨークはほぼ日本の真裏にある。くすくすと含《ふく》み笑う柚に、希は瞬《まばた》きも忘れて空を見上げた。

「やっぱり……アメリカって遠いんだね」

『希……？』

声が震えたのはわかってしまっただろうか。怪訝《けげん》そうな柚の声に、なんでもないよと笑ってみせながら、さんざん泣いて枯《か》れ果てたようだった涙《なみだ》がまた滲《にじ》む。

『――そうねえ。遠いかなあ』

聡《さと》い彼女は気づいただろうに、わなないた響きにも深く問うことはしないまま、のんびりとした言葉を返してくれる。

『でも、電話はリアルタイムだしメールは一瞬《いっしゅん》よ』

肩《かた》の力が抜《ぬ》けるようなそのやさしくハスキーな声に、希は目元を拭《ぬぐ》った。

きんと音がして、真っ青な中に一筋、飛行機雲がたなびいていく。その瞬間ふっと、希は問いかけを口にした。

「……ねえ、柚さん。クラシックも最近聴いてるって言ったよね」

『ええ。……それがなに？』

明確な答えを求めたわけではなかった。ただ、彼《か》の地に住み、さまざまな音楽にも造詣《ぞうけい》の深い柚であれば、なにか糸口になるようなものがあるのかもしれないと、直感的に思っただけのことだ。

「日野原……日野原奏明って、知ってる？」

ついに口にした問いかけは緊張《きんちょう》を孕《はら》み、硬《かた》い響きとなった。

あれから過ごした数日の間で、その名前を聞くたびに高遠が過剰《かじょう》に反応することに希は気づいていた。

凛《りん》としたヴァイオリンの音色を耳にするたびに、その腕《うで》は希に伸《の》ばされる。

そしてあの著名な音楽家の、久々の帰国を知った時の、玲二の反応。ラジオをいきなり切った高遠のことがどうしても引っかかって、けれど問えずにいた。

それは深みのある音色に、あの色浅い瞳《ひとみ》がまるで怯《おび》えるように揺《ゆ》れることを知ったからだ。

苛立《いらだ》つ横顔にはあの不遜《ふそん》なまでの強さは見えず、揺らいでいる恋人《こいびと》がせつない。それ以上に、自分さえも拒絶《きょぜつ》するようなあの孤独《こどく》な背中に手を伸ばすには、希自身あまりに揺れすぎている。

抱《だ》き合いながらどこか、お互《たが》い違《ちが》うものを見ていた。深く胸の奥に根ざした傷のようなもの、それから目を逸《そ》らし恋人の身体《からだ》に逃《に》げるような数日間を越《こ》えて、このままではいけないと、ただそう感じた。

これでは、昔のままと変わらない。いやむしろ、高遠までもがうしろを見据《みす》えて動かないのでは、なおのこと悪いだろう。

『知ってるけど……なんかあったの？』

引っかかりを覚えたような柚の声に、希はしばし逡巡《しゅんじゅん》する。

確かに柚は高遠と希の関係を知っている。けれどこの状況《じょうきょう》のどこまでを打ち明けていいのか、それらをうまく説明できるのか。まだ惑《まど》うままで、けれどその瞬間思い出したのは義一の声だ。

――……巻きこんでくれないのも、寂《さび》しいもんなんだけど？

ひとり惑い、身動きが取れなくなるくらいならば、目の前のひとに縋《すが》るのもひとつ、とあの懐深《ふところふか》い店長は告げた。

『ねえ、希。言いたくなかったらいいんだけど……もしなにか、悩《なや》んでるなら、話聞くくらいはするわよ』

そうして、内心を汲《く》んだような柚の声に、いまはその言葉に甘えてしまえと希は思う。ゆっくりと息を吸いこんだ次の瞬間、しかし柚は思ってもみないことを告げた。

『――っていうか、日野原奏明の名前が出るってことは、高遠さん、なんかあったんでしょ？』

「！　な、……んで!?」

あまりにもあっさりと繋がったラインにいささか呆然《ぼうぜん》としながら、希は急《せ》いた気持ちがこみ上げるのを知った。

「柚さん、なにか知ってるの⁉ 知ってたら、教えてほしい。……なにか、なんでもいいんだ。日野原奏明のことなら、なんでも‼」

『なんでもっていうか……希が知らない方がちょっとびっくりだった、あたし』

「だから、なにがっ⁉」

『落ち着いてよ、たぶん知ってるひと結構いる話なんだけど、あのね』

業界では案外に有名な話なのだと柚は前置きし、続けられた言葉に、希は目を瞠《みは》った。

『――日野原奏明って、高遠さんの父親なのよ』

「え……？」

考えてもみなかった事実に呆然となる。世界的なあのソリストと高遠が結びつかず、希は混乱する頭を抱《かか》えた。

「だ、だって、名前……名字が」

『離婚《りこん》してるんだって。だいぶ前に。高遠っていうのは、お母さんの姓《せい》らしいよ』

詳《くわ》しいところまではあたしも知らないんだけど、と柚は歯切れの悪い口調で言う。

「でもなんで、有名っていっても……」

高遠自身はその道ではサックスプレイヤーとして有名とはいえ、アイドルや俳優のように、一般的《いっぱん》にスキャンダラスに騒《さわ》がれる立場の人間ではない。ましてや日野原が帰国を果たしたいまであればともかく、柚が日本にいた折りにはさほど話題性のある問題ではないだろう。

疑念を口にした希に、あたりをはばかるような声で柚は告げる。

『ちょっとこの間、菜摘と高遠さんのスクープあったでしょう』

「ああ……うん。あった、ね」

夏頃《ごろ》、高遠との大げんかをする羽目になったスキャンダル記事は、実際には事実無根だったけれど、いままさに携帯越《けいたいご》しに話している彼女の引退を隠《かく》すために公表されたものだった。

周囲を巻きこんでの大騒ぎに振《ふ》り回され、疲労困憊《ひろうこんぱい》したことはまだ記憶《きおく》に新しいのに、なぜだかひどく遠い気がする。

「まさかそれがきっかけで……？」

その通り、と答える柚は、苦いものを隠せない声で一息に続けた。

『その時に一応、なんつの？　記者サイドがネタを求めてお相手の高遠さんについて調べあげたわけ。で、その……過去の話もほじくり返されたんだけど、日野原の名前が出てきて、そこはさすがに伏《ふ》せたらしいわ』

日野原は現在では世界的に有名なドイツの交響楽団《こうきょうがくだん》に所属しており、知名度はむしろ国内よりも海外で高いらしいことを希は教えられる。

『ちゃちい恋愛《れんあい》スキャンダルに巻きこむにはちょっと、大物過ぎたっていうかね』

　また日独親善大使にも選ばれた経歴があり、下手につつけば国際問題に発展しかねないため、そこは世間的に伏せられたのだと柚は語った。

『ただあ、スポ東の記者がもう口軽くってねー。却《かえ》ってあたしが口止めすることになっちゃったけど』

「口止めって……」

『ん？　とりあえず引退の件の、トップすっぱ抜きはあそこになったわよ』

　あのスキャンダルが高遠や菜摘自身にマイナスになるようであればまずい、最低限の情報をよこしてくれなければ困ると、柚は事務所のトップと記者相手に啖呵《たんか》を切ったものらしい。

『日野原敵に回すより、全然お得だったんじゃない？　社長にはさんざん言われたけどさ』

　いずれ引退するとはいえ、事務所とトラブルを起こすのは本意ではなかった。それでも自分の進退もかける覚悟《かくご》で話を持ちかけたと、けろりと告げた柚は、さすがに肝《きも》も据《す》わっている。

「柚さんって……」

『ふふん。伊達《だて》に有象無象の芸能界で十何年生きてないわよ？』

　逞《たくま》しいやら呆《あき》れるやらで希が絶句していれば、そんなわけでと柚は高遠の過去を、知っている分だけ教えてくれた。

『別れたのは確か、十年くらい前……じゃないかなあ？　まあ、その頃は高遠さんは普通《ふつう》の……まあ芸大が普通だかわかんないけどさ、ともかく学生だったから、そう噂《うわさ》になることじゃあなかったけど……』

高遠の母と日野原が離婚した理由については、折しも日野原が活動拠点《きょてん》をドイツに移し、世界を飛び歩くようになったためだということに、表向きはなっていたようだ。

『でもまあ、内々じゃこじれたことは有名で。そんなんもあって周りがうるさくて、高遠さん留学したんじゃないかって言われてるんだけどさ。実際あの方、あの通りだんまりでしょ。ほんとのとこは定《さだ》かじゃないんだけどね』

「……そうだったんだ」

以前に打ち明けられた事実として、少年アイドル時代の希が高遠の留学の後押しをしたとは言われていても、それがすべてでないだろうことは薄々《うすうす》感じていた。

――誘《さそ》いは前からあった。……けど迷ってた。いろいろ、あって……。

あのとき、「いろいろ」の部分を結局高遠は語ろうとはしないままで、それには日野原のことやそのほかも含《ふく》まれていたのだろう。

思った以上に複雑そうな――そしてあまりにスケールの違《ちが》う事実に、まだ頭がついてこない。

(事情はなんか、呑《の》みこめたけど……)

むしろややこしくなっただけかもしれないと、希はそっとため息をついた。

『あたしが握《にぎ》ってる情報としてはこんな程度かな。……役に立ちそう?』

「うん、ありがとう……あの」

それならいいわ、と笑う気配があって、ここまでの話を引き出したあとになってふと、希は彼女がなにも問うことはしないのに気づいた。

(どうしよう……言った方がいいのかな)

一方的に教えてもらうばかりでこれは、と思ったけれど、先んじたような柚の声にその逡巡は蹴《け》散《ち》らされる。

『希の話も聞いてみたいけど、ちょっとタイムリミットみたいね。明日もレッスンだし……それにこれ、充電《じゅうでん》切れそう』

「……柚さん」

今度落ち着いたら、またゆっくり。そう続けた柚に頷《うなず》き、ややあって電話ではこれではわからないのだと気づいて希は声を出す。

「うん。わかった。……落ち着いたら、話すから……ごめん、ありがとう」

言えないことばかりでごめん。なにも聞かないで、それでも心配してくれてありがとう。

そんな気持ちで絞《しぼ》り出すような声を出せば、柚の快活な響《ひび》きで発せられた短い答えは、こうだった。

『—— You are welcome!』

ネイティブな発音はわざとなのだろう、少し笑うことができて、希はほっと息をつく。

快晴の空を見上げて肩《かた》で息をした。手の中にぬるまっていく携帯《けいたい》を強く握りしめ、頭に溢《あふ》れそうな情報を持て余して軽く、首を振る。

「毎度ながら……スケール違うよなあ」

はじめての浮気疑惑《うわきぎわく》の折りにはスキャンダル雑誌ですっぱ抜《ぬ》かれ、今度は国際的に有名な音楽家と来た。高遠の背景は毎度毎度華《はな》やかで、希は頭がくらくらするよと苦笑《くしょう》する。

自分のこと、高遠のこと、これからのふたりのこと。考えることが煩雑《はんざつ》で多すぎて、もう本当に笑うしかなくなった。

すべてをいっそ投げ出して逃《に》げれば楽なのだろう。けれど、なにも語らない高遠と同じように、自分もまた彼に話していない事柄《ことがら》が多すぎる。

なにがあるのかと問えばいいのか、それとも――と迷いながら、希自身もまた家庭の事情をすべて彼に打ち明けきれないでいた。

しかしこの日露呈《ろてい》した事実に、高遠もまた複雑ななにかを抱えていたと知らされた。それを教えてくれないのは、希の存在を軽《かろ》んじているからとは、とても思えない。

（だとしたら、どうして）

彼もまた同じだろうか。言葉少なな態度の裏には、この重たさを他人に持たせていいのかと迷うことがあるのだろうか。――だとすれば。

「話さなくちゃ……高遠さんと」

まだ自分たちには乗り越《こ》えきれていないものがあると、漠然《ばくぜん》と希は感じ取る。

ためらって言葉を引っ込めてばかりではどうにもならないと、わかっていたのに。

柚の電話がもたらした過去の事実は、軽い衝撃《しょうげき》を与《あた》えてくれたが、すべての謎《なぞ》をほどくにはまだ足りない。そしてこの先を知るならば彼の口から聞きたいと希は思った。

「どうしてアメリカなのか、そういうのも全部、……話して、聞かなくちゃ」

日野原の帰国と渡米《とべい》の話が出たタイミングが合致《がっち》しすぎるのも気になった。これはただの予想だが、もしかすると日野原は、高遠を手元に招くつもりなのではないのだろうか。

日野原が来月日本を発《た》ったあと、カーネギーでの公演を行うことは、いつぞやのテレビで知っている。それを思えば渡米は日野原からのアプローチでもあり、彼を世界に通用する音楽家として、育てなおすつもりでもあるのではないか。

それとも単純に、親子としての情を繋《つな》ぎなおそうという申し出でもあるのかもしれない。

(一緒《いっしょ》に暮らそうとか、言われたり……したら)

いまになって突然《とつぜん》、どちらかを選べと突《つ》きつけてきた希の父のように、親という生き物は案外に身勝手で、それでいて——どうしようもない吸引力と影響力《えいきょうりょく》を持っている。

(帰ってこなくなる……？　どっか、俺のいないとこに、行っちゃう？)

それに希は、立ち向かえるだろうかと感じれば、開く一方の距離《きょり》が恐《おそ》ろしくなった。

「……帰らないと」

荷物もなにもかも、教室に置き去りのままだった。それでもいま、無性《むしょう》に高遠の顔が見たくなった。

走らなければ、間に合わない。いますぐにも、すぐにもあの端整《たんせい》で冷たい顔立ちを確かめないと、消えてしまうのではないかという焦《あせ》りが希の背中を後押しする。

駆《か》け下りる階段の段差が鬱陶《うっとう》しくて、踊《おど》り場から手すりに手をかけ、一気に飛んだ。

急《せ》いて、その分だけ脚《あし》は痛んだけれども、もうなにもかまうことはなかった。

高遠に会う。いまの希にはそれ以外にはなにもかも、些細《ささい》なことなのだ。

＊　＊　＊

「……なんだ、おまえ」

叩《たた》きつけるようなチャイムの音に、ひどく驚《おどろ》いた顔をして高遠はドアを開けてくれた。

希の息はあがりきって、身体中汗《からだじゅうあせ》みずくになっている。学校から駅まで走り続け、地下鉄の電車が着くなり構内を抜けて、そのまま高遠の部屋へと向かう間も駆け抜けたせいだ。

「どうかしたのか？　まだ早いんじゃ」

「――……っ、たかと、さ、……話が」

とにかく入れ、と招き入れてくれる彼の胸に飛びこんで、息を弾《はず》ませながら希は言った。

「話、あるけど、……聞いて」

「ああ？……聞くけど、少し落ち着け」

肩を抱《だ》かれたまま靴《くつ》を脱《ぬ》ぎ、なにか飲むかと問いかけてくるそれに首を振《ふ》って、希はかすれた声を発する。

「俺、……おれね、北海道か東京かわかんないけど、行くことになりそうで」

「なに……？」

突然の言葉に、一瞬《いっしゅん》彼は動きを止める。

「希、なんなんだそれ。どういうことだ」

顔を険しくした高遠に両腕《りょううで》を取られ、希は渇《かわ》ききった喉《のど》の奥を嚥下《えんか》するように動かした。

「あの、俺の、親、がね。……もうずっと、一緒にはいなかったんだけど」

この部屋にたどり着くまでの間、どこから話していいものかと迷っていた。けれど結局うまい言葉など自分が思いつくわけもなく、ただありのまま、胸の中にあるものをすべてぶつけるしかないと思ったのだ。

そうして希は混乱したままの言葉で、片っ端《ぱし》から話し出す。

「離婚《りこん》、するって。それで、どっちか選べって言われて、でも、でもね」

そんなことはどうでもいいのだ、希はきつい眼差《まなざ》しに首を振ってみせる。

「高遠さんと一緒にいたいから、……だから就職でもいいって思ったんだ」

家のことでも持て余すような気分にはなっていたが、最終的に希が感じることは、恋人《こいびと》とどうすれば離《はな》れずにいられるか、ということだけだ。

「でも高遠さん、高遠さんはそれでいいのか、俺、わかんなくって」

「希、ちょっと待て、話がわからない」

「だって、でも……っ」

あちこちに飛んでいく言葉に混乱したようで、高遠はかすかにその眉《まゆ》をひそめた。ともかくも胸の中に溢れかえっている言葉を吐《は》き出そうとした希は、しかし大きく咳《せ》きこんだ。

「だから、落ち着けって。ちょっと待ってろ」

すぐだから、となだめるように背中を叩いた高遠はそのまま希を引きずり、リビングに座らせる。そうして自身は台所に赴《おもむ》き、水の入ったグラスを片手に引き返してきた。

「とりあえず、それ飲んでからだ。……すごい汗だぞ」

大ぶりのそれを手にすれば、喉の渇きをやっと希は自覚する。一息に飲み干して大きく息をつけば、くわえ煙草《たばこ》の高遠が苦い顔をしていた。

「……北海道だって？　それで様子おかしかったのか」

勢いが削《そ》げ、さてどう話そうと逡巡《しゅんじゅん》する希より先に、口を開いたのは彼の方だ。無言のまま頷くと、深々と吐息《といき》した高遠は希の横に腰《こし》を下ろし、汗に湿《しめ》った頰《ほお》を手のひらで拭《ぬぐ》う。

「っていうより……訊《き》いていいのか。おまえ、……どうして親と一緒にいない？」

覗《のぞ》きこんでくる瞳《ひとみ》に、わけもなくほっとした。最初からこうして打ち明ければよかったのだろうかと素直《すなお》に感じられる眼差しに、希は許された気がした。

「玲ちゃんには、聞いてないですか？」

「アイドルやめたあと、家の中がこじれたって程度には。……まあ、よくある話だからな」

想像はついたと肩《かた》を竦《すく》める彼は、それでは本当に知らなかったのだと希は目を伏《ふ》せる。そうしていままで誰《だれ》にも——玲二以外に本当に誰にも、打ち明けてこなかった事実を口にした。

「俺、……中学の時、入院したんです。半年くらい、だったけど」

「……入院？　病気でもしたのか」

「声が……あの、出なくなって」

震《ふる》えた声にそれが普通《ふつう》の、身体的な疾患《しっかん》ではないと察したのだろう。高遠の顔がさっと強《こわ》ばり、希は緊張《きんちょう》に強ばる唇《くちびる》を舐《な》めて湿らせた。

「アイドルやめて、そのあといろいろ頑張《がんば》ったんだけど、どうしても……あのひとたちの思った通りにはなれなくて。もうなんだか面倒《めんどう》になって、高校受験するより就職して、家を出たいって言ったら」

——嫌味《いやみ》な子ね、そんなに、そんなに私が嫌《きら》いなの!?　出ていきたければ出ていきなさいよ、出て行きなさいよーっ!!

よみがえった母の罵声《ばせい》に肩を震わせれば、強い腕が引き寄せてくれる。

「なんか、……怒《おこ》らせちゃって、それで出て行けって言われて……そしたらもう、声がなにを話しても通じない、そう感じた瞬間には喋《しゃべ》ることができなくなった。

「だから俺、いまでも話すの苦手で……言ってもわかってもらえなかったら、って考えると怖《こわ》くて」

「希……」

苦い声を出す高遠の顔を仰《あお》げば、呆然《ぼうぜん》としたような表情があった。それでもそこに怯《おび》えたような拒絶《きょぜつ》の色はなく、希はどこか安堵《あんど》の面持《おもも》ちで恋人の端整な顔を見つめ返す。

「おまえ……そんなだったのか？」

あぐねても結局は言葉にならなかったようで、そのままきつく抱きこんでくる高遠は後悔《こうかい》するような瞳できつく顔をしかめている。

「だからあんなに、いつもなにも、言わないでいたのか……っ？」

いつになく強い抱擁《ほうよう》は、いたわりと口惜《くちお》しさのようなものに溢《あふ》れ、かすかに震えていた。

高遠の中でいま駆けめぐっているものは、希とのいままでのやりとりや、言葉についての記《き》憶《おく》だろう。そうして反芻《はんすう》してはおのれの失態を探すかのような惑《まど》いは、常にはまっすぐにものを見据《みす》える高遠の目線が、ひどく揺《ゆ》れていることから知れた。

（そうじゃ、ないんだよ）

責めたわけではなかったのに、なにかひどく彼が悔《く》いているような表情を見せて、希は困ってしまう。

「あの、……あのね。でもいまは、別に。ただ俺が、話すの下手な、だけで」

「そうじゃねえだろ……っ」

きつく眉間《みけん》に皺《しわ》を寄せた高遠は、呻《うめ》くような声を出す。失敗したかもしれないと、希もまた眉をひそめた。

「そうじゃなくて、繊細《せんさい》って言われてても……まさかそんなだとは……俺は」

同情されたかったわけでも、憐《あわ》れみが欲しかったのでもない。ただどこから言えばいいのかわからなくて、事実を放《ほう》り投げるようにして告げたのはやはり、まずかっただろうか。

「でも、あの、……俺、高遠さんのおかげで、話せるようになったこと、たくさんあるよ？」

「……希」

痛ましげに目を細める高遠に、さまざまなことで感謝していることをどう伝えればいいのかわからない。

自分の外側にいる他人、そのなまなましいまでの距離《きょり》と体温を知って、希の殻《から》ははじき飛ばされた。そうしてようやく、たくさんのひとびとと関《かか》われるようになっていったのだ。

「だから、えっと」

言葉を探しているうちに、深く長い息をついた彼がそっと、頬に手のひらを添《そ》える。

「――俺は、……俺も傷つけただろう。いままで、おまえ」

自身の厳しさを少しは自覚するらしく、ようやくそれだけを問う高遠に、希は腕の中で首を振った。

「……ううん」

確かに彼の足りない言葉や強引《ごういん》な所作に、泣いたことがなかったわけじゃない。揉《も》めたり怒ったり落ちこんだり、そういうこともたくさんあった、それでも。

「玲ちゃんとか、店長とかは……なにも言わなくてもわかってくれちゃって。全部察してくれて、先回りしてくれて……それで俺、楽してたから、わかんないまんまだった」

気遣《きづか》われて、それにすら気づかないほど甘やかされていた。実際傷ついた希には確かにそういう相手は必要だったけれど、いつまでもそれだけではだめだと気づかせてくれたのは、いま痛いほどこの細い身体を抱きしめている本人だ。

「でも、ずっとそうやってるわけにいかないし……それに高遠さん、俺のこと欲しがってくれたから、それでいいんだって」

誰も彼もがいらないよと放り出した希に向けて、あんなに強引な腕を伸《の》べたのは彼だけだ。強烈《きょうれつ》で、目眩《めまい》がして、なにがなんだかわからないままに巻きこまれて、気がつけばもう離れられなかった。

長い腕で世界の中に引きずり寄せられ、迷いもしたけれど結果、そのことによって自分でも自分を好きになれた。高遠が好きだと言ってくれた希を、自分で大事にしたいと思えたのだ。

「それに、……すき、だから……高遠さんは俺に、なにしても、いいんだよ」

「……ばか。つけあがらせるな」

全部許してしまうから。そう告げれば高遠は照れたような怒ったような顔をする。その精悍《せいかん》な頰に自分の頰を押し当て、でも、と希は続けた。

「でも高遠さん、なんでなにも、……ずっと、訊かなかったの？」

この数日、考えてみれば明らかに様子のおかしな希を高遠が問いただすこともしなかった、それこそが本当は不思議だった。

「ぐちゃぐちゃで、……逃《に》げてたんだけど、でも、どうして俺のこと、許してたの？」

「希……」

「いつもだったら高遠さん、こういうの……ちゃんと怒るのに」

目の前のことから逃げるなと叱咤《しった》するように、言葉ではなく態度で示したり、不満があるなら言葉にしないおまえが悪いと不遜《ふそん》に言い切ったり。

──信符は、誰よりも挫折《ざせつ》は知ってるし、だから厳しい。

以前玲二がそう評した通り、甘えを許すことなく自分で考えろと突《つ》き放す彼であったはずだ。

「日野原さん、……帰ってきたから？」

「おまえ、それ」

誰に訊いたんだと彼は目を瞠《みは》り、誰でもいいよと希は縋《すが》る瞳で腕を摑《つか》んだ。

「この間、夜中。ひとりで見てたでしょう？　その前にもラジオ切ったし……玲ちゃんも変だった、店長もなんか言ってたし」

誰に教えられなくとも、あの音楽家が高遠のなにかを揺るがせていることには気づいていた。そうして周囲が目ざとく反応するものが、すべて日野原に関することとなれば、自《おの》ずと答えはわかるだろう。柚の一言は、それを証明したまでのことだ。

「前に、留学するのにいろいろあった、って言ったよね？……お父さんの、こと？」

「そこまで知ってんのか……」

このことを口にするのは勇気がいった。もしかしたら詮索《せんさく》するなと不愉快《ふゆかい》そうに睨《にら》まれるかもしれないと怯えていた希は、しかしため息のような声で苦笑《くしょう》した高遠に拍子抜《ひょうしぬ》けする。

「じゃあもう、しょうがねえな。別に隠《かく》してたわけじゃない……日野原は、俺の親父《おやじ》だ」

「なにが、あったか……訊《き》いてもいい？」

たいした話じゃないと高遠はまた笑った。しかしその瞬間《しゅんかん》伏《ふ》せた瞳《ひとみ》の奥を知りたくて、希は先ほどまでと逆に、その顔を覗《のぞ》きこむ。

「そうだな、みっともいい話じゃないから、気は乗らないけど……」

おまえだから、いいか。ため息のように笑って告げられ、希はその言葉に頬《ほお》を紅潮させた。

「俺がそもそもサックスをやるようになったのは、親父に対する反発みたいなもんだった」

語りはじめる高遠の声は、なにかこのところの鬱屈《うっくつ》を振《ふ》り切ったように甘く透《す》き通っている。

「小さい頃《ころ》から……もう気がついたらヴァイオリンのレッスンで、手がつぶれるといけないからってんで外にも遊びに出されないどころか、学校の体育も休まされるくらいだった」

同年代との接触《せっしょく》を長く知らないままでいて、おかげでひととのつきあい方が基本的にわかってない。自嘲《じちょう》するように言う高遠を、希は相づちもしないまま見つめ続ける。

「好きも嫌《きら》いもない状態で、気がつけば俺はそれしかなかったし……ガキの頃はやっぱりな。褒《ほ》められればそれなりに嬉《うれ》しかったから、努力もした」

幼い頃から日野原の下《もと》で英才教育を受けた高遠は、その天賦《てんぷ》の才能もあって、ゆくゆくはヴァイオリニストとして父の後継《こうけい》にと考えられていたらしい。

「賞を取ったりすればやっぱり自分もそれなりだろうと錯覚《さっかく》もしたしな」

「……どうして、サックスにしたの？」

弦楽器《げんがっき》から管楽器とはまたずいぶんな方向転換《てんかん》だと希は感じる。当時の彼を知るわけではないが、あの絶対的なセンスからいってもかなりのものであっただろうことは想像に難《かた》くなかった。単純な挫折とは考えにくいと首を傾《かし》げれば、まだ続きがあると高遠が髪《かみ》を撫《な》でてくる。

「高校に入ったくらいから、ちょうどおまえの叔父《おじ》さんと知り合って……東埜さんとも、その頃か。あのひとたちは、当時っからイベンターみたいなことやってて、やたら顔が広いのはいまと同じだけど」

バブルの時代、ベンチャーの走りとも言える学生主催《しゅさい》のイベントは盛況《せいきょう》なにぎわいを見せていた。たまたま連れて行かれた先、才気走った玲二と義一の存在に、高遠は驚《おどろ》いたという。

「東埜さんはあの頃大学生か。いまで言うクラブイベントをぶち上げて、全部成功させてたよ。

そのライブで、ミキシングやってたのが雪下さんで、同世代で凄《すさ》まじいのがいるなと思った」

「玲ちゃん、そんなことやってたの……？」

アシッドな音から正統派のクラシックまで、玲二のコンポーザーとしての腕《うで》は確かで、学生の当時から既《すで》にスタジオミュージシャンとも交流があったと教えられ、希は目を瞠る。

「俺はその頃既《すで》に芸大一本槍《いっぽんやり》で、クラシック以外の音楽は耳が腐《くさ》るから聴《き》くなって言われてた。だからだろうな、なにがなんだかわからない、その場のノリ一発のジャムセッションのいい加減さが、ひどくおもしろくて」

テレビやラジオさえも限定したものしか鑑賞《かんしょう》することを許されず、コンクールや受験向けの基礎《きそ》練習を繰《く》り返し、ある意味無菌《むきん》状態にあった高遠には、それらは衝撃的《しょうげきてき》だったという。

ステージの上で掛《か》け合いをするサックスの音がことに、自由の象徴《しょうちょう》のように目に映った。興味深そうに目を光らせる無愛想な高校生をおもしろがって、やってみるかと唆《そその》かしたのはいまのライブ仲間でもあるクマさんだったという。

「ちょうどなんだか、遅《おそ》い反抗期《はんこうき》が来てた頃で。なんで俺はばかみたいに親の言うことときいてんだか、と」

生来の気の強さから、親の決めたレールに乗ることの不愉快さを感じていた高遠にとって、その放埒《ほうらつ》な音と世界はたまらない魅力《みりょく》だったらしい。

「限界みたいなのも見えてくる時期だったしな……逃避《とうひ》かもしれないとは思ったし、実際親父にもまあ、さんざん蹴《け》られた」

「蹴る⁉」

「手は使わないんだ、あいつは。……小さい頃はレッスン中に間違《まち》うと、弓で手の甲《こう》をはたかれたけどな」

肩《かた》を竦《すく》める彼の言葉に、日野原氏は相当にスパルタだったらしいことはうかがえて、希はそっとその大きな手を取った。痛みと強制を強《し》いられた、幼い彼の手をそうして想像してみる。

「ヴァイオリン……嫌いだった？」

「好きも嫌いもなかったって、さっき言っただろう」

やるせないような気持ちになって問えば、希のいたわる指を握《にぎ》り返した高遠は、そこはもうふっきれたのだと軽く喉奥《のどおく》で笑った。

「ただ……親父が俺に望んだのは、自分のコピーになることだったから。それ以上になっても、むろん以下でもいけない。同じスタイルで完璧《かんぺき》に同じレベルになることだと、そう……気づいてしまって、虚《むな》しくなった」

そこにまったく自分の意志がないと知った瞬間、なにもかもに嫌気《いやけ》がさしたのだと、遠い目をした恋人《こいびと》は重い声で続ける。

「そうこうしてるうちに受験の時期になって……こっそり専攻《せんこう》を切りかえた。けどそうそうはうまくいかなくて」

もとより需要《じゆよう》の絶対数が少ない管楽器のコースは、通常でさえも狭《せま》き門だ。おまけに音大の受験は、その目指す大学の教授自身に指導を受けていなければ、よほどでない限り合格は難しいと言われている。

「音大は枠《わく》が少ない上に派閥《はばつ》のある世界だからな。俺の師事したかった教授ももう手一杯《いっぱい》でおまけに……日野原の弟子《でし》を横取りするほど、度胸のあるやつはいねえよ」

息子の反乱を許すような日野原ではなく、その激怒《げきど》したさまは凄まじかったらしい。相当に妨害《ぼうがい》も受け、しかし高遠はそれでも目指した大学にほぼ首席の成績で合格してしまった。

「サックスを教えてくれたのはクラブで知り合ったひとりで、一応は芸大の卒業免許《めんきょ》は持ってたな。そのほかの基礎はまあ、親父のおかげでパーフェクトだったから」

鼻で笑うような高遠の視線は、遠い昔自分をスポイルしようと必死になった者たちを見つめているのだろうか。

管楽器を目指すものは実のところ、音楽的な基礎ができていないものが多い。ピアノや弦楽器とは違《ちが》い、学生時代のブラスバンド部などをきっかけにその道を選ぶことが大半だからだ。皮肉なことに、高遠の指導を拒《こば》んだ教授が愛《まな》弟子たちをいくら贔屓《ひいき》しようにも、異分子である彼の飛び抜けた実力は無視することができなかった。

理論筆記、ソルフェージュ。ピアノ演奏に至るまですべて、世界の日野原に指導された高遠が、ほかの誰《だれ》に見劣《みおと》りするわけもない。また負けず嫌いの高遠は、共通一次の五科目、教科試験までもほぼ満点を取ったため、誰がどう抗《あらが》っても合格を取り消すことはできなかった。

「なんか……すごい」

希はその不屈《ふくつ》の精神と能力の凄まじさにため息しか出ない。

親に強制されてなにかを挫折《ざせつ》した、そこまでは同じだけれども、高遠と自分との差はあまりに遠すぎてもう、感嘆《かんたん》するばかりだ。

しかし過去の事実を、彼は少しも誇《ほこ》らしくはなさそうに、むしろ吐《は》き捨てるように口にする。

「別にすごかねえよ。……入ったら入ったで、これがな。やりにくくて仕方なかった」

「なんで？　だって、それだけできれば」

「それだけできるったって、できるやつしかいないんだ、あそこには」

難関をくぐり抜けてきた連中は皆《みな》一様にプライドが高く、また異端児《いたんじ》である高遠はどこにも居場所がない感覚を味わったと言った。

「おまけにそこで……援助《えんじょ》打ち切り、だ。音を磨《みが》くより金が必要で、それどころじゃない」

とん、と手刀でなにかを切るアクションをした高遠の言葉に、希は息を呑《の》んだ。いままさに自分が置かれようとしている状態と、それはあまりにも似すぎていた。

芸大受験の際に専攻を管楽器に切りかえた時点で日野原とは相当な衝突《しょうとつ》があり、その圧力に負けまいと意地になる高遠を追いつめるため、父親はまず金銭面で息子《むすこ》の挫折を図《はか》ったらしい。

しかしそれならばと、玲二や義一を通してアルバイトを紹介《しょうかい》してもらったのがいまの仕事のきっかけらしい。ジャズクラブやそれこそアイドルのバックミュージシャン、スタジオでのレコーディング。ジャンルもなんでもかまわないとハングリーに飛びついて、高遠は仕事をこなしていった。

「あ、その頃……」

「ああ。Unbalanceも雪下さんのつてのつてのつてだな」

おかげで若いながら、相当な腕を持ったサックスプレイヤーとして業界でも頭角を現すが、そのスタイルはどうあっても、日野原の望んだ姿ではなかった。

「脅《おど》しみたいにじわじわやられて、最初に切られたのが学費。その次が生活費。それでもって……最後には俺とおふくろごと、ばっさりだ」

「え……っ」

副業に駆《か》け回るおかげで大学にもろくに行かなくなり、思うままにならない息子に腹を立てた日野原からは絶縁《ぜつえん》を申し出られた。おかげで母親も「教育が悪い」と一方的な離婚《りこん》。

「いるだけで苛《いら》つくんだと。邪魔《じゃま》なものは排除《はいじょ》するのがあいつの流儀《りゅうぎ》だからな」

「そんな……だって、勝手な」

「まあ、身勝手が服を着て歩いてるような男だからな。日野原奏明ってのは」

あとはもうなにもかもめちゃくちゃだったと嗤《わら》う高遠は、しかしそれも仕方ないと吐息《といき》する。

「ただ、あの男の一番の失敗は、息子の性質を見抜《みぬ》けなかったことだろう」

「……どういう？」

「俺のはな……音が、強すぎるんだ」

反発よりなにより自身の強すぎる個性がオーケストラ奏者としては適性でないことも、早々に悟《さと》っていたらしい。ソリストを目指すべくやったとしても、オーケストラではその調和こそがもっとも尊ばれる。高遠の奏《かな》でるなにもかもは、やはりどうしても癖《くせ》が強すぎた。

「サックスだからじゃなくて……？」

「ヴァイオリンはまだ多少誤魔化《ごまか》しは利《き》くさ、技術だけはあるからな。でもそうすりゃ逆に音は死にすぎる。おまけにサックスはまったくの我流《がりゅう》だ」

ジャズやポップスアレンジをメインとするいまではその個性こそが価値となっても、冒険《ぼうけん》を好まないあの世界では、異質すぎる音はやはり異端視されてしまう。

だいたいお手々繋《つな》いでは性《しょう》に合わないんだ、と高遠は苦い顔を見せる。

「俺がうしろに引っ込んで誰かに合わせて、おとなしくできると思うか？」

「……ええ、と」

無理だろうと即答《そくとう》するのも失礼かどうか迷っていれば、正直なと苦笑《くしょう》した彼が額をついた。

「そもそもが、無理なんだ。俺はあの世界じゃ息苦しいし、それに……どこまでいってもあのままじゃあ、『日野原信符』でしかないんだ……」

七光りだけを頼《たよ》りにこのまま進んでも、無理があると感じていた。おまけに「あの」日野原を怒《おこ》らせた以上、クラシック畑で自分が生きていけるわけもない。

それでも、結果的に音楽のほかに道を知らず、苛立つばかりだったと彼は告げる。

「俺は、俺でいたかった。誰のコピーでもない、クローンでもない。俺自身で。それがどんなに、無様でも」

「高遠さん……」

「認めさせたかったんだ、あいつに。……無駄《むだ》、だったけどな」

かすかに、声が震《ふる》えた。そんな高遠の姿を見るのははじめてで、希は息が苦しくなる。痛々しい姿に腕《うで》を伸《の》ばせば、縋《すが》るように高遠は背中を抱《だ》きしめてくる。

「ろくに話もしないでいきなり出て行って、離婚届一枚放《ほう》ってよこしたあいつに、呆然《ぼうぜん》とするおふくろはショックで寝《ね》こんじまったよ。勝手もいい加減にしてくれって言った時せめて、それでも、……怒ってくれれば」

おまえのせいだと罵《ののし》ってくれればまだ、よかったのだと高遠は呟《つぶや》いた。

切り捨てられ、海外へ行くと決めた父親に対峙《たいじ》した瞬間《しゅんかん》、それでもなにかしらの言葉を高遠は期待していた。しかし。

『長い間、見こみ違いの無駄をしていたようだ』

断絶した最後の日、日野原に向けられたのはそんな冷たい言葉と一瞥《いちべつ》だけで、無駄と切り捨てられた自身が、なにもないただの石ころのように感じていたらしい。

「なんだかわからなくなったのも実際だな。なんのために苦労してきたんだか……」

目の前が真っ暗になって、いままでの反抗《はんこう》もなにもただの徒労と知った瞬間、絶望的な気分にさえもなったと言う高遠に、希は胸を痛める。

「それでもまあ、いっそ俺の目の前から消えるならせいせいすると、そう――」

「……もう、いいよ」

言わなくていいよと涙声《なみだごえ》で告げて、希は広く逞《たくま》しい、けれどもいまは、ひどく弱く見える背中を抱きしめた。

「ごめんなさい……」

「なんで謝る」

「わかんないけど」

誰かがこうして告げてあげなければ、彼の辿《たど》ってきた道のりはあまりに厳しすぎる。

希が憧《あこが》れ続けた凛《りん》とした背中、それは矜持《きょうじ》だけを頼りにひとりきりで気を張って、孤独《こどく》に闘《たたか》ってきたからこその強さの証《あか》しなのだろう。

甘えを許せないのもきっと、彼自身が誰にも甘えることができなかったからなのだ。

「わかんないけど、……ごめんね」

なにをすることもできないけれど、形よい頭を抱きしめて、希は滲《にじ》んだ瞳《ひとみ》を瞬《またた》いた。

(きっと、ずいぶんつらかったのに)

高遠が不安定に見えるのも当たり前だ。長く離《はな》れていた憎《にく》しみの対象が目の前に現れれば動《どう》揺《よう》しないわけもない。

「俺、……甘えてばっかりだった。なんにも訊《き》かれないからいいやって、それで」

それでもずっとやさしくしてくれて、許されていた。

理由も知らず彼も煮詰《につ》まっているのだろうと、だから一緒《いっしょ》に逃《に》げているのだろうと、勝手にそんな風に思ってさえいたのに。

「それを言うなら、俺だって一緒だろう」

「え……」

長い指に髪《かみ》を梳《す》かれて、意外な言葉に希は顔をあげた。そのまま腰《こし》を抱きなおすようにして膝《ひざ》に抱《かか》えられ、やわらかく腕に包まれる。

「おまえだってなにも訊かなかっただろ。俺が落ちこんでるの気づいてたくせに、黙《だま》ってつきあってたのは、なんでだ?」

試《ため》すように意地悪をされて、それでも拒《こば》まないでいた時期のことを、彼もまたわかっていたと目を細める。

「え、と……でも、そんなにすごく違《ちが》う、っていう感じでもなかったし。それに言いたくなったら高遠さんは、言うだろうし」

「わかんねえだろ。たいがい口が重すぎるって怒ったくせに」

以前にそうしてなじった言葉を蒸《む》し返され、あれは、と希は頬《ほお》を赤らめた。

「だ、だってあれはいろいろあったからで……別にこのところ、俺とはなにも、なかったから」

それでもひと恋《こい》しそうにしている様子なのは知れたから、ただ、そばにいてあげたかった。

うまくない言葉でぽつぽつと告げれば、だからだろう、と高遠はその顎《あご》を希の頭に乗せる。

「……そうやっておまえが俺のこと甘やかすから、たまには同じように返そうと思っただけだ」

「あまやか、す？」

「あのなあ。普通《ふつう》はああだこうだ詮索《せんさく》するもんだろ……こういう関係だったら」

黙って認めて、ただ許して、それでも離れずにいる相手など滅多《めった》にいないものだと苦笑した
高遠は、自身の勝手さも自覚してはいるようだった。

「俺も相当だが、おまえも喋《しゃべ》らねえからなあ……いつもそれで、ややこしくしてるけど」

指摘《してき》されればもっともで、うなだれつつ目を伏《ふ》せた希に対して、そうじゃないと高遠は言う。

「ご、……ごめんなさい」

「じゃなくて。……今回は正直、黙っててくれてありがたかった」

「高遠さん？」

問われても告げるべき言葉を持たない、そういう痛みもあると語るのはあの、色浅い瞳だ。

「なんにも聞かないくせに、離れようとも逃げようともしないで……そうやって、そこにいて
くれるだけで楽だった。……だから、おまえがどうであれ」

太陽の角度が変わって、午後の日差しが徐々《じょじょ》にその色を深くする。窓辺からさした西日を受ける高遠の目は、とろりとした蜜《みつ》の色に輝《かがや》いた。

「別になにも訊かなくたって、……いいと思ったんだ」

やさしすぎるような声で告げて、高遠はそっと目元をやわらげる。

「おまえも……俺と同じかって、そう、思ったからな。勝手な思い入れかもしれないけど」

かすれた声で告げ、希の細い腕の中で髪を揺《ゆ》らした高遠は、当たりすぎて笑えた、と呟く。

「事情は全部は知らなかったけどな。……昔、おまえ、えらくおふくろさんに怯《おび》えてただろう」

まだ幼かった頃《ころ》、コンサート会場で遭遇《そうぐう》した高遠に「いないことにして」と願ったあの時のことを希は思い出す。

「あんな風にびびっちまうなにかがあるなら、家にも帰れないだろうと、そうは思ってた」

「高遠さん……」

「きれいな……声だったのに、な」

言葉を切って、彼の薄《うす》い唇《くちびる》が喉《のど》に触《ふ》れた。センシュアルなニュアンスはなく、かつて失われた声に対して、たむけの花を渡《わた》すような、そんな口づけだった。

「もう、……あの頃とは、声、違うよ」

変声期を過ぎたことで、価値のないとされた自分のその声が、希はあまり好きではなかった。

「それでも、俺は好きだ」

だが滅多にはストレートに口にしない、彼の言葉を耳にして、希はふわりと体温を上げる。

「腐《くさ》ってた俺を、なんの損得もなく認めてくれて、笑ってくれたおまえの、声だ」

留学を決意したのは、あのとき。偶然《ぐうぜん》出会った子どもに、手慰《てなぐさ》みのような自分の音を、心から褒《ほ》められたからだと、かつて聞かされたそれをもう一度高遠に教えられる。

「向こうにいて、確かにきつかったから、年相応にすれもしたけどな」

帰国して、もう一度出会った希はかたくなで。けれどやはり、あの時と同じ瞳で自分の音を賞賛してくれたと高遠は言った。

「結局はおまえだけだった。あんな風に俺を眩《まぶ》しいみたいに見てくれて、それだけで自信がつくような、そんな顔をするのは」

だから欲しかった。どんな風に泣かれても結局離したくはなかった。強引《ごういん》に抱《だ》きこんで身体《からだ》から奪《うば》ってでも、手の中に収めたくて仕方なかったと言われ、希は目眩《めまい》が止まらない。

「そのくせ、あんまりやさしくできなくて、泣かせてばっかりだけどな」

「そんなこと、……そんなことない……っ」

うまくやさしくしてやれなくて悪かったと告げられ、希は必死にかぶりを振《ふ》る。

そこにいるだけで希の世界を輝かせたひとに、謝ってなどほしくない。それ以上に本当は余《よ》裕《ゆう》もないくらいに希を求めていたと教えられれば、もうなにも言えはしない。

「高遠さんだけでいい……っ、ここに、いてくれれば、それで……それだけで」

「希一」

必死に赤い顔で言い募《つの》れば、ひそやかな声がそろりと、胸の奥深くに触れた。

「——……親の望まない形になっちまうのは、結構、つらいだろう」

「たかと、……さん」

「理屈《りくつ》じゃないとこで、つらくなるだろう。……迷ってる時期は、とくに」

その痛みはわかるから、と指の先を握《にぎ》られ、そっと唇を押し当てられる。

「おまけに、めちゃくちゃにしてくれなんて言われたら、普通じゃないことくらいわかる。それに……おまえが自分からどうこうしてくれなんて、一度も言ったことないだろう」

だから今回だけは、なにも言うまいと思ったのだと、同じ痛みを抱えた眼差《まなざ》しで彼は語った。

「だったら理由なんかどうだっていい。……いままでおまえにいろいろもらってた、その分まで、こうして」

長い腕《うで》に包まれ、あやすように揺らされながら囁《ささや》かれる言葉に視界が滲む。

「ずっと、なにも考えられなくして、それで楽になるなら……それでもいいと、思ったんだ」

共鳴する痛みはそのまま、決壊《けっかい》を迎《むか》え、涙《なみだ》となって零《こぼ》れ落ちていく。

「また泣く……苦手なんだっていうのに」

困るから勘弁《かんべん》しろと、こうした時だけぎこちなくなる器用な大きな手のひらが頬を拭《ぬぐ》った。

言葉ほどには面倒《めんどう》ではなさそうで、慈《いつく》しむような手つきによけい涙がひどくなる。

「ごめ……っ、なさ……！」

「まあ、いいさ」

もう慣れた、と頰に口づけられ、甘いそれに吸い取られていく涙を知る。しっかりと受け止めてくれる腕の中で、希はそっと心を決めた。

甘やかされるばかりでなく、高遠の揺らぎを受け止めるほどには強くなりたい。

そのためにはまず自分の問題を解決しなければ。頭で考えるばかりで動かない、そんな状態を脱《だっ》しなければならないだろう。

「それはいいけど、……おまえ、家の方」

赤らんだ瞳《ひとみ》を伏せて希がそう考えていれば、見透《みす》かしたかのような高遠の声が口づけとともに頭上に落とされた。

「どうするのか、……結論、出てるのか？」

ほんの少し心配そうに響《ひび》くそれに、希ははっきりと頷《うなず》いてみせる。

「仕送り切られるけど……玲ちゃんとこに、いようと思ってる」

「進学は？　迷うってことは大学も、行くつもりはあったんだろう」

「いまは、無理だけど……いつか、資格だけでも取る方法はあるかもしれないし」

それでいいのか、と目顔で問われ、希はいいのだと告げた。

「でも、その前に一回……親と、話さないといけないけど」

「――……そうか」

その時のことを思えばやはり少し震《ふる》えてしまって、強《こわ》ばり竦《すく》んだ肩《かた》を抱かれる。ほっと息をつけば声にならないような声で、「がんばれ」と言われた気がした。

(頑張《がんば》れるよ……)

希よりさらに苛烈《かれつ》な状況《じょうきょう》で負けずにいたひとに励《はげ》まされて、自分がくじけるわけにはいかないだろう。

あやすように抱きしめられているうちに、ふわりとそこから力が抜《ぬ》けていく気がした。息をつけば、とたんに瞼《まぶた》が重くなる。

「……あれ……？」

「眠《ねむ》いんだろ」

ここしばらくになかったような安堵《あんど》に身を包まれ、突然襲《とつぜんおそ》ってきた睡魔《すいま》に訝《いぶか》っていれば、当たり前だと高遠が笑う。

「まともに寝《ね》ないでやりっぱなしの上に、こんだけ汗《あせ》だくで走ってきたんだ。もう限界だろ」

「なの、かな……？」

「……起きたら、送っていってやるから」

寝ちまえ、と大きな手のひらに瞼を下ろされて、くたりと広い胸に寄りかかる。ややあって身体が浮《う》き上がり、ひろびろとしたベッドに下ろされる。

少しだけ意識は残っていて、汗ばんだ服まで替《か》えてもらってしまうのが恥《は》ずかしく感じるけれども、もう指の先ひとつ自分では動かせない。

（あ、……しまった）

ベッドに沈《しず》みこむ意識の奥底で、希は肝心《かんじん》のことを訊《き》き忘れたことに気づく。

渡米《とべい》するのはいつなのか、日野原は本当に今回のことに、関係ないのか。

そして、自分は彼を待っていてもいいのかどうか。

問いたくてしかしもう、唇も瞼も縫《ぬ》いつけられたように動かない。

（まあ、でも、いいや……）

けれどいまは、それほど不安には感じられない。いずれにせよ彼がだめだと言ったところで結果は同じだ。

高遠の帰国する日まで、希はきっとつらい日々を送ることがわかっていた。それでも、身悶《みもだ》えしながらもきっと、待ち続けてしまうのだ。

そう思ってうとうととしていれば、やわらかな所作で指先が髪《かみ》に触れる。さらりと前髪をかき上げられ、ついで落とされたのは瞼の上の口づけだった。

なにがあっても、この指も唇も忘れることはできないだろう。その逆はあり得ても。

幼い日希に刻まれたやさしい旋律《せんりつ》とともに、高遠の存在は胸の奥にあり続けるだろう。

気配が遠のき、少し離《はな》れた場所で高遠がサックスを奏《かな》でるのがわかった。耳にどこまでもやさしい、子守歌《こもりうた》のようなそれは、七年前彼が希のためだけに贈《おく》ったあの曲に似ていた。

少しくぐもったテナーサックスの囁くような音に、希は金色の夢に誘《さそ》われていく。

久方ぶりの安らかな眠りは、希の口元をあどけなく綻《ほころ》ばせていた。

＊　＊　＊

夜がふけるまで、希はこんこんと眠った。目覚めれば身体も頭もずいぶんとすっきりとしていて、数日ぶりに空腹感を覚えたと思っていれば、鼻先には食欲をそそる香《かお》りが漂《ただよ》っていた。

「シャワー浴びてこい。その間にもうできるから」

「……シチュー？」

「あり合わせだ、たいしたもんじゃない」

さっぱりしてこいと告げられて、言われるままに浴室を借り、粘《ねば》ついていた肌《はだ》をさっぱりとさせる。強い水流で何度も顔を洗うと、泣き濡《ぬ》れたまま眠ったせいか少し顔がひりついていた。

「食ったら送っていってやる」

「うん、ありがと」

あり合わせ、などと言ったけれども相変わらず高遠の作る食事は希の口に合い、食べ終わるのが惜《お》しくてゆっくりとクリーム色のミルクシチューを堪能《たんのう》する。

「……高遠さん、料理うまいよね。店でもたまにカクテルとか作っちゃってるし、誰《だれ》かに習ったの?」

「あっちにいた頃《ころ》覚えた。ひとりでこなさなきゃならなかったからな、生活もかつかつで、バイトも山ほどしてたし」

なんでもないことのように言いながらスプーンを口に運ぶ所作は、すっきりとうつくしい。思えば荒《あら》っぽい言葉を遣《つか》ったり怠惰《たいだ》な気配をのぞかせても、高遠には野卑《やひ》な印象はなく、どこかしら育ちのよさが滲《にじ》んでいた。

(高遠さんって、手の動きがすごくきれいなんだよね……)

ひとより手足の長い人間は、それだけで動作が大きく粗雑《そざつ》に見えやすい。長身で優雅《ゆうが》に動くためには、それなりの躾《しつけ》と訓練が必要なことを、一応芸能生活を送った希は知っている。

おそらくこの指先の動きのうつくしさも、日野原の教育が培《つちか》ったものだったのだろう。ぼんやりと眺《なが》めていれば、薄《うす》い唇《くちびる》が言葉を発した。

「味付けだけは、おふくろの影響《えいきょう》はあるかもしれないけど」

「あの、……そういえば、お母さん、は?」

離婚《りこん》後寝こんでしまったというひとはいったいいま、どうしているのだろう。やや踏《ふ》みこみ過ぎかと思って問いかければ、目を伏《ふ》せたままの高遠は口早に言った。

「いまはもう再婚して、神奈川《かながわ》にいる。平和そうだし、まああれもいいんじゃないのか」

「え……?」

「相手は、芸大の頃に親父《おやじ》の同期だったひとだけどな。いまは学校で音楽を教えてる」

あっさりと告げたそれになんの含《ふく》みもなく、希が複雑な顔をしていると「大人にはいろいろあるんだよ」と高遠は苦笑《くしょう》した。

「あの頃俺は自分でめいっぱいだったしな……気づいてなかったけど、俺の留学中に心許《こころもと》なくなって、相手を頼《たよ》ってるうちに、そうなったらしい。まあ、あのひともまだ若かったしな、相手も再婚で、ちょうどよかったんだろう」

母親の生活の面倒《めんどう》を見るまでは気が回らないままで、それも仕方なかったと淡々《たんたん》と彼は言う。

「親子といっても結局は別の人間だ。俺には俺の、母には母の生活がある。それでいいんだ。……むしろほっとしてる」

ただ、美貌《びぼう》が自慢《じまん》だった母親が、見る影《かげ》もなく太ったのはいただけないがと目を眇《すが》める高遠は、揶揄《やゆ》の言葉を吐《は》いても安堵しているのが希にはわかる。

日野原に長年振《ふ》り回されて捨てられ、やつれ果てていた母の幸福を祈《いの》らないわけはないと、やさしい瞳で彼は語った。

「しあわせ、なんだね、お母さん」

よかったと言っていいのかどうかわからないが、そっと希が息をつけば髪をくしゃくしゃと撫《な》でられた。

「そろそろ行くぞ」

「うん」

食べ終えた皿を流しに運んで、片づけはいいと肩《かた》を抱《だ》かれた。部屋に持ち込んだ数日分の着《き》替《が》えと荷物を抱《かか》え、希が靴《くつ》を履《は》いていれば、かがみこんだ高遠がつむじに手を触《ふ》れる。

無言のままそろりと撫でてくる手に縋《すが》って立ち上がり、そっと触れるだけの口づけを交《か》わした。小さな音を立てて唇を離せば、なんだかその甘ったるさに笑ってしまうような気分になる。

「……だいじょぶ、だから」

平気なのかと視線で問われて、しっかりと頷《うなず》きながら長い指を取った。手を繫《つな》いだまま車に乗りこみ、そのあとは交わす言葉はない。

それでも、なんの不安もない。この数日間で高遠に与《あた》えられた情のすべてが、希の心を揺《ゆ》るがないものにしていた。

「じゃあ、ここで」

「……またな」

高遠とはマンションの下でそのまま別れる。なるだけいつも通りに、なにもなかったかのように希は助手席を降りて、高遠もあっさりとパワーウインドウを閉《と》ざし、走り去っていく。

そっと息をついて、もう大丈夫《だいじょうぶ》と、去り際《ぎわ》彼に告げた言葉をもう一度希は胸中で繰《く》り返した。

エントランスを抜《ぬ》け、部屋のインターホンを押す前にひとつ、深呼吸をする。帰宅する前に電話を入れれば、玲二の声はとても弱く響《ひび》いていて、そのことの方が気がかりだった。

「……希？　おかえり」

久しぶりに戻《もど》った部屋では、玲二の心配そうな顔が希を出迎《でむか》えてくれた。ずいぶんと顔を見ていなかった気がして、玲二の疲《つか》れた表情に胸がしくりと痛くなる。

「ただいま。……あの、ずっと帰ってこなくてごめんなさい」

儚《はかな》げな笑顔《えがお》で希を抱きしめるように部屋に入れ、なにも責めようとも、問おうともしない玲二にまずはそう頭を下げると、驚《おどろ》いたように彼は目を瞠《みは》った。

「謝ることなにもないでしょう？　信符の家にずっといたんだろうし、義一っちゃんからも、……聞いたよ」

「ああ……就職のこと？」

せつなそうに瞳《ひとみ》を伏せた叔父《おじ》に頷いてみせながら、希は高遠の部屋で決心したことを告げるため、ひとつ大きく深呼吸する。

「でね。……一回、あのひとたちと、——話がしたい」

「え……⁉　でも、それは——」

長いこと拒絶《きょぜつ》していた両親との話し合いを自ら申し出た希に、玲二は相当驚いたようだった。

だがきっぱりと意志をもった希の顔を見て、彼は開きかけた口をまた閉ざす。

「俺もう、逃《に》げないから。……逃げたくないから」

ぎゅっと身体《からだ》の両脇《りょうわき》に拳《こぶし》を握《にぎ》り、希は自分の中にあるものを確かめるように頷いてみせる。

「あのひとたちが勝手なことを言うなら、それも直接ちゃんと聞いて、それで……終わるものなら、終わりたいんだ」

決意を口にしながらも、本当は怖《こわ》い。自分を傷つけ放《ほう》り投げた相手たちと真っ向から向き合って、どうなってしまうかわからないという怯《おび》えもある。

「すごく、怖いし面倒だなっても思うけど」

けれども、あの日野原にさえ正面から抗《あらが》い続けた高遠に、恥《は》じない自分でありたかった。

そして。

「俺ね、もう玲ちゃんだけに、そういうの背負わせたくない」

「希……っ」

「いままで、ごめんね。……これからも、ううん、もうすぐまた、迷惑《めいわく》、かけるけど」

ふたり暮らしをしてもう三年、ずっとうまくやってこれたのは主に玲二の努力と、寛容《かんよう》さによるものだとは痛いほど知っている。

板挟《いたばさ》みになり続けて、疲れ果てている玲二の顔は、見たこともないほど弱々しかった。長く依存《いぞん》し続け、それでも許してくれた相手の痛みを、希は今度は共に引き受けたいと思う。

「ねえ、玲ちゃん。……俺はここにいていいよね？　一緒《いっしょ》に、いていいよね？」

「あたりまえだろ……っ」

先日のように怯えながら逃げこむのではなく、自分の意志で望んでいると告げれば、玲二は喉《のど》のつまったようなかすれた声で叫《さけ》んだ。

「いていいんだよ、おまえの家なんだから、ずっと、いつまでだって……っ」

唇を震《ふる》わせ、目元を覆《おお》った彼の細い肩に手をかけながら、自分はまた背が伸《の》びたのかもしれないと希は思った。そして、いつもとは反対に、そっと玲二の身体を腕《うで》に囲いこむ。

「……いつまでもっていうのは、店長に悪いから、それは遠慮《えんりょ》するけどさ」

「もう、なに言って、……ばか……っ」

混ぜ返した自分の声も少し鼻にかかっていた。けれど決して顔を上げようとしない玲二の目元が強く肩に押しつけられて、そこが湿《しめ》っていく方がひどく希には痛ましい。

「ぼくをからかうなんて百年早いよ、希……っ」

涙声《なみだごえ》で笑い、玲二は鼻を啜《すす》った。「鍛《きた》えられたからね」と軽く答えてみせながら、本当に自分は変わったと希は思う。

「まったく素直《すなお》じゃなくなって……誰《だれ》の影響なんだかもうっ」

「……一番は、玲ちゃんだと思うんだけどなあ」

「嘘《うそ》つきなさい。……絶対信符だ」

「そればっかりじゃないよ」

あのひとにも、周りのすべてのひとびとにも。そこにいる限りは誰もが誰かに影響を与えまた受けて、そうして関《かか》わりあっている。

ましてを取り巻くそれは、強烈《きょうれつ》な個性を持った面々だ。結果として表れるものが、他人の目には大きな差違《さい》として見えるのも道理だろう。

はっきりとはわからないまま、ひとは少しずつ変化する。それがすべて最良のものとは言えないながらも、必死であがく手にはきっとなにか、摑《つか》めるものもあるはずなのだ。

「子どもの成長は、早いんだって、ほんとだよ」

ため息混じりに笑った叔父に、希は晴れやかな笑顔を見せる。その表情を認め、いいんだね、と確認《かくにん》してくる玲二の瞳は赤かった。

「連絡《れんらく》、いれるよ」

「うん。早い方がいい。できれば明日かあさってなら、あのひとも休めるでしょう」

連休なら会社勤めの総一も時間が取れるはずだ。しかし相手がぐずる可能性も考えられる。

「嫌《いや》がるようだったら、学校の呼び出しだって言ってもいいよ。……あのひとたち世間体《せけんてい》気にするから、そうしたらきっと、来るでしょう？」

「……おまえ、まったく」

冷静に告げたつもりでも、ほんの少し毒が滲《にじ》んだ希の声に、玲二は感嘆《かんたん》とも呆《あき》れともつかないため息を落とした。

「なにがあったの、この数日」

「べつに、なにも」

とりたてて言うほどのことはなにも。微笑《ほほえ》んでそう答えれば、玲二は複雑そうな顔をした。

「……やっぱりぼくに似てきたのかな」

「だから言ってるのに」

この子が笑ってはぐらかすなんてと吐息《といき》した叔父は、ぐりぐりと細い指で希の髪《かみ》をかき混ぜたあと、父母に電話をすると言った。

「あと……義一っちゃんも心配してたから、それは言っておくよ?」

「うん。お願いします」

今後彼の許《もと》で働くとなれば、それは達しておくのも当然だろう。ためらわず頷けば、自分を取り戻したのだろう玲二が受話器を取り上げる。

「もしもし、……ああ、義姉《ねえ》さんですか。玲二ですが」

他人行儀《たにんぎょうぎ》な声を耳にしながら希はふうっと長い息をついた。

(――……あのひとか)

受話器から漏《も》れ聞こえるほんの小さな声に、自分がひどく神経を張りつめているのがわかった。肌《はだ》がぴりぴりとする気分を味わいつつ、ぎゅっと手のひらを握り合わせる。

どきどきと心臓が早鳴りをはじめ、それでも逃げるまいと喉奥のいやな塊《かたまり》を呑《の》みこめば、不意のタイミングで希の携帯《けいたい》が鳴り響いた。

「わあっ」

びくりとして叫んでしまえば玲二が振《ふ》り返り、慌《あわ》てて「ごめん」と目顔で告げつつ、自室に駆《か》けこむ。液晶《えきしよう》を覗《のぞ》きこめばまたメールの着信だった。

「あれ、また菜っちゃんだ……」

そういえば昼間短い返信をしてそのままだった。もしかしたら無沙汰《ぶさた》を怒《おこ》る言葉でもあるのかと眉《まゆ》を寄せて受信ボックスを開けば、そこにあった件名に希は思わず噴《ふ》き出してしまった。

『おなかすいた……』

哀《あわ》れな菜摘は収録が押して、十一時を回るこの時間までなにも食べてないのだと哀《かな》しげに訴《うった》えている。

『ごはん食べたいー食べたいー!!　でもいま食べると太る……ねえ、希なに食べた?』

たぶん帰りの車の中、暇《ひま》を持て余してのメールだったのだろう。女の子のメールらしく、内容らしい内容はろくになくて、ひたすら彼女は食欲を満たしたいと訴えている。

「なんだかなあ……もう」

脱力《だつりよく》するようなその愚痴《ぐち》に、希は緊張《きんちよう》を一気にゆるませてしまう。

そういえば菜摘は怒りっぽいけれど、とにかく持続しないタイプだった。その場で癇癪《かんしやく》を爆《ばく》発《はつ》させるが、過ぎたことをいつまでも引きずりはしない。いっそうらやましいほどの切りかえに、意味もなく笑いがこみ上げてくる。

なんだかツボに入って笑い続けるまま、返信のボタンを押した。

『今日はシチューを食べました。おいしかったよ』

怒るだろうなと予想しつつ送信すれば、ものの数分も経《た》たないうちにまた着信だ。

『あんたむかつく！　なによ、あたし空腹で死にそうなのに！　おなかすくとほんとに哀しくなるんだからね⁉　でも夜中に食べると一キロ一気に太っちゃうんだもん！』

「……ぷは、は、ははは！」

案の定、きいきいとわめく姿がわかるような怒りの言葉が返ってきて、希はついにげらげらと笑った。

「く、……くだらない……あはは、あはははは！」

明日は決戦、とばかりに息巻いていたのに、同じ時間テレビ局にいるトップアイドルの目下の悩《なや》みは深夜に食事をするべきか、カロリーを気にして死にそうな空腹を我慢《がまん》すべきかということなのだ。

そう思えば世の中のすべてなんて、結構くだらないものかもしれない。ひどく楽になる気がして、腹筋が震えるほどに希は笑った。

「……希、明日になるって、……って、なに？」

「ひは、は、……な、なんでもない」

電気もつけない部屋のベッドに転がり、笑い続ける甥《おい》を気味悪そうに見た玲二にもおかしくなって、また希は笑い転げる。

「なんでもないことないじゃないか……大丈夫《だいじょうぶ》？」

「だ、だって菜っちゃんが……ごはん食べてないって、ふ、ふふふ」

「はあ⁉」

ますます意味がわからない、という顔をした玲二に、なんでもないよと希は言った。

「なんでもない、たいしたことじゃないから」

ああ笑った、と身体《からだ》を起こせば、承伏《しょうふく》しかねた顔で玲二は吐息し、それよりもと言った。

「なんだかわかんないけどいいか……あのね、義一っちゃん、明日一緒《いっしょ》に立ち会うって」

「――え？　な、なんで？」

さすがに笑いの発作《ほっさ》を治めて問いかければ、玲二は彼もまた惑《まど》う瞳《ひとみ》で告げる。

「一応就職に関しても無関係じゃないし、それに……第三者がいる方がいいこともあるだろう、って……」

その声に滲んだ鬱屈《うっくつ》には気づいたが、理由までは希にはわからない。だが実際案外と逆上しやすい玲二に自分だけでいるより、義一の存在は頼《たよ》りになる気はした。

「俺は……いいよ。店長だし」

家庭の問題ではあるが、それが義一なら既《すで》に、身内以上に身内だろう。そう思って了承《りょうしょう》を告げれば、やはり玲二は複雑そうな顔のままだ。

「うーん、……でも」

じっと希を見つめたあと、長い息をついた彼は、ごめんね、と呟《つぶや》く。

「え？　ごめんって？」

「……明日、下手するともっとややこしい話になるかも……」

「は？」

それはなぜ、と見つめ返せば額に手をやって難しい顔をした玲二は、それ以上を言うことはなかった。

きゅっと唇《くちびる》を嚙《か》んだ仕草には覚えがあって、これは問うても無駄《むだ》かもしれないと希は思う。

「わかった、とにかくいいよ。明日は何時に？」

「お昼に来るって」

じゃあもう寝《ね》ておくよと告げれば、玲二も黙《だま》って頷《うなず》く。扉《とびら》を閉《と》ざされた瞬間《しゅんかん》、かすかに強《こわ》ばっていた肩《かた》に気づいて、希はベッドに倒《たお》れこんだ。高遠のところでもさんざん眠《ねむ》ったものの、完全に疲《つか》れは取れていなかったようで、そのまま瞼《まぶた》が重くなってくる。

（まあもう、いいや）

泣いても笑っても、明日。それも自分の結論は出ているのだから、いまさら不安がっても仕方ないだろう。

いっそすがすがしくどうにでもなれと眠りに落ちながら、希がふと気になったのは、果たして菜摘は夜食を摂《と》ったのかどうかという、実にどうでもいいことだった。

＊　＊　＊

明けて土曜日、その日の昼近くになってすっきりと目が覚めた希は、着の身着のままだった自分に呆《あき》れた気分になる。

「おう、おはようさん」

「あっ、ど、どうも……おはよございます」

のそのそと起き出してリビングに向かえば、既に訪《おとず》れていた義一の姿に希は慌てた。

「すみません、俺、いらしてるの気づかなくて」

今日の彼はオフ仕様なのか、いつも整えている前髪《まえがみ》は下ろしたまま、しかし普段《ふだん》よりもラフなものとはいえスーツをまとっている。

「寝られるくらいなら却《かえ》っていいさ。……けど頭、なんとかしてこいよ」

寝癖《ねぐせ》が爆発してると言われ、顔を赤らめながら希はその場を辞した。シャワーでも浴びようと浴室に向かう途中《とちゅう》でふと玲二がいないことに気づき、問いかけるより先に義一が答える。

「玲二はもう駅まで行った。迎《むか》えにいってるから、そうだな……あと三十分ってとこだろ」

「……わかりました」

急にはっきりと目が覚めて、希は堅《かた》く唇を結ぶ。それでもその表情に必要以上に気負ったものはなく、認めた義一は一瞬だけ目を瞠《みは》り、そのあとあたたかく微笑《ほほえ》んだ。

シャワーを浴びる前に、着替《きが》えを物色する。普段なら風呂《ふろ》上がりで部屋に戻《もど》れるが、来客がある以上それもできなかった。

またこれから面倒《めんどう》な話をする相手に対して、ラフな格好でいるわけにもいかないと気づいたのは義一の服装からだ。

口うるさい父や母に、つけいらせる隙《すき》は少しでも少ない方がいいだろう。

(さすがに、スーツとはいかないけど)

なにかきっちりと見える服、と探して、無難な白いカッターシャツに黒のパンツを選ぶ。悩んだ分シャワーを浴びる時間は減ったが、軽く流すだけですぐに上がり、モノトーンの上下を身につけて髪を整えた。

「……気合いいれたな?」

リビングに顔を出せば、ダイニングテーブルで新聞に目を通していた義一がにっこりと笑いかけてきた。

(……なんだろう?)

来客も滅多《めった》にないためリビングにはソファもなく、大抵《たいてい》この部屋に来た人間はセット家具で四人がけのそこが定位置となる。だが、コーヒーを片手にした義一の姿が、その風景にひどく馴染《なじ》んでいるようで希は目を眇《すが》めそしてふと、気づいた。

(ああ……そっか)

たぶん自分よりも義一の方がこの部屋で過ごした時間は長いのだ。そうしてまた、希が来なければ実際に、そこは彼の定位置であったのだろう。

「……いろいろ」

「うん？」

「いろいろ、迷惑《めいわく》かけて、すみません」

どこから言っていいのかわからないままにぎこちなく告げれば、義一は笑って眉《まゆ》を上げただけだ。わかっていると言いたげな表情にほっとして、希はこれだけは告げようと口を開く。

「もうちょっと、玲ちゃん、……俺に貸しててくださいね」

「……おや。あれが俺のって知ってたのかい？　希くん」

「自分でさんざん言ってるじゃないですか」

本人が聞けば憤死《ふんし》ものの言葉をやりとりして、共犯者めいた顔で笑いあう。しかしその笑《え》みが、玄関《げんかん》の開く音で一瞬引き締《し》められたのも同時だった。

「来たぞ」

「はい……」

ぽんと肩を叩《たた》いて促《うなが》した義一に頷き、ごくりと息を呑《の》んだ希は背中を強ばらせた。振《ふ》り返れば、数歩の距離《きょり》に両親がいる。どくりと心臓が波打って、やはり緊張《きんちょう》している自分を知った。

（……怖《こわ》い、な）

無関心と拒絶。あの冷たくしらじらとした瞳を向けた、大きかった彼らを前にすればやはり、足が竦《すく》んでいく。

けれども、逃《に》げないと決めたのも、いまこの瞬間を望んだのも自分だと、希は覚悟《かくご》した。

「希……ふたりとも、来たよ」

「——うん」

気遣《きづか》う玲二の声にぐっと拳《こぶし》を握《にぎ》り、希は決然と顔を上げた。そうして振り返り、どんな恐怖《きょうふ》にも立ち向かおうとそう思ってきっと前を見据《みす》え——そして、驚愕《きょうがく》する。

「……希……？」

むしろ、怯《おび》えているような表情を見せたのは相手の方だった。そしてまた、覚えているよりもずっと低い位置にある目線に、希は戸惑《とまど》いを隠《かく》せない。

頭上から睨《ね》め付ける視線、切り捨てるような言葉を吐《は》いた彼らは、ひどく背が高く大きくて、希はいつも怯えていた。

しかし、ほんの数メートルの距離を置いて対峙《たいじ》した父は既にさほど身長も変わらず、母に至ってはそれこそ、希の記憶《きおく》する中でもっとも小柄《こがら》な菜摘よりも小さい。

（誰《だれ》だろう……これ）

いっそ呆然《ぼうぜん》としながら、そう思う。ぽかん、とした顔で眺《なが》めていれば、総一は不機嫌《ふきげん》そうに口元を歪《ゆが》め、真優美はおどおどと視線を逸《そ》らした。

久々に見た両親は記憶よりずいぶんと老《ふ》けこみ、なにもかもが頼《たよ》りない。拍子抜《ひょうしぬ》けするような気分になっていれば、その場を促したのは義一だった。

「ともかく、座ったらいかがですか」

「……部外者がなんでここにいる」

希には一言もかけず、どうぞとその場を明け渡《わた》すようにした義一に対して、吐き捨てるようなそれが三年ぶりに聞いた総一の声だ。

苦々しくかすれている声にざらりと神経を逆なでされた気分で、むっとなった希が目を眇めれば、あえて視線を交《か》わさないようにしているのか、顔を逸らされる。その態度に対し、希が感じたのは自分でも驚《おどろ》いたことに、拒絶されたという怯えではない。

（――無視するなんて、ずいぶんなんだか）

不機嫌そうな彼らの顔に、昔はただ怯えるだけだったけれども、いまはただ、おとなげない、と呆れた気分になっただけだ。

「一応、関係者ですので」

「なにが関係者だ、出て行ってくれ」

むしろさらりと躱《かわ》した義一の余裕《よゆう》の笑みの前に、その矮小《わいしょう》さと弱さが透《す》けて見えるようだと希はただ感じる。そうして考えるよりも先に言葉を発していた。

「俺が、いてくれって頼《たの》んだから」

平坦《へいたん》なそれにようやく総一は振り返る。神経質そうな顔は相変わらずで、それでも顔立ちの中に玲二と——ひいては自分とよくにた線の細さを感じれば、ただ苦い気分がこみ上げた。

「とにかく……座《いす》ってください」

四人がけの椅子《いす》には両親に、玲二と希がそれぞれ対面《トイメン》に腰掛《こしか》けた。机の上には義一がサーブしたコーヒーがあるけれど、誰もそれに手をつけることはないまま冷めていく。

義一は少し離《はな》れた場所で壁《かべ》にもたれ、立ったまま脚《あし》を組んでいるが、その表情は見たこともないほどに真剣《しんけん》なものだった。

「まあ、いい。そんなことより、話だ……なんだ。決心はついたのか」

億劫《おっくう》そうに、総一は疲《つか》れきった声でそう告げる。義一をあえて視界にいれまいと、かたくなに前を向いたままの父の隣《となり》に座った真優美は、あの当時のかしましさが嘘《うそ》のように黙《だま》り込み、細い肩《かた》を竦めていた。

「俺か、真優美か。どっちにするんだ？」

「……俺は」

面倒だからさっさとしろと言わんばかりの態度に、腹の奥がかっと煮《に》えるような気分にもなる。身勝手で、傲慢《ごうまん》で、結局なにも変わらない彼らに、希の瞳《ひとみ》はどこまでも冷たく輝《かがや》いた。

「俺は、どっちにも行かない」

「――なに？」

聞こえなかったと言わんばかりの声で眉を寄せた総一を見据え、強い、しかし穏《おだ》やかな口調で希はゆっくりと言葉を紡《つむ》ぐ。

「どちらにも、ついて行く気は、ありません。このまま成人までは、玲二叔父《おじ》さんと暮らすつもりです」

「希……？　あなた、なにを言ってるの⁉」

きっぱりとした希の返答に強く反応したのは、いままで黙りこくっていた真優美の方だった。

「あなた自分の言ってることがわかってるの⁉　私たちはどちらかになさいって」

「反抗《はんこう》してるつもりなら、変な意地を張るのはよしなさい」

「そんなんじゃない。でも、俺はここにいたいし、ここから離れたくない。学校だってある」

「そんなの転校すればいいじゃないの」

わからない、と首を振る真優美こそがわからない。実際のところは総一とふたりで押しつけあっているくせに、こちらが拒《こば》むことを彼らはまったく考えてもいなかったようだ。

「そうだぞ、希。軽々しいことを言うのはよしなさい」

「別に軽々しくなんかない。自分で考えて決めたんだ」

義一も玲二も口を挟《はさ》まないままで、その場には両親の混乱した声と、希の凜《りん》とした言葉だけが響《ひび》く。

「……自分の言ってることがわかってるのか？　おまえ、玲二には聞いて」

「仕送りをやめるっていうならそれでもいい。俺はあなたがたのどっちにも、ついて行く気はありません」

総一が凄《すご》むように告げたそれを遮《さえぎ》れば、彼は鼻白んだように押し黙った。どうあっても意志を曲げるつもりはないと背筋を伸《の》ばした希に、彼は言葉を探しあぐねているようだ。

「進学はどうする気だ」

「就職します」

「ばかを言うな、高卒でいまどき」

「雇《やと》ってくれるひとはいまこの場にいます。……大学も、いずれ働いてお金を貯《た》めてからだっていい」

こんなにも誰かに対して強気に出たことはなく、希は自分でも驚いていた。しかし、声を発して気持ちを伝える方法、それを必要とする時には、そうすべきであることは、高遠との関《かか》わりで学んできたことだ。

「親の言うことに逆らうのか！　いますぐに学費を切ったっていいんだぞ！」

逆上した総一の言葉にはただ純粋《じゅんすい》に哀《かな》しくなってくる。こんな浅い発言をする人間が自分の父だと思えば、ただ情けなくはあった。

ふざけるなと怒鳴《どな》り返したくて、それでも自分で話をしたいと言った以上、言葉で納得《なっとく》してもらうしかないのだと、膝《ひざ》に爪《つめ》を立てて衝動《しょうどう》を堪《こら》え、希は腹に力を込《こ》める。

「だったら自分で働きながらでも、高校は出るつもりです」

「簡単に言って……どういうことなのかわかってるのか⁉」

そしてまた、生きていく方法もさまざまなひととの関わりで希は既《すで》に知っている。

「全然簡単なんかじゃない。わかってる。それでも」

3・14でアルバイトの同僚《どうりょう》として働く塚本は実のところ苦学生で、学費は奨学金《しょうがくきん》でまかなっていた。年下の菜摘は現役《げんえき》の社会人で、二十歳《はたち》を待たずに渡米《とべい》した柚もいる。高遠も希とさほど年が変わらない頃《ころ》から自分で自分を養っていた。

（みんなだって、そうしてきたんだ）

それに比べれば希には、頼りになる叔父もそして就職を約束してくれる店長もいて、だからなにも怖くない。

「俺は決めてる。どっちにも行かない。ここにいる」

「希！」

「希……」

悲鳴じみた声をあげたのは真優美で、そっと希の背中を支えるように手を添《そ》えたのは玲二の方だった。どこまでも腹をくくっている希を総一は信じられないものを見るように眺め、口をぱくぱくと開閉させる。

負けまいと瞳を強くした希に、父はうろたえたような視線を向け、あげくそれを逸らした。そうして言葉を探す彼に、次にはなにが来るかと身構えた希はしかし、険しい父の横顔に愕然《がくぜん》とする。

「……おまえが唆《そそのか》したのか？」

「な……っ」

憎々《にくにく》しいような声の向かった先は、硬質《こうしつ》な横顔を見せた玲二に対してだ。

「なに言ってるんだよ、玲ちゃんは」

「希、いい」

どういう展開だと思って慌《あわ》てた希に、玲二の低い声がかけられる。制止を告げたそれにぐっと息を呑んでいれば、芝居《しばい》がかった態度で総一は不愉快《ふゆかい》な声を発した。

「……これだからな。やっぱりこんなろくでなしに任せるんじゃなかった。玲二なんかに預けて悪影響《あくえいきょう》を受けないわけがないんだ、……だいたい」

そうして言葉を切り、壁際《かべぎわ》で無表情に顚末《てんまつ》を見守っている義一を睨《にら》み付ける。

「家族の問題にあんな変態を招き入れること自体、常識を疑うよ」

「――……なに、い、……っ」

軽蔑《けいべつ》しきった言葉に呆然《ぼうぜん》とすれば、玲二も義一も動じた様子はない。そのことで、希はこれらのやりとりがもうずっと昔から、彼らの間で交わされたことなのだと知った。

おそらく総一は、義一と玲二の関係を的確に知っている。そして反対し、軽蔑さえしているのだろう。半端《はんぱ》でなく根の深そうなこじれた気配を感じ、希は青ざめた。

（ややこしいって、……これか……）

そして昨晩の玲二の複雑そうな謝罪の所以《ゆえん》にも思い至り、希は唇《くちびる》を噛《か》みしめる。

「おまえは知らないだろうけどな。……こいつらはろくじゃないんだ。とくにそこの男」

「……俺ですか？」

ぎりぎりと奥歯を噛みしめた総一に対し、義一はゆったりと首を傾《かし》げて笑《え》みさえ浮《う》かべる。

（だから、だったんだ……）

そうして義一が立ち会うと言ったのは、ただ単に就職に絡《から》んでの話をするためでなく、この展開が読めていたからなのだろうと希は確信した。

「変態が口をきくな！　汚《きたな》らしい」

「まあ、俺が変態だとしましょう。けれどそれはあなたになにか、迷惑《めいわく》でもかけてます？」

論旨《ろんし》がずれているじゃないかと嗤《わら》ってみせる義一の表情は、穏やかだが凍《こお》り付くほどに恐《おそ》ろしかった。けれどそれ以上に、頼もしいとも思う。

義一と玲二に向けられる罵倒《ばとう》は、そのまま我が身に突《つ》き刺《さ》さる。この父親にもしも高遠とのことがばれたなら、おそらくは死ねと言いかねないだろう。

いや、実際その程度のことは言われてきたのだと、玲二の張りつめた横顔に希は察する。

「居直るな！　何様だ！」

彼がこの場にいなければいま向けられている総一の悪意は、すべて玲二に向かっただろう。見苦しく義一を罵《ののし》る総一の姿にいっそ吐《は》き気さえも覚えそうで、希は自分の喉《のど》を押さえる。

「だいたい十年前にもう、おまえらには二度と顔を見せるなと言ったはずだ！　俺の弟をそんな道に引き込んで、いったいどういうつもりで……この、……この恥知《はじし》らずが！」

「玲二との関係は認めますけど、いまこの場では関係ないでしょう、それは」

どこまでも逆上した総一と、冷静すぎるほどの義一。なじられているのは義一の方なのに、その力関係はまるで逆転していて、希は息苦しさを堪えきれない。

癇癪《かんしゃく》を起こした子どものように声を荒《あら》げるさまはただ醜《みにく》くて、情けなくなった。

敬愛する義一を、そして大事に思う玲二を侮辱《ぶじょく》する言葉に胃の奥が熱くなり、それ以上に自身の親のことがわからなくなる。

（でも、じゃあ、……どうして）

それほどまでに罵るなら、自分をなぜそんな相手に自分を預けたのかと、その身勝手な理屈《りくつ》を誰《だれ》かに問いたくて仕方なかった。

（そこまで言うならどうして……っ）

そうして視線を向けた先、目の前にいる真優美はどこか疲《つか》れきってうつろな顔をしている。

なにか、この問題は自分に関わりがない——関わりたくもないと、そんな表情だった。

その無表情にぞっとして、がたがたと震《ふる》えだした希を、玲二は青ざめた顔で覗《のぞ》きこんでくる。

「希、……大丈夫《だいじょうぶ》？」

こんな状態でも自分を気遣《きづか》う玲二と、無関心を決めこんだ真優美の対比に目眩《めまい》がして、希はきつく目を閉じてかぶりを振《ふ》った。すがりつく先が欲しくなって、けれどもいま隣《となり》にいる玲二こそがつらそうで、ぎゅっとその細い手を握《にぎ》りしめるだけにとどめた。

「だい、じょ、……ぶ」

信じていると視線を交《か》わせば、そのやりとりが気に入らなかったのか、総一が舌打ちをする。

「……すっかり手なずけられてるな」

「兄さん。話がずれてます」

吐き捨てるような声に咄嗟《とっさ》に言い返そうとした希をとどめたのは、玲二の穏《おだ》やかな声だった。

「今日は俺たちを罵りに来たわけじゃ、ないでしょう。……希のことのはずだ」

ふんと鼻を鳴らし、総一は手のひらで顔をこする。血走った目に睨《にら》まれ、さすがに希がびくりとすれば、玲二はその肩《かた》をそっと抱《だ》きしめてくれた。

「さっきの話ですけど。……俺は希が願う通りにしてあげたい」

「なんの話だ」

義一とのことを知っていたとはいえ、過去のいきさつをなにも知らなかった希の前で悪し様《あざま》に罵られて、玲二も言葉ほどには冷静には見えなかった。

実際その白い頬《ほお》には一切《いっさい》の血の気がなく、希の肩を抱く腕《うで》も小刻みに震えている。

「この子に、必要以上の——俺みたいな、苦労はさせません。高校も大学も、……その先だって後見人として見ていくつもりはあります」

だがその気まずさを堪え、この先も、もしも希が承諾《しょうだく》してくれるのなら、一切を引き受けるとまで告げた玲二に、その場は言葉もなくなった。

(俺、みたいなって)

玲二もまた総一によって雪下家からスポイルされた存在だったのだと、この一連のやりとりで希ははっきりと気づかされる。

「既に貯金もありますし、金銭的な苦労をさせるつもりはありません」

ただし希が願えばの話ですが、とゆったりとした声で玲二は告げ、希ははっとなる。

「玲ちゃん、でも、それは……そんなのは」

「いいんだよ。……もう決めてたんだ、ほんとは」

いけないとかぶりを振ってみせたけれど、すべてを許すような玲二のやわらかい視線に、希は涙《なみだ》ぐむしかない。

「また、なにをばかな——」

嘲笑《せせらわら》うような総一は、おまえなどになにができると目を眇《すが》めたが、明らかに動揺《どうよう》を滲《にじ》ませている。

「そんなことが許されると思ってるのか⁉」

そしてそんな父より、無言の母よりも、玲二との三年間のおかげで、自分の足下《あしもと》もまたはっきりとしたのだと希は強く思う。

玲二ならば、見交わした視線ですべてを語り合い、繋《つな》いだ手のひらに信頼《しんらい》を預けることができる。共に過ごした期間としては短くとも、情を繋いだその深さは、結局精神的に未熟な両親よりも玲二との方が強い。

しかしだからこそ、玲二にこれ以上の負担をかけることはできないと、そうも思った。

「世間に顔向けできないような相手に、大事な子どもを任せられるわけもないだろうが。だいたい保護者でもないくせに、偉《えら》そうな口をきくな！」

誰からも逃《に》げて、縮こまっていた自分をただひとり、ここにおいでとやさしく許してくれたひと。その玲二が、どうしてここまで貶《おとし》められなければならないのか、希は本当にわからない。

(――許せない)

許せない、許せない。ただそれだけの感情が渦巻《うずま》いて、ぐっと喉の奥が音を立てる。吐きそうで、しかし必死にそれを堪《こら》えれば、ひどく息が荒くなった。

(こんなひとたちにもう、玲ちゃんのことなにも、言われたくない)

目の前の両親は片方は憤《いきどお》り、片方はうつろに視線を泳がせている。いずれにしろ共通しているのは、希のことなど端《はな》から彼らがまともに扱《あつか》っていないというただそれだけの事実だ。

(もう、だめだ……っ)

そんな相手と穏やかに和解することなど、どだい無理であったのだろうか。いまこの場をもうけたのは結局、玲二と義一を侮辱することにしか、ならないのだろうか。

怒《いか》りに目の前が赤く染まる。ふつりと、なにかが自分の中で切れる音を、希は確かに聞いた。

「とうさ……っ」

「――希がこの家に引き取られたのは確か、まだ十四歳の頃《ころ》でしたね」

そうして口を開きかけた希を制したのは、義一の声だった。はっとしてそちらを見やれば、どうしようかという風に彼は手の中で煙草《たばこ》の箱を弄《もてあそ》んでいる。

「あの当時まだ彼は、義務教育中だったはずだ。十五歳以下の未成年は、親権保持者の保護下に置かれ、扶養《ふよう》される権利がある」

「……なにが言いたい」

視線を煙草のパッケージに向けたまま淡々《たんたん》とする義一はいままでに知らないような冷酷《れいこく》な表情をしていた。先ほどまで浮《う》かべていた笑みももう、その頬にはない。

「その場合あなたがたのしたことは、扶養義務の放棄《ほうき》、とも取れますよね」

犯罪者を弾劾《だんがい》するように、放たれる声には一切の色がなく、ぞくりと希は肩を震わせた。痛いところを突かれたのか、総一は顔を赤らめ上擦《うわず》った声で叫《さけ》ぶ。

「ひとの家庭のことに口を出すな……っ！」

しかし、その激した声も聞こえないかのように、義一はなにかを読み上げるような平坦《へいたん》な声を紡《つむ》ぎだした。

「保護者がその心身面、そして生活基盤《きばん》において、未成年の養育が不適合である場合にそれを判断するのは、第三者です。金銭的に厳しい場合にもこれは、当てはまる」

義一のそれにひどく動揺した総一を、希は訝《いぶか》った。しかしそれより先、上擦った声が部外者は黙《だま》れと決めつける。

「きさまになんの権利が……っ、だいたい、その話のどこに根拠《こんきょ》が」

「一応、弁護士の資格も持っていまして。開業してはいませんがね」

またぽろりと零《こぼ》れた事実に希は目を丸くして、玲二は額の前で指を組み、深く吐息《といき》する。

「……まったく、もう……ばか義一……」

玲二の苦笑《くしょう》の滲むような声にはどこか甘さがあって、希は少しだけほっとした。ひりひりと張りつめていた叔父《おじ》の気配は、義一の不遜《ふそん》な物言いに少しだけやわらいだようだった。

「そして彼はもう十七歳だ。十五歳を過ぎた未成年には自分で保護者を選ぶ権利が発生します。つまりこの場合もっとも尊重されるのは希の意志であり、あなたのなけなしの意地じゃない」

「な、なにを、失礼なことを言うなっ……きさまは」

「違《ちが》いますか？　このいま俺を罵《ののし》るのもいいでしょう。けれども出るところに出たら、いろいろと損をするのはそちらの方だ」

覚悟《かくご》はあると冷たい視線で睥睨《へいげい》する義一に対し、ぎちりと総一は奥歯を噛《か》んだのみだった。

（もう、……いいよ）

どうしてかその容赦《ようしゃ》のなさに、希はいたたまれなくなる。憎《にく》らしいはずの父親であっても、目の前で追いつめられていくさまはやはり、見たくはなかった。

だが、その父の落ち着かない視線は、また玲二に向けられる。圧倒的《あっとうてき》な優位と余裕《よゆう》を見せた義一より、玲二の方がまだ御《ぎょ》しやすいと感じたのが見て取れて、希はついに口を開いた。

「——もう、やめろよ」

長く鬱屈《うっくつ》してきたそれが喉奥《のどおく》をこじ開け、希の発した声はその場の誰《だれ》もが聞いたことのないほど暗い憤りに満ちていた。

「もうなにがどうであれ……あなたたちと暮らすよりは、ましだ」

きっぱりと言い切れば、ぶるりと総一の身体《からだ》が震《ふる》えた。そうしてまた彼がその言葉の暴力を向ける先は、絶対に自分へ反撃《はんげき》してこようとしない玲二なのだ。

「昔からおまえのことはよくわからなかったが——」

こんな風に希を洗脳するなんて。憐《あわ》れんだようなその声に、希は立ち上がった。

「待ってよ。玲ちゃんじゃないだろ、いまは俺と話してるんだろう!?」

苦い顔をした総一に、もうこれだけは譲《ゆず》れないと希は言い渡《わた》す。

「なにを言っても無駄《むだ》だ。俺はここにいる」

「希、まだそんなことを」

次の言葉を発するにはさすがに身体が震えたが、正面にいる父をぎっと睨《ね》め付けながら希は続けた。

「……金銭で脅《おど》しをかけてくるような見苦しいひとと、暮らす気はありません」

「なに……おまえ……っ」

「違いますか。さっきから……そうじゃない、この間玲ちゃんに条件を出した時から、あなたが言ってるのは俺にとって、脅迫《きょうはく》だった」

弾劾する言葉に総一の顔色は一瞬《いっしゅん》血の気を失い、また激怒《げきど》に赤らんで、凄《すさ》まじいものになる。

その顔を強く眺《なが》めたあとに、希はぎこちなく顔の向きを変えた。

「それから。……なにを関係ない顔をしてるんですか」

声をかけられた相手は、まるでふてくされたようにちらりと希を一瞥《いちべつ》し、また顔を逸《そ》らす。

その態度にはぶるぶると拳《こぶし》が震え、手のひらの肉に爪《つめ》が食いこむほど握《にぎ》りしめながら、衝動《しょうどう》的に湧《わ》きあがった怒りとも憎しみともつかないものを希は堪える。

「──そもそも俺に、出て行けっていったのは、あんただ」

いつまで無関心顔をしているつもりだと睨《にら》み下ろせば、ようやくはっとなったように真優美は声をあげた。

「……私はそんなこと言ってないわよ……なんてことを」

「言っただろう!!　俺が声が出なくなった日、あんた出て行けって叫んだじゃないか!!」

「そ……っ」

不快げに顔を歪《ゆが》めて言い募《つの》ろうとした真優美に咄嗟《とっさ》に怒鳴《どな》り返せば、しかし彼女は青ざめ息を呑《の》んだ。

「そうやって放《ほう》り出して、玲ちゃんに俺を押しつけて……いまだってどうせ、どっちも引き取る気なんかないくせに、俺のことにもうかまわないでよ!!」

叫ぶ希の双眸《そうぼう》からは、気づけばぼろぼろと涙が溢《あふ》れていた。怒りなのか哀《かな》しみなのか自分でもわからないまま、拭《ぬぐ》うこともしないで希は叫び続ける。

「店長も玲ちゃんも……あんたたちが放り投げた俺のことちゃんと大事にしてくれたのに、なんでそういうみっともないことばっかり言うんだよ……っ」

「希、だがそいつらは」

「情けないからもう黙ってくれよ!!　俺にこれ以上……自分の親、軽蔑《けいべつ》させるな!!」

からからと自分の叫びが空回っていく。通じない言葉ならば発するのをやめようと思ったあの日と同じ痛みで目の前が暗くなる。

「俺はおもちゃじゃないし人形じゃない……勝手に俺を捨てたり拾ったりしないで……っ」

叩《たた》きつけた言葉でそのまま傷ついた。涙《なみだ》で目の前はふさがれ、なにも見えないと目をつぶった希を、ふわりとした手が支えてくれた。

「れーちゃ……っ」

「もう、いいよ」

泣きじゃくり肩《かた》に縋《すが》ると、細い手がそっと髪《かみ》を撫《な》でていく。

「もういい。希。それ以上は……いいから」

落ち着きなさいと背中を叩かれ、泣きじゃくりながら希は促《うなが》すままに腰《こし》を落とす。感情のまま爆発《ばくはつ》したあとの脱力感《だつりょくかん》で、ひどく疲《つか》れた気持ちになった。

「それから兄さん。……そういう言い方だけでは結局、希が追いつめられるだけだ」

「……なにがだ」

憮然《ぶぜん》とした声が聞こえて、玲二の吐息混じりの言葉が続く。

「素直《すなお》に仰《おっしゃ》ればいいでしょう。……実際もう、希を大学までやる余裕は、ないんでしょう」

「え……？」

意外なそれに目を瞠《みは》れば、唇《くちびる》を噛みしめそっぽを向いた総一と、呆《あき》れたような玲二の横顔。

そしてこれも驚《おどろ》いている真優美の顔があった。

「東都《とうと》商事の縮小の話は、知ってますよ。異動……そういうことなんでしょう？」

「……うるさい……！　おまえに、おまえなんかになにが……っ」

いままでの勢いをなくしたように、なにかひどく弱くなった総一の声が不思議だった。どういうことなのだろうと玲二をじっと見つめれば、叔父はどこまでも穏《おだ》やかな声で続ける。

「もういいでしょう。希はいずれにしろここにいたいと言っているんだし……あなたがたも、その方が楽なはずだ。――……それから、義姉《ねえ》さん、いえ、真優美さん」

「な、……なによ」

「玲ちゃん……？」

なにを言っているのだと目を瞠る希をしっかりと抱《だ》きしめながら、玲二はそっと微笑《ほほえ》んでみせながら、どこか憐れむような響《ひび》きの声を発する。

「通院は……まだ、終わってないんでしょう？」

「――言わないでよ！　希の前で言わないで!!」

その声にびくりと震え、真優美は怯《おび》えるように玲二を睨んだ。怯《ひる》まないままそっとその視線を受け止め、もういいでしょうと玲二は囁《ささや》くような声を出す。

「もう、この辺にしておきましょう。……どっちにしたって、全部がさらけ出されれば痛いのは、あなたたちの方だ。それに、実際俺たちのことはいままで通り放っておいてくれた方が、楽なんでしょう……それに」

些少《きしょう》なことはどうでもいい、ふたり纏《まと》めて厄介払《やっかいばら》いをしたと思うならそれでもいい。

けれども。

「俺は、希と一緒《いっしょ》に、家族でいることがとても楽しかったし、それを取り上げられたくない」

そのためならいくらでも闘《たたか》うと、笑顔《えがお》で玲二は言い放った。

「れ……っ」

「いい子です。本当に。まっすぐ悩《なや》んで、ずっと頑張《がんば》ってる。……知ってるでしょう？」

あなたたちが誰よりそれはわかっているでしょうと、玲二は視線で語りかけた。

「いろいろありましたけど、……そんな大事な子を、俺なんかに任せてくれたことには感謝しているんです。……だからこの先も、ちゃんと、見守っていくから」

俺にこの子を預けてください。

「——……っ、う……！」

その言葉に泣き伏《ふ》したのは真優美で、テーブルに突《つ》っ伏《ぷ》した彼女の指の色に気づけば、希ははっと息を呑む。

左手の薬指にはまった指輪はゆるみきって、またその人差し指と中指の二本についた奇妙《きみよう》な痣《あざ》は、覚えがあった。

（……吐《は》きダコだ……）

神経科に入院していた頃《ころ》、拒食症《きよしよくしよう》の少女に必ずあったそれを確認《かくにん》すれば、ひどくもの悲しい気持ちになる。声を上げて泣く母親の姿はそれこそ、幼いまでに頼《たよ》りなさすぎた。

通院とはつまりそういうことなのかとおぼろげに察して、希は苦いものを噛《か》みしめる。

「もう……好きに、しろ」

疲れきった声が聞こえ、はっと希が顔を上げれば、総一もまた毒気を抜《ぬ》かれたような表情になっていた。それはまるで張り続けた虚勢《きょせい》がすべて剝《は》がれ落ちたあとの、彼の素顔のようにも思えた。

真優美の指の痣とその疲れた表情に、急速に責める気持ちが萎《しぼ》んでいく。脱力感にも似たそれに、しばらく希は呆然《ぼうぜん》となった。

「俺はおまえとは……玲二とは違《ちが》う」

「……そうですね」

その言葉は先ほどから繰《く》り返されたものと同じようであって、けれどまったく違う意味を孕《はら》んで希の耳に届く。

「もう、東京には戻《もど》れんだろう。……ひとりで、好きにやるさ」

立ち上がりつつ敗北を認めた言葉に息が苦しくて、希は唇を嚙みしめた。じっと濡《ぬ》れた瞳《ひとみ》で見つめると、この日はじめてまっすぐに希を見た総一は、困ったような顔をしていた。

「背が、……いや」

なんでもない。疲れたような息をして、泣きじゃくる母の腕《うで》を取った父に、希はもうなにも言うつもりはなかった。

しかしどうしても最後に、聞きたいことがある。立ち上がりその後ろ姿を追う瞬間《しゅんかん》、玲二がふと顔を上げたのに気づいたが、大丈夫《だいじょうぶ》と希は頷《うなず》き足を進めた。

「ねえ、……父さん。母さんも」

数年ぶりの、そしてこの日はじめての呼びかけに、総一の背中が揺《ゆ》れる。

「俺のことを……嫌《きら》い？　いなければよかったって、思った？」

「――ばかを言うな……っ」

長い間ずっと訊《き》きたかったそれを口にした瞬間、総一は深くため息をつきながら吐き捨てるように言い、真優美はさらに泣き出した。

そうしていま自分の放った問いが、両親を追いつめるものでしかなかったと希は知り、昔、玲二が告げた言葉を思い出す。

――おまえのお父さんも、お母さんも、疲れちゃってる。

あのときにはわからなかったその意味を実感として感じれば、既《すで》にもう恨《うら》む気持ちは消えていく。ただやるせなく、どうしようもない寂寥感《せきりょうかん》だけが、希の身体《からだ》を取り巻いた。

（……もう少しほかに）

きっかけはなかったろうか。こんな形ではなく、理解しあえることはできなかったのか。

決別の時間に胸を焼きながら希が唇を噛みしめれば、頽《くずお》れそうな真優美を支えた総一が、振《ふ》り返らないままにぼそりと言った。

「……学費だけは出してやる。だが、公立以外は無理だ」

「お、父さん……？」

開かれたドアの向こうには、目のくらむような夕映《ゆうば》えが差しこみ、逆光になった両親の顔を一瞬見えなくしてしまう。

「あとはもう……おまえが、好きにしなさい」

生まれてはじめて、親らしい言葉をかけた総一に呆然とする間に、彼らは玄関《げんかん》から出て行ってしまう。扉《とびら》の閉まる間際《まぎわ》、泣き崩《くず》れた顔で振り向いた真優美の唇は、確かにこう動いた。

——ごめんね。

「ま、……っ」

しかしそれに答えるよりも先にドアは閉《と》ざされ、希は伸《の》ばしかけた腕を引っ込める。追ってももう互《たが》いに、傷つけあうしかできない。一度発してしまったあれらの言葉を、いまさらなしにするわけにはいかないのだ。

「就職は保留だな。……俺も帰るよ」

「……店長」

行き場のない感情が渦巻《うずま》いて、希はぐっと息を呑んだ。その頭に、大きくあたたかい手のひらが乗せられて振り向けば、義一が立っている。

「なんで……ああいう言い方、したんですか？」

「ん－……」

わざわざ法律的なことまで言いだして、なかば脅《おど》すようにして希の両親を怒《おこ》らせたのが、玲二や自分から矛先《ほこさき》を逸《そ》らすための、彼なりの気遣《きづか》いであると複雑ながらわかってはいる。

「わざと怒らせたみたいだった。……父さんのこと」

だが、それはどうにも義一らしくはなかったし、もう少し彼ならスマートにことを運ぶこともできたのではないかと希には思えた。父親をやりこめた彼に対して、感謝ばかりではない複雑さを実際、覚えてもいる。

「……おまえの親父《おやじ》さんとはちっとばっか因縁《いんねん》もありすぎてね」

「それは……わかった気が、するけど」

「まあそれにしたって……感情的になりすぎたのは悪かった。私感が入ったな。俺もまだ甘い」

感情的になってあの冷淡《れいたん》さかと思えば、どうにも目の前の男が怖《こわ》くなる。顎《あご》を引いた希に、それにね、といつもの笑みを浮《う》かべて義一は言った。

「ただそろそろ甥《おい》っ子離《こばな》れしてくれないと、こっちも困るんだよね。だからまあ、ちょっと荒《あら》療治《りょうじ》で」

「……は？」

いささか艶《なま》めいたその笑みに、呆《あき》れたような気分にもなる。義一がなにより気にかけているのが怜悧《れいり》な叔父《おじ》であると教えられてはいるが、結局今回のこともそれが原動力なのか。

「玲二の叔父ばか治すより、希が自立する方が早いかなと。……実際、そうだろう？」

しかしどこまで本気なのかわからない。自分が知るすべての人物の中でも、ひときわ癖《くせ》があって食えないのはこの、一見穏和《おんわ》でやさしげな義一なのかもしれないと希はため息した。

「……頑張ったな。偉《えら》かった」

それでもあたたかくかけられる声と、子どもにするように頭を撫《な》でる手のひらを、希は少しも疑えない。

「待って。……帰らないでください」

「うん？」

なにもかもを知っていただろう彼に問いたい言葉はたくさんあった。

結局は和解とも決裂《けつれつ》とも言い切れない両親との再会に、まだ消化しきれないものはたくさん残っていて、頭がくらくらするようだ。

しかし、またなと歩き出そうとした背の高い男をとどめたのは、それらを問いかけるためではなかった。

「今日あの。……俺、このまま行きたいところがあって、だから」

「……ん？」

「玲ちゃんと一緒《いっしょ》に、いてあげて」

見上げたまま告げると、義一は驚《おどろ》いた顔をする。その広い背中に回り、ぐいぐいと希は両手のひらで義一の身体を押しやった。

「お、おい、希、そりゃおまえが」

「いま絶対、俺より店長の方がいい。一緒にいるのは」

出て行く彼らを追いかける瞬間、玲二は自分を案じるような表情を見せた。けれども先ほどの時間のほとんど、彼はその細い背中を必死に硬《かた》く張りつめていた。

玲二の細い身体はいつでも凛《りん》とした生気に溢《あふ》れていた。その彼が、このいまは見たこともないほどに弱くて、怖い。

壊《こわ》れそうで脆《もろ》い、ガラス細工のようだと、その姿に希は思ったのだ。

「俺がいたら玲ちゃん、また大人の顔になっちゃうから」

希と同様に、玲二もまた怖かったはずだ。総一の容赦《ようしゃ》ない罵声《ばせい》に、いままでもああして耐《た》えながらそれでも、パイプラインを完全には切るまいとして、ひとり口を閉ざしていたのだろう。

そうしてあのやさしい笑《え》みで、なにごともないかのように希の前で振る舞《ま》っていたのだ。

「だから今日は、店長がいてあげてください。……俺の叔父さんじゃなくって、玲ちゃんのままでいさせてあげて」

「……希……」

たぶん今日もきっと。このまま自分がリビングに戻れば、玲二は「なんでもないよ」と笑うだろう。だが、それだけはと希は思う。

――その方法論で、もう少し周りを見れば、もうちょっとわかることがあるんだろうけどね。

――親子といっても結局は別の人間だ。

義一と高遠に教えられた言葉を嚙《か》みしめれば、いまこの時間だけは玲二に甘えてはいけない。

「じゃあ、……一時返却承《へんきゃくうけたまわ》るかな」

「うん。お願いします」

くすりと笑った義一はそれもきっとわかっていたのだろう。驚き、感心するような表情を浮かべたあとに、いままで見たことがないようなにやりとした笑みで希の心を受け止める。

「ところでこの一時引き受けは、どこまで延長あり？」

「……そこはそのう。ほどほどで」

わかったよ、と笑った義一にもう一度頭を下げ、とりあえずと自室に戻《もど》り携帯《けいたい》と財布《さいふ》だけを身につけた希は玄関先《げんかんさき》で振り返る。

「玲ちゃん、俺、出かけるから！　高遠さんとこ」

息を吸って、大きく。いつも通りの声で。いってきます、と明るく告げる。

「え、の、希……？」

「また電話する、じゃあね！」

驚いた声をあげた玲二が顔を出すよりも先、希は玄関を飛び出していく。扉の向こうは既に闇《やみ》に包まれ、秋の日の短さを痛感した。

もうとっくに見えなくなった両親は、駅についた頃《ころ》だろうか。ひとりになればやはり染《し》みいってくる寂寥感《せきりょうかん》に、そっと吐息《といき》を落としつつも希はまっすぐ歩きはじめる。

「――……あれ？」

　エントランスを抜《ぬ》け、駅に向かおうと足を向ければ、道路の向かいにはなぜか見慣れた車が止まっていた。

　まさかと思って目を凝《こ》らし、じっと車中をうかがえば、希の胸はとくんとひとつ高鳴る。

「高遠……さん」

　どうして、と思いながら道路を横切り、慌《あわ》てて駆《か》け寄れば運転席にいる男の反応はない。じっと眺《なが》めていると、その端整《たんせい》な横顔がかくんと舟をこいで、小さく希は笑った。

　その少し疲《つか》れた姿に、希は愛《いと》おしさを募《つの》らせる。流れの止まったような濃密《のうみつ》な時間を過ごす間、いまさらに気づけば高遠は希以上に眠《ねむ》った気配がなかった。

（居眠りなんか、はじめて見た）

　本当は、渡米《とべい》準備で忙《いそが》しい彼のことは気づいてもいたのだ。合間であちこちに電話をしたり、ふと見れば高遠の部屋の隅《すみ》には荷造りをしたとおぼしきものが、いろいろ積み上げられていた。

　それでも目覚めれば必ずその姿を捜《さが》す希を、いつでも抱《だ》きしめ続けてくれていた。なにも問わないまま、ただじっと。

　きゅうっと胸が苦しくなって、静かに目を閉じた顔立ちを見つめ続けた。このままずっと眺めていたくて、しかし数回目にかくりと顎を落とした高遠は、その振動《しんどう》で目を覚ましてしまったようだ。

「あ……」

はっとしたように目を開けるのがかわいくさえ思えて、希がくすくすと笑っていれば不機嫌《ふきげん》そうに頭を掻《か》いた彼が顔を上げる。気づいた途端《とたん》ぶすりとするのがおかしくてたまらなかった。

「なんで、こんなとこにいるんですか？」

「……おまえは、どうなんだ？」

からかうように笑う希に、高遠の長い指で「乗れ」と助手席の方を指さされた。ドアを開けた高遠は、変な格好で寝《ね》て疲れたのか首をこきりと鳴らしている。

「心配、してくれた、の？」

「まあな」

いまさら取り繕《つくろ》っても仕方ないのだろう、苦笑《くしょう》とともに認めて、高遠は煙草《たばこ》に手を伸《の》ばす。

「……逃《に》げてきたわけじゃ、なさそうだな」

「うん。ちゃんと終わった」

「そうか」

大丈夫《だいじょうぶ》、と頷《うなず》いた希の頰《ほお》を、大きな手のひらがそっと包む。あたたかい高遠の体温に目をつぶった。こみ上げてくるものを誤魔化《ごまか》すなと告げるような仕草に、まだ頰には涙《なみだ》の痕《あと》を残したままだと知らされる。

猫《ねこ》のように顔をすり寄せた手のひらの持ち主が、目を細めてそっと問いかけてきた。

「どうなった」

「うん……」

やりとりを思い出した希が瞳を潤ませれば、長い指が目元に触れる。じんと熱くなったそこには高遠の指が心地《ここち》よく、そろりと長い息が零《こぼ》れた。

「あのね。……なんかいっぺんにいろいろわかって、混乱したみたい……」

「そんなもんだろ」

　高遠は車を出そうとはしないまま、手のひらで希の両目をふさいで静かに相づちを打つ。

「店長もね、いて。……それでいろいろ揉《も》めるようなのもあったんだけど」

　その先をなんと説明しようか。あの複雑なやりとりをすべて伝える自信がなく、希が逡巡《しゅんじゅん》していれば、高遠は見てきたようなことを言う。

「ああ……。東埜さん、追いこみでもかけたか？」

「なんで、わかるの」

　驚き、希は目を瞠《みは》って高遠の手を自分の瞼《まぶた》から遠ざける。たいしたことでもないように、あのひとも容赦がないから、と高遠は肩を竦《すく》めた。

「まあ、おまえと雪下さんがやばかったら平気で裏から手を回すくらいはすんだろうな。その点については信用できるけど」

「……それ、信用、していいの……？」

「東埜さんだからなあ」

わかるようなわからないようなコメントに、意味もなく希は首を振《ふ》り、店長の裏の顔はともかくと気を取り直して口を開く。

「でもなんかね。……父さんが、店長に全然負けてた」

「だろうな。おまえの親父《おやじ》のことはよくはわからないが、想像はつく」

「俺、あのひと……すごく嫌《きら》いだと思ってたけど、実際喋《しゃべ》ったらすごい情けないとも思ったんだけど、でも……」

あの時、義一が父を追いつめた瞬間《しゅんかん》、あれほどに憎《にく》んだ相手でも一瞬、庇《かば》うような気持ちになったのはなぜだろうか。

「なんでだろう。もういいって、思ったんだ……もうやめてって、店長に言いたくなった」

「……そうか」

怒《おこ》りきれない自分を弱いだろうかと問うように見つめれば、高遠は苦く笑った。

「そんなものだろ。あからさまに負けてる相手に追いこみかけられるやつはそういない」

「そ、う？」

「おまけに、親だからな。……年を取るんだ、あれが」

ふつりと言葉を切った高遠を、どういう意味だと上目に見つめれば、こっちもそうだと高遠はほろ苦く口元を歪《ゆが》める。

「おまえんちの親はまだ若いだろうけど……日野原がな」

「え……？」

帰国してきてなにが一番ショックだったかと言えば、十年を経た彼の髪《かみ》が真っ白になっていたことなのだと高遠は続けた。

「すっかり痩《や》せたジジイになっちまってて、なんだか複雑だった」

憤《いきどお》り、反骨をもって世界に挑《いど》めたのも、強大な父親があってこそだ。それがすっかり穏和《おんわ》な顔をした老人に近い姿でいることが、一番やりきれなかったと高遠は言った。

「いつかもう一度会ったら殴《なぐ》ってやろうかと思ってたが、……あれじゃあ、殺しちまう」

もって行き場のない喪失感《そうしつかん》がたまらなかったと、いっそすがすがしいような瞳で語って、高遠は希の肩を抱いた。

「高遠さん……」

「まあ、それにもう……昔の話だ。それよりおまえは、これから……どうするんだ？」

髪の先に唇《くちびる》を押し当てられ、外は暗いとはいえ車の中であることに普段《ふだん》の希なら赤面するところだろう。しかし、両腕《りょううで》を伸ばして首筋にすがりついた希に、高遠の方が驚《おどろ》いた顔をする。

「……高遠さんち行く」

「おい……？」

問いの意味が違《ちが》っていることには気づいていたけれど、ぎゅっとしがみついて希はその広い胸に額をこすりつけた。

「そうじゃなくて、家のことは」

ストレートに甘える仕草を見せると、耳を押し当てた心臓がほんの少し速くなったのがわかった。くすんと笑って、まだ少し潤んだままの瞳を向け、希はついに口を開く。

「……アメリカ、行ってくるの？」

「え？　なんでそれ、おまえ……」

「店長に聞いた、なんか、長くなるって……荷造りしてるの、そうだよね？」

隠《かく》していたつもりだったんだが、と顔をしかめた高遠に、希はさらに縋《すが》りついた。

「それ、……日野原さん、関係ある？」

「日野原？　なんでそこであいつが出るんだ」

しかし、思い当たる節がないと怪訝《けげん》そうな高遠にむしろ不思議になる。

「だって、来月カーネギーだって聞いたから……違うの？」

てっきり関係があると思っていたと希が告げれば、そうだったのかと高遠こそが目を瞠った。

「そりゃただの偶然《ぐうぜん》だ。だいたい来月すぐに俺が飛んでいくわけじゃないし」

「……そう、じゃあ」

「完全にこっちはこっちだけの仕事の都合だ。……なんかおまえ変な勘違《かんちが》いしたんだろ。あのジジイは間違っても俺にこの先、一生、声もかけやしねえよ」

乾《かわ》いた笑いを浮《う》かべた高遠に、ほっとしていいのかどうかわからない。ただ彼と日野原の間にある問題は、希のそれよりももっと厳しく複雑で、込《こ》み入っていることだけを理解した。

「というより、あれは俺がいたことも忘れてるだろう。情にかまけていまさらなんかするようなやつじゃない。だからついてこいと言われるわけがない」

おまえの家とは少し違うと苦笑され、その笑《え》みの酷薄《こくはく》さと、高遠と日野原の関係の冷たさに震《ふる》えそうになる。昔の話と言いながら、結局は彼もまだ痛みを抱《かか》えてはいるのだろう。

憎みたい相手が年老い、弱っていくそのことこそが、高遠の揺《ゆ》らぎの原因とは知れた。希の憶測《おくそく》はまったくの勘違いで、渡米《とべい》も永住ではないと教えられてほっとする。

けれど、それならばどうしてと希は追いすがった。

「でも……アメリカは、じゃあ、行くんだよね……？　なんで、黙《だま》ってたの」

じっと、誤魔化すことを許さない瞳で見つめれば、観念したように彼は吐息《といき》する。

「いままでのツアーなんかじゃない。……連絡《れんらく》もたぶん、ろくにできないのはわかってた……おまけにおまえはおまえでなんだかあったから」

それらをどう切り出すかと迷ううちに日程が迫《せま》り、この度《たび》のごたごたで言いそびれたと、らしくもなく高遠は言い訳した。

「だ、だって言ってくれたってよかったのに……」

「さすがに国内じゃないしな……ひとくぎりつくまでの間は帰れないし、顔も出せないぞ」

「高遠さ……」

「……その間中、ひとりで本当に大丈夫か？」

それでもおまえは平気かと覗《のぞ》きこまれ、彼を黙らせていた最大の原因は自分だったのだと、希は衝撃《しょうげき》とともに知る。

（俺が……言わせなかったんだ……）

自分のことばかりにかまけて、ためらう彼の気配に気づかず言葉をずっと、封《ふう》じこめて。不安がって耳を塞《ふさ》いでいたのは、自分の方だったのだ。

弱さを案じられることに悔《くや》しさと情けなさを覚えて、一瞬唇《くちびる》を噛《か》みしめた希は言い切った。

「かまわない。……だってお仕事、だし。……気をつけて、行ってきて」

「……希」

「俺のせいで、変な風に気を遣《つか》わせてごめんなさい」

謝れば、高遠はそれこそ困った顔をした。それでもできるだけ、彼の心に負担をなくしてあげたいと希は思った。

離《はな》れる時間が、ひどくつらいと思う。たぶん自分は相当落ちこむだろうし、それは仕方ないだろう。けれども、高遠の足を引っ張るような真似《まね》だけは、絶対に自分に許せない。

（こんなんじゃ、全然だめだから）

息を殺して希は感情を抑《おさ》えこみ、できるだけ普通の声で告げた。

「……あのね。ひとつだけお願い」

「うん？」

「……行く日教えないで。帰ってくる日も。落ち着かないし。……たぶん普通にできないから」

何気ないまま、普通に行って、そして帰ってきてくれと希は言った。怪訝そうな顔をする高遠に、希は揺れる瞳《ひとみ》をひたと合わせる。

「俺、玲ちゃんとこに残るし、……父さん、学費だけ出してくれるって言ったから、大学の受験も考えないといけなくて」

けれど高遠が離れる日、そして帰国する日を知ってしまえばたぶん、なにもかもを放《ほう》り投げてしまうだろう。

「俺、わかってると思うけど、そんなに強くない。……だから、なんでもない風に、してて」

不安に揺れる瞳に高遠は複雑そうではあったが、希の我が儘《まま》を容認《ようにん》してくれる。

「……わかった」

高遠の言葉が、口づけとともに胸の中にゆっくりと落ちてくる。甘く染《し》みいるようなそれだけでもう、なにもいらないと希は思った。

けれど、少し苦い口づけを交《か》わしていれば、もっとと思ってしまう欲深い自分も確かに存在するのだ。

「それと、……それと、ね……これは、できるだけで、いいけど」

「ほかに、なにかあるか？」

逡巡《しゅんじゅん》のあげくに口を開けば、聞いてやるから言うだけ言ってしまえと背中を叩《たた》かれ、希はこくりと息を呑《の》み、告げる。

「行っちゃうまでの間、……俺のこと、抱《だ》いててほしい。ずっと、……いっぱい」

「――……希？」

刻みつけて、離れている間も忘れないくらい、この肌《はだ》にあなたを残してと見つめた瞳は、いままでのそれと色を違《たが》える。

「忘れられないくらい、いっぱい、して……？」

息を呑んだ高遠は無言のままで、大胆《だいたん》なことを言った覚えのある希は急に不安になる。

（……変なこと、言っちゃったかも）

第一、昨日までもたいがいな行為《こうい》にふけっていたくせにまだ足りないかと、無言の高遠にはそう言われた気がした。

いやらしいやつだと呆《あき》れられただろうか。ふと我に返って希は血の気が引いていく。

「あ、あの……時間取れればでいいから……っていうか、高遠さんが、やなら」

慌《あわ》てて手を振《ふ》り、撤回《てっかい》すると言うとようやく、高遠は呆れたように吐息した。

「ば、か……もう、おまえなあ……っ」

いやもくそもあるかと吐《は》き捨てる彼は、希が赤面したことでようやく正気に戻《もど》ったようだ。

そうして深く長い息をついて希を突《つ》き放すようにすると、いきなりエンジンをかける。

「……おまえは俺にどうしろってんだ？」

「た、高遠さん……？」

「いくらなんでも、車ん中はやばいっつったろうがこの間も……おまけに雪下さんちの真下だ、それでそんなこと言われたって困るだろうが」

いらいらと告げられて、希はただ青ざめる。自分でも恥《は》ずかしいことをねだった覚えはあるだけに、どうしていいのかもう、わからない。

「ご、ごめんなさい……っ！　あの、……あの、さっきのは」

「言ってる意味もほんとはわかってねえんだろうが……ったく」

怒《おこ》ったようなそれにびくりとすれば、わかってたけどと彼はアクセルを踏《ふ》みこむ。もういい加減にしろと吐き捨てられ、呆れられたのかと希は泣きそうになった。

「お、……怒った……？」

「ああ、もう。……たいがいにしとけよおまえ」

しかし深々と息をついた高遠からの言葉は、希の予想したのとは反対のものだった。

「――だったら手加減なしだ本当に。覚悟《かくご》しておけ」

「え……？　な、なにが」

乱暴な運転で発進され、覚悟ってなにと目を瞠《みは》れば、これだからと高遠は舌打ちした。

「……三日間やりっぱなしったってな。それで走れる体力は残ってるのがどういうことか考えろよ」

自明の理だろう。にやりとする高遠の視線は危《あや》うくて、希は血の気が引いていく。

「うそ……」

「……学校にはちゃんと行けるように、しておいてやったろう？　いつも」

「あ、え、……えええええ⁉」

あれは自分が慣れたから楽になったのかと思っていたのに。恐《おそ》ろしいことをさらりと言われて、青ざめつつ赤くなった希に、卑猥《ひわい》な目をした高遠は喉奥《のどおく》で笑った。

「……冗談《じょうだん》だ、そんな顔すんな」

「冗談……」

滅多《めった》に聞かない冗談がこれでは笑えない。おまけに高遠の瞳が全然、笑っていない。ぞくりと肩《かた》を震わせれば、気づいた彼は声をそっとやさしくする。

「壊《こわ》しやしないから安心しろ」

続いた言葉はやっぱり剣呑《けんのん》なもので、希はやっぱりやめますとも言えないままに頷《うなず》くしかない。むしろ、やめると言われたら哀《かな》しくなってしまうだろう。

ステアリングを操《あやつ》る長い指を見つめると、ずきずきと指の先が疼《うず》いた。熱っぽい息が喉の奥から溢《あふ》れそうで、小さくこくりと喉を鳴らして呑みこむ。

怯《おび》えているくせに——なにをされてしまうかと、期待しているのも本当で、それ以上に。

(俺……どうなっちゃうんだろ)

自分こそがなにをしてしまうのかわからないと、震《ふる》える肩を抱きしめて希は思った。

＊　＊　＊

さんざん車中で煽《あお》られた言葉に希が予想していたのは、あの夏の日のように部屋につくなり求めてくる高遠だった。

「あの……？」

「ちょっと待ってろ、……確か、ここに……あった」

しかし肩を抱かれるまま促《うなが》され、連れて行かれたのはリビングルームの方だ。

拍子抜《ひょうしぬ》けしつつソファに座っていれば、ややあって高遠がなにか光るものを放ってくる。慌てて受け止めた小さなそれは、金属の手触《てざわ》りがした。

「……鍵《かぎ》？」

傷のないそれはおそらく新しく作った合い鍵だろう。いくら入り浸《びた》っていても、彼が決して渡《わた》そうとはしなかったものを、なぜいまになってと希は怪訝《けげん》な顔をする。

「いない間、なんかあったら勝手に使え。ここは、そのままにしとくから」

「高遠、さん……？」

しかし、その言葉にこれが彼なりの「約束」であるのだと察して、希は胸が熱くなる。彼のいない部屋の鍵を預けられることで、待っていてもいいのだと教えられた。

だからようやく、素直《すなお》にこの言葉を口にできると、希は濡《ぬ》れた瞳を瞬《また》かせる。

「いないの……寂《さび》しいけど、すごく寂しいけど」

言葉を切り、どうにか涙《なみだ》を堪《こら》えた瞳できっぱりと告げた。

「でも待ってる。ずっと待ってるから……高遠さんも、待ってて」

「うん……？」

「帰ってくるまでに俺、……ちゃんと、頑張《がんば》っておくから。高遠さんに……追いつくように」

あなたの傍《そば》で大人になりたいと、その幼い気持ちを受け取ってくれるかと見つめれば、いままで一番甘い抱擁《ほうよう》が希を包んだ。

広いあたたかい胸。この心地《ここち》よさをどれだけの間、自分は我慢《がまん》しなければならないのだろう。

「……浮気《うわき》、したらやだよ……？」

「ばか。そんな暇《ひま》あるか。遊びに行くわけじゃねえよ」

泣いてしまいそうでそれだけを告げれば、高遠はこつんと額を押しつけてくる。

小さな口づけがいくつも振りこぼされて、希がうっとりと瞳を閉じれば、かすかに照れの滲《にじ》んだ声が口早に言葉を紡《つむ》いだ。

「だいたい俺はな。……たぶんおまえが思ってるより、おまえが大事なんだ」

「たか、と……」

囁《ささや》きにくらくらとして力が抜けていくと、細い身体《からだ》は腕《うで》の中にやわらかく収められた。

「らしくもなく、気を回すくらいにはそう思ってる、だから」

もうこれ以上は泣かないでくれと頬《ほお》を撫《な》でられて、滲んだ涙を拭《ぬぐ》われた。手のひらのやさしさがたまらずに、希は高遠を引き寄せ、唇《くちびる》を押しつける。

「高遠さん、高遠、さ……ん、ん……っ」

自分から強引《ごういん》に口づけるのも、その唇に舌を忍《しの》ばせるのもはじめてだった。それでも教え込まれたやり方の通り彼の口腔《こうこう》を探《さぐ》っていれば、窄《すぼ》めた唇できつく吸われる。

煙草《たばこ》の味のするそれを必死に味わっていれば、ふわりと身体が浮《う》き上がった。

「んふ……っ、う？」

「ここじゃあ、な」

横抱《よこだ》きに持ち上げられ、わざわざ狭《せま》いところですることもないだろうと舌を噛《か》まれた。部屋を移動する間も希は高遠の首筋に齧《かじ》りついたままで、室内には濡れた音が響《ひび》き渡る。

「……少し重くなったか？」

「あ、え……？　ふ、太ってはないと、思うんだけど」

ベッドに下ろされ、ふと高遠がそんなことを言うから焦《あせ》っていれば、髪《かみ》を撫でられた。

「だったら背が伸《の》びたのかもな」

「あ、あの……小さい方がいい？」

高遠や義一などが普段一緒《ふだんいっしょ》にいるから忘れていても、そもそも希は華奢《きゃしゃ》ではあってもさほど小柄《こがら》な方ではない。男臭《くさ》くなってしまったらこういう風にする気にもならないだろうと不安が
れば、なにを言ってるんだと高遠は苦笑《くしょう》した。

「おまえがどうでかくなろうと限界来るのは、雪下さん見ればわかんだろ。……じゃなくて」

「あ……っ」

シャツ越《ご》しにゆっくり胸をさすられて、ひくりと息をつめれば高遠はそっと目を細める。

「早く育てよ。……いろいろ罪悪感あってしょうがない」

「ざ、い……っ？　いあ、や、んっ」

こりこりと尖《とが》った場所を手のひらに押しつぶされ、会話もままならなくなる希は足先をこすりあわせる。もっと強くしてほしいのに、なんだか高遠の触《ふ》れ方はひどくゆるやかだ。

「……半ズボンで泣いてたおまえのこと、思い出すたびこっちは、犯罪者の気分だ」

「っ！　みみ、……耳やだ……っ」

耳殻《じかく》を噛まれたあとに舌で辿《たど》られ、ぞくぞくとして目の前の男にしがみつく。腰《こし》を抱かれて膝《ひざ》を開かされ、高遠の身体を挟《はさ》みこんだ体勢で揺《ゆ》らされると、上擦《うわず》った声があがってしまう。

「まあのときからやたら、色気のあるガキだったけど。こう育つとは俺も意外だったし」

「な、んの話……っ、あ！　うぅん……っ」

意味がわからないとかぶりを振《ふ》れば、高遠はゆったりと両手を滑《すべ》らせ、小さな尻《しり》を包みこん

でくる。やんわりと揉《も》むようにされ、覚えのある感覚にざわりと産毛《うぶげ》が立った。

「あぅん……っ」

「……結果で七年、待ったっつってんだろ」

ぼそりと落とされた言葉の意味も結局摑《つか》めないまま、シャツをたくし上げられそこを撫で回されて、希は甘く震え上がった。

「え……？　ふあっ、あ、や、も……っ、はや、く……っ」

「焦るなよ」

あっけなく高ぶる身体が恥《は》ずかしく、それでも弱い耳朶《みみたぶ》をしゃぶるようにされながら尖りきった胸をつねられると、泣きたいくらい感じてしまう。

「やあん……やあ、も……そこ、ばっか」

「好きだろ」

「だって……っ痛い……」

ここ数日いじられ続けた乳首《ちくび》はすっかり刺激《しげき》に弱くなって、ひどいくらい敏感《びんかん》だ。硬《かた》い指の腹に転がされると千切れそうで怖《こわ》くなるし、それに。

「この間みたいに、ここだけでいくか？」

「それは、やだ……っ」

あの雨の晩。ベランダに出る前の長かった行為《こうい》の間、延々そこだけをされ続けてシーツを汚《よご》してしまったことを蒸《む》し返されて、希は茹《ゆ》で上がる。

「俺、俺だけなのは、……やだ……」

あんな風に自分だけ高みに駆《か》け上がっていく瞬間《しゅんかん》を知られると、たまらなく恥ずかしいし寂しい。観察されているようで、高遠は少しも熱くなってくれないのかと感じるせいだ。

「……わかった。じゃあ、どうしたい」

「ど、……って」

言う通りにしてやると笑《え》みかけられ、結局意地が悪いと涙目になる。乱れたシャツの隙間《すきま》を探る手を見下ろし、希は震える唇を開いた。

「……服、脱《ぬ》いで」

「うん？」

「全部、脱いで、……俺だけじゃなくて」

わかったと高遠は頷《うなず》いて、あっさりそのシャツを脱ぎ捨てる。見事なまでの身体を見せつけるような仕草で、膝立ちのまま髪を振った彼に希は一瞬見惚《みと》れ、そのあとはっと目を伏《ふ》せた。半端《はんぱ》に乱れたシャツに手をかけられ、ひとつずつボタンをはずされていく。開かれた胸に口づけられ、わななかいた腕で背中に縋《すが》る。

「……それから？」

「い……いっぱい触《さわ》って、……俺も、触らせて」

下肢《かし》の衣服は交差した腕でお互《たが》いのものを脱がせた。露《あら》わになっていく欲望はもうはしたないほどになっていて、ほんの少しの動きでも腰が疼《うず》いてしまう。

「ん、ん……っ」

高遠の濡れた唇は首筋から鎖骨《さこつ》を辿り、痛いくらいの胸の先をかすめた。しつこいのはいやだと言ったせいか、さらりと舌で撫でられるだけで、去っていくそれには物足りないと思うから勝手だとも思う。

「希、おい……力、入れすぎだ」

「ごめ、なさ、あ……っ」

せがんだ通りあちこちに触れられながら、希の手は高遠のそれをおずおずと愛撫《あいぶ》していたが、刺激を受けるたびに強く握《にぎ》りしめては痛いと言われる羽目になる。

「そっちいいから。……ほら」

「あ、や……そ、それやだ……！」

脚《あし》を抱《かか》えられ大きく開かれて、ずるりとシーツの上を身体が滑る。待ってというよりも先に頬を腿《もも》に擦《こす》りつけた高遠が、軽く歯を当てながら目指していく先を知って希は慌《あわ》てた。

「いや、は聞かないっってんだろ」

「ああ、ああ、……ああっ」

ぬるりとしたものに性器が包まれた瞬間、大きく背中が反り返る。啜《すす》り泣くような声をあげながら身悶《みもだ》え、脚の間に挟み込んだ高遠の髪を掴んだ。

「やあ、だ、やだぁ……っ、舐《な》めちゃや……っ」

「……じゃ、これは」

「ひぅっ！」

圧迫《あっぱく》がひどくなって、啜るような音を立てたそこがきつく吸い上げられていく。身体中の力が一気に抜《ぬ》けて強《こわ》ばった背中をシーツに沈《しず》ませた希に、高遠はからかうような声を出した。

「……おまえ自分がするのは平気なくせに、なんでそう嫌《いや》がるんだ、これ」

「だ、て……おか、おかしくな……っも」

唇での愛撫について、希としては高遠がなぜ平気な顔をしているかの方がいっそ不思議で、むきになってしまうだけだ。

「お、俺がす……から、も、やめて……？」

それから、滅多《めった》に崩《くず》れない男がたまに感じたような声をあげてくれればいっそ嬉《うれ》しくなるのも本当だった。だからどうにか起きあがり、哀願《あいがん》の声を発したのだが、高遠はそれを許さない。

「そっちは、あとでな」

「あ、あとって、……ひゃ、えっ⁉」

どころかさらに腰を抱えられ、がくがくと肘《ひじ》で身体《からだ》を支えた希の両脚は彼の肩《かた》に持ち上げられた。身体を二つ折りにされるような体勢に、いったいなにをと思っていれば、とんでもないところにとんでもないものが触れてきた。

(な、なに……これなに……!?)

愕然《がくぜん》と目を瞠《みは》っていれば秘《ひ》めやかな肉を押し広げた指に次いで、ぬめったものがそこを舐めあげてくる。びくびくと電流が流れたように腰が跳《は》ね上がり、希は呆然《ぼうぜん》と目を見開いた。

「……いや……あ、いや、うそ……うそ……っ!」

目の前が赤く染まって、頰《ほお》が燃えるように熱くなった。頭がぐらぐらして現実感がなく、硬《こう》直《ちょく》したままでいる希の尻の奥は、さらにゆるゆると広げられていく。

「いや、……いや、高遠さん、そんなのや……っ」

「いやいやばっかだな……しろって言ったのおまえのくせに」

ショックが大きすぎて瞠ったままの瞳《ひとみ》から、ぼろぼろと涙《なみだ》が零《こぼ》れた。億劫《おっくう》そうに舌打ちした男はそれでも指の先を奥に忍《しの》ばせたまま、鼻で笑うような声を出す。

「……忘れられないくらいに、だろ?」

「言ったけど! でもこんなの、言って、な……っ! っあっあっ! ひ……っ」

ぐるりと潤《うる》んだ内部で指を動かされ、希はもう抗議《こうぎ》の声もまともに出せなかった。ここしばらく間をおかずにいたせいで、やわらかくほぐれたままのそこは少しも高遠の指を拒《こば》まず、どころかもっとと蠢《うごめ》きはじめてしまう。

「……よくないか? 気持ち悪い?」

「きもちわ、る……っ」

「嘘《うそ》つけ」

「ひあん！」

だったらこっちはなんだと、滴《したた》るほど濡《ぬ》れたものに歯を立てられた。びくりと震《ふる》え上がった希の脚は意思に反してだらしなく開き、それでまた高遠の侵入《しんにゅう》を許してしまう。

「あっう、……ふあ、ああー……っ！　やだ、やあぁ……！」

なにをされているのかわからない。ただぬめった熱い生き物のようなものが、弱い粘膜《ねんまく》をくすぐって、それに添《そ》えられた硬い細い感触《かんしょく》がゆっくりとどこまでも希を溶《と》かす。

「んん、も、……も、や、……ぬるぬるすんのや……っ」

「どこがぬるぬるしてる？」

「なか、中までなっちゃうからやだぁ……！」

意識までがどろどろになって、喘《あえ》ぐ言葉以外にはもう、なにも抵抗《ていこう》することができない。

「あ、あふ……っ、ああん、ああ、ああ……っあ、ぐちゅぐちゅ、しない、でぇ……！」

「……いいんだろ」

必死に力を込《こ》めていた腰《こし》も、一度動いてしまうともうだめだった。高遠の淫《みだ》らな舌と指にかき乱されて、それをしゃぶるように内壁《ないへき》が痙攣《けいれん》を繰《く》り返すのが止められず、希は濡れそぼった声で泣きじゃくる。

「——……い、……いい……っ」

濡れていくそこが甘痒《あまがゆ》いような疼きを発して、落ち着かないままの腰が揺《ゆ》れ動いた。耐《た》えきれないまま結局は官能に溺《おぼ》れる自分を認めれば、もうあとは一気に崩れ落ちていく。

「どんな風に？」

「わかんな、……あっあっ！　……わかんな、けどぉ……」

もっとして欲しくなる。なにをどうとか、どこがいいとかなにもわからずにかぶりを振《ふ》って、希はついに自分から腰を掲《かか》げた。

「そこ、もっと……」

「もっと？」

「……いじって、こす……って……っあ、あああん‼」

言った矢先には派手な水音が立つ。ぐじゅ、と淫らなそれを響《ひび》かせて一息に突《つ》き入れられた指を、希は咄嗟《とっさ》に締《し》め上げる。

「……動かせないだろ、希」

「はあっ、は……っ、あ、も……っうそ、つき……！」

ぎっちりとそれを包んだ粘膜の中で、かすかに指の腹だけが震えている。小刻みに揺らされる感触に唇《くちびる》を嚙《か》んで、しばらくの間声もなく希は身を捩《よじ》った。

「もお……だめぇ……」

どろどろに意識が溶けて、もうただ欲しいと思うばかりの生き物になった気がした。いやらしくて恥《は》ずかしい、そう思うこともうできないまま、欲《ほっ》するものを求めて希は指を伸《の》ばす。

「もうだめ、も、……いれて、もういれて……」

触《ふ》れた先に張りつめたそれを感じれば、ごくりと浅ましく喉《のど》が鳴った。高遠もいままでになくらいに高ぶっているくせに、それでも余裕《よゆう》の顔をするのが悔《くや》しい。

「入れてるだろ」

「指じゃや、……ゆび、じゃ、……足りな……っ」

ゆっくりと手のひらを押し当てて、小指の先から折り曲げて性器を包んだ。そのまま先端《せんたん》まで滑《すべ》らせれば手のひらが燃えるように熱くて、早くと希は腰を振ってみせる。

「……やらしい触り方しやがって」

「これ……っねえ、だめ?……高遠さん、ねえ……っん、む」

教えたのは自分のくせに、目を眇《すが》めて口元だけを笑わせる高遠はそのまま希の唇を塞《ふさ》ぐ。

「んんぅ……っ! ん、んん!?」

いや、と泣き出すよりも先に指が引き抜かれ、舌の先とそれが希を抉《えぐ》ったのは同時だった。ぞわりと身体中の汗腺《かんせん》が開いて、一気に汗《あせ》が噴《ふ》き出す。与《あた》えられた感覚が激しすぎて一瞬《いっしゅん》意識が遠のき、強く突き上げられて悲鳴を放った。

「あひ、やっ、あっあっあっあああああ!?」

「……だから言ったろうが」

「やだ、これ、な……っ、なに、……!?」

がくがくと揺さぶられながら、中を圧迫するものに本気で怯《おび》えた。いままでに知っていた高遠のそれが、彼の言葉通りにずいぶんと加減したものだと知れば、もう脳が煮《に》えていく。

「奥、奥まで来る……っ、やだ、おっきすぎ……っ」

痛みはない。けれども中の粘膜がもうぴんと張りつめるほどに拡《ひろ》げられてしまうほどの大きさは、いままでに知らないものだった。

「おまえが、締めるからだろ……」

「そ、じゃないよ、……そうじゃな、……これ、や……すご、い……！」

きつい、と片頬で笑う高遠は瞳を眇めていて、その高い鼻梁《びりょう》に汗が光っている。獣《けもの》じみた目つきで眺《なが》め下ろされ、両足を抱《かか》えこまれて腰を打ち付けられればもう、自分がどうなっているのかわからなくなる。

「もうや、……も、……めて、苦し……っ」

「……痛いか？」

本気で泣き出して訴《うった》えると、ふっと瞳に正気を滲《にじ》ませた高遠の身体がおとなしくなる。けれどそれに安堵《あんど》するのではなく、希はひどいと指を噛んだ。

（嘘つき……）

こんなにしてまだ、やさしくするだけの余裕を見せる恋人《こいびと》をずるいと思う。自分はもうなにもできないくらい身を焦《こ》がされて、ゆるめられた動きにもまた、苦しいのに。

「やだぁ……やめ、ちゃや、もっと、……もっとっ」

「たく、もう……結局そうかよ……っ」

「──あん！　あ……！」

唆《そそのか》した次の瞬間にはきつくねじ込まれ、目を瞠ったまま希は短く叫《さけ》んだ。なにかひどく感じる部分を抉られて、腰を引く高遠の脚《あし》に自分のそれを絡《から》みつけてしまう。

息があがりきって、もうろくに言葉も発せない。それでも濡れた口づけをねだりながら、希はゆるやかにうねる身体を高遠へと押しつけた。

「い、いまの……いまのして……」

「……こう？」

「う、ん、それして、……それ、もっ……ああ、いっ……いい──……！」

きもちいい、と啜《すす》り泣いて背中に爪《つめ》を立て、振り落とされそうな動きに必死でついていく。

「っちゃう、いっちゃう、……いっちゃうよぉ……！」

「まだ、だろ……少し堪《こら》えろ」

「だ、だめっいくっ……！　い、や！　ひっ」

もう許してと訴えるより先、溶けきった性器を痛いほどきつく握《にぎ》られひゅっと息を呑《の》んだ。

その痛覚に逸《そ》らされた官能が惜《お》しくて、なんでと涙目《なみだめ》に恨《うら》みがましく見上げれば、高遠の息もまたあがっている。

「もう少し、我慢《がまん》してみな……もっといい」

「ふあ、ん……っ、も、と……？」

朦朧《もうろう》とするままに繰り返せば、そうだと頬《ほお》に口づけられる。とろとろになったままやわらかく腰を回され、ああ、と希はため息のような声を発した。

「……おかしくなっちゃう、よ……」

「なれよ。……責任取ってやるから」

意地の悪いことをするくせにその声はやさしげで、少し正気の戻《もど》った希は唐突《とうとつ》に、泣きたくなった。

（……行っちゃうくせに）

甘くだめになりそうなこの快楽を、いったい自分はどれくらい堪えていられるだろう。

ささやかな言葉ひとつにものぼせ上がりそうなくらい、好きでたまらない相手との長い別離《べつり》は、自分をどれくらい苦しめるのか想像もつかない。

「……っ」

「おい、……希？」

聞き分けのいいことを言ってみせても結局、そう割り切れているわけではない。

なにも考えたくなくてせめて抱《だ》いてくれというのが関の山で、結局そうされてみたら、高遠のなにもかもが惜しくて泣いてしまう。

「高遠さんのばか……っ」

「……希」

「こんなにして、……こんなの俺、知っちゃったのにどうやって、……っ」

肌《はだ》を撫《な》でられて体温を分かち合うように抱きしめられること、それがこんなに心地《ここち》よく安心できるなんて、教えたのは高遠のくせに。どうやってこれを我慢していればいいのだろう。

「ほっとくんだ、……俺のこと、ほっといて行っちゃうんだ……っ」

言うつもりのなかった恨み言が零《こぼ》れ落ちれば、高遠はひどく困った顔をした。

「……参ったな」

ため息をついた彼がぼそりと呟《つぶや》き、感情のままに迸《ほとばし》ってしまった言葉を希は後悔《こうかい》する。困らせても仕方ないのに、高遠の邪魔《じゃま》をするつもりはないのにと、せめぎ合う心がひどく乱れる。

「こんな時に我が儘《まま》言いやがって、まったく……」

ぽつりと呟かれたそれにはただ申し訳なくて、希は自分が恥ずかしくなった。寂《さび》しくて思わず言ってしまったけれど、高遠にはそれは苦いばかりだったろう。

「ごめ、なさ……っ、こんなの、言っても……しょ、がないけど……っ」

「違《ちが》うって……だから、泣くな」

それでも取り返すことのできない言葉に両手で顔を覆《おお》ってしゃくり上げれば、両手首をそっと取り上げられる。

「やっと少しは、甘えてくれたんだろ」

「たかと、……さん？」

怒《おこ》っているわけじゃないと抱きしめなおされ、濡《ぬ》れた瞳《ひとみ》を開けば、見たこともないほどにやさしく笑っている恋人の顔がある。

「聞き分けよすぎてもな、……結構こっちも、怖《こわ》いもんはあるから」

「え……」

「離《はな》れるのが怖いのは、おまえだけじゃないってことだ」

「あ、え……っあ、ん、……あ！」

言葉と同時に律動を再開されて、希はかくりと首を落とす。離さないでと腕《うで》を伸ばせば、両方の指をすべて絡めて、きつく握りしめられた。

「なるべく早く、帰るようにする」

「あ、んっ……ほ、んと……に？」

息づかいが甘く乱れて、何度も唇《くちびる》を触《ふ》れあわせながら希は甘えきった声を出した。その分だけ身体《からだ》の奥もしっとりと潤《うる》み、腰《こし》に走る震《ふる》えがひどくなっていく。

「そっちこそ浮気《うわき》すんなよ」

「しな、あ……っ、できないっ、あん、やっすごっ」

「どうだかな……」

ちらりと高遠が視線を放ったのは脱《ぬ》ぎ捨てられた希の衣服だ。しょっちゅう菜摘からのメールが来ていることももう、ばれているのだろう。一瞬だけ険しくなった気配とともに、体内にあるものまで膨《ふく》れあがって希は息も絶え絶えになる。

「ふぇ……っ、ま、また、なんか……っ」

「心配になんのはこっちだろうが……こんなで、おまえ……ほんとに我慢できるのか？」

「やあん……！　あ、そこ、いっしょっ、したらやっ」

揺《ゆ》さぶられきつく胸に吸いつかれ、あげくには脚の間を叱《しか》るようにきつく握りしめられる。

「も、お、……もうだ、だめ……っ、もういくぅ……」

「聞いてねえだろ……まあ、ちょうどいいか」

「ああ、あっ、いー……っ、やん、きもちい……っ！」

もうどこで感じていいのかわからないまま髪《かみ》を振《ふ》り乱した希の耳を噛《か》んで、わけがわからないならちょうどいいと高遠は小さく呟いた。

「……愛してるぞ」

「ふあっ、ああ、も、えっ……え？」

なに、と目を瞠《みは》った希は一瞬《いっしゅん》本気でなにを言われたのかわからなかった。だがひどく胸の奥が高鳴って、濡れきった喘《あえ》ぎも一瞬で引っこんでしまう。

「な、なに……言ったの？　いま……ね、ねえ」

もう一回言ってほしいとせがんだけれど、答えない高遠は渋面《じゅうめん》を浮《う》かべたまま腰をさらに抱《かか》え上げてくる。

「だからここだけ正気になんなよ……」

「ひあ、やっ、え!?　だ、だってあ、……あああん！」

言われた言葉の意味を咀嚼《そしゃく》する暇《いとま》を与《あた》えないよう、上から突《つ》き落とすように激しくされて、希はもう悲鳴しか出ない。

「も、もう、や、わかんな……っあっあっ、で、ちゃう……！　もう、ヘン、なっちゃ……っ」

「……なっちまえ」

「あああ……っ！　やだ、そんなにっ、しないで、しないでぇ……っい、んんっ！」

ついでに忘れろとかなんとか言われた気がしたけれど、今度こそなにも聞こえなくなるほどの激しい愛撫《あいぶ》と抽挿《ちゅうそう》に悶《もだ》え、希はただ濡れていく肌の感覚に没入《ぼつにゅう》する。それでも寂しさの代わりに植え付けられた、らしくない甘すぎる言葉を忘れることはたぶん、できないだろう。

（サービスよすぎだよ……高遠さん）

それもこれも離れる時間を案じた気遣《きづか》いかと思えばやはり泣けてしまって、その分だけひどく淫《みだ》らな行為《こうい》は深まった。

喉《のど》が嗄《か》れるほどの嬌声《きょうせい》と、淫らな汗《あせ》にまみれるままの時間が続く。

泣き濡れた希の口元には、それでも甘やかな笑《え》みが絶えず、赤く色づいたままの唇はまるで、恋人《こいびと》の口づけを請《こ》うかのように綻《ほころ》んでいた。

＊　＊　＊

そして高遠は、冬が来る頃《ころ》に渡米《とべい》した。

時期を知らせないでくれと言ったものの、学校に3・14にと頻繁《ひんぱん》に希を迎《むか》えに来てくれていた彼の足が遠のき一週間が過ぎたことで希はそれを知ることとなり、だめ押しは十一月半ばによこされた、柚からの驚《おどろ》きのメールだった。

『高遠さんこっちに来たみたいね。この間偶然《ぐうぜん》会っちゃった』

スタジオですれ違っただけだから挨拶《あいさつ》もろくにしていないが、と続く文面に、やはりせつなくて希は涙ぐんだ。

(やっぱり、行っちゃったんだ)

しかしめそめそしてばかりいる暇はない。遅《おく》れに遅れて提出した進路希望調査は、国立希望に丸をつけたため、いままでのように遊んでいるわけにもいかなかった。

学校もまじめに顔を出すようになり、そうしてみると時間というのは結構あっという間に過ぎていくものだ。

さすがに3・14でのアルバイトも週に一、二回と控《ひか》えることに決めた。クリスマスと年末は人手不足に借り出されたものの、繁忙期《はんぼう》の助《すけ》っ人《と》以外では連日のシフトは断っている。

受験に向けて気合いを入れた勉強をはじめた希が、さすがに自力だけでは難しいものもあると気づく頃にはもう年は明け、いよいよ新学年までのカウントダウンがはじまろうとしていた。


「みんなクラス別れちゃうなあ……あ、でもうっちーと雪下は一緒《いっしょ》？」

放課後、なんだかんだと来年度の話をしていた鷹藤が残念だと吐息《といき》する。

この日はバレンタインデー。身の凍《こお》る季節には数少ない潤《うるお》いであるそのイベントで、順当に義理チョコをいただいた面子《メンツ》は寂しく駄菓子《だがし》を齧《かじ》っていた。本当は鷹藤はどうやら、長山に本気チョコをもらったらしいのだが、それについては彼は頑《がん》として口を割らない。

「一応可能性はあるけど、国立コースも二クラスはあるぞ。文系志望が多いだろうけど、定員割れなきゃそのままクラス選別で別れるだろうし……どっちだっけ？」

最近はうっちー呼ばわりも逆らうのをやめたのか、平然と内川がブリッジを押し上げ、希はううんと首を傾《かし》げた。

「一応、文系希望……学部はいま検討中」

さすがにバリバリの理系は無理だと苦笑《くしょう》すれば、じゃあ可能性は薄《うす》いなと冷静に彼は言う。

「やっぱ別クラスかな。予備校とかどうしてる？　この間までバイト忙《いそが》しかったんだろ？」

「内川もう通ってるんだっけ。……俺まだなにも。バイトは一応減らして、予備校は春からの受験コース申し込むかなって準備中」

希はそのために、シフトを減らす前のアルバイトで必死に予備校代を叩《たた》きだしていた。目的のある貯金はそれなりに楽しく、また忙《せわ》しなさで高遠のいない寂しさを埋《う》めていたのも事実だ。

「……それであの成績かよ」

嫌味《いやみ》なやつだと蹴《け》ってくる叶野に笑ってみせながら、希は冬枯《ふゆが》れの校庭を見下ろす。高遠が去ってほぼ三ヶ月、その間することもないまま勉強に打ちこんでいるとは言えなかった。

「……寒そうだね、そろそろ帰ろうか」

「おー。あ、なあ、鯛焼《たいや》き食ってかない？」

ひと箱いくらのチョコなんかで腹がくちくなるものかと、いまだ成長期まっさかりの叶野は提案する。それに鷹藤がむくれた声を出した。

「鮭《さけ》マヨはやだぞ、俺……ねとねとしてるし、鮭フレークまっずいし」

「カスタードクリームって名前の脂肪《しぼう》クリームの方がもっといやだろ。なんでおまえアレ食えるんだよ。しかも白玉入り！　信じらんねえ」

「あれうまいじゃん、うまいよ！　チョコクリームとかチョーいいじゃん！」

「どこがだよ!!　つうか、ぬくいクリームとか邪道《じゃどう》だろ本来!!」

最近学校の近くに立っている屋台の鯛焼きがお気に入りの鷹藤と叶野が甘党辛党《からとう》でバトルするのに、勘弁《かんべん》しろよと吐息混じりで言ったのは内川だ。

「……どっちにしろ俺はごめんだ。おい、俺ら先いくぞ？」

「うい、雪下もまたなー」

競《きそ》って食い漁《あさ》る鷹藤たちはしばらくその場を離《はな》れそうにない。呆《あき》れた内川が予備校に遅れると告げれば、あっさりとしっぽを囓りながら彼らは手を振った。

「しかし、そもそもなんであそこは普通《ふつう》の鯛焼きがないんだ？」

「……そういえばなんでだろ？」

胸焼けがすると顔をしかめたクールな同級生に希も同意する。いつのまにか訪《おとず》れて去っているあの屋台には、なぜか本来の定番鯛焼きであるあんこだけはないのだ。

やたら冒険《ぼうけん》している商品しかない鯛焼き屋の、本当の売れ筋はなにかとひとしきり談義しつつ、駅前の分かれ道に近づいた。

「じゃ、俺は今日こっちで」

「うん、また……、なに？」

駅裏の方向へ軽く親指を向けた内川にひとつ笑ってみせれば、その顔をじっと彼は眺《なが》めてくる。しばらく逡巡《しゅんじゅん》したあと、うん、とひとつ頷《うなず》いた内川は硬《かた》い声を発した。

「なあ。……雪下、最近元気ないの、あのひと来なくなったせい？」

「ほらあの。……なんか背の高い、いつも車で来てる、あのひと」

突然《とつぜん》の問いにぎくりとして、誤魔化《ごまか》しきれないまま青ざめた希に、聡明《そうめい》な眼差《まなざ》しの友人は他意はないと知らせるように肩《かた》を叩いてくる。

「春先にも一回、見たことあるんで覚えてた。……あのひと、高遠さんってひとだろ？　夏頃に、菜摘と噂《うわさ》になってた」

その言葉と表情に、なにもかも知っていると教えられるようで希は困惑《こんわく》する。

（なに……？　どうして？）

どうしよう、どうすればいいだろうとただそれだけがぐるぐると頭を巡《めぐ》った。コートのポケットの中で拳《こぶし》を握《にぎ》りしめ、蒼白《そうはく》な顔をした希に内川はそっと目を細める。

「そんな顔すんなよ、責めてるわけでもないんだし」

「う、内川……あの」

「ただ俺、はっきりしないことあるの嫌《きら》いなんだ」

しょっちゅう学校を休みにする希がこのところまるで欠席する様子もないことも、その因果関係も見抜《みぬ》いていると教えられ、希は観念のため息をついた。

「なあ、あのひとカレシ？」

「……うん」

「え……っ」

頷きつつ、ショックから気を逸《そ》らそうとするのか、希の意識は「彼氏」の発音がこの内川でもいまどきな語尾《ごび》上がりであることに気づいた。

「そうか、やっぱな。だと思った。なんかあった？」

「いやあの。……仕事で、アメリカ行っちゃって……」

「ああ、そっかあ。それで寂《さび》しいんだな……なるほどね。納得《なっとく》納得」

頷いた彼はそれですっきりしたよとからかうように笑って、それじゃあなと背を向ける。

「あ、あの……そ、それだけ？」

「それだけだけど？……なんで？」

疑問が解けて実にさわやか、といった表情を浮《う》かべる内川は、問われることこそわからないと眼鏡《めがね》の奥の瞳《ひとみ》を瞠《みは》る。

「ああ、こういうのやっぱ不安？　別にくどくど、詮索《せんさく》する気も言いふらす気もないし、俺以外は間違《まちが》いなく誰《だれ》も気づいてないよ」

「あの、じゃあ、なんで……」

「言ったじゃん。気になることがいつまでも謎《なぞ》なのは俺は、嫌い。……あ、もしかして偏見《へんけん》持たれるとか思った？」

「いやあの、……ご、ごめん」

心外だなあと眉《まゆ》をひそめられ、なぜ自分は謝るのだろうと思いながらも希はそう口にする。

「いまどき、クラスメイトの男にカレシいるくらいで驚《おどろ》かないだろ、フッー」

「ふ、普通なのか？　それほんとに普通⁉」

「なにそんなに驚いてんの？」

この発音もやっぱり「フッー」だ。希が知る「普通」の定義と「フッー」の定義は違うのだろうか。日本語がわからなくなりそうだと、希は涙目《なみだめ》で首を振《ふ》った。

「うーん……ってか、俺のこれはファン心理みたいなもんだから、気にしなくていいよ」

「え……？」

ますます意味がわからないと不安な顔を浮かべた希に、内川はなぜか照れたようににやりとする。そして放たれた言葉は、これ以上ないほど驚いていた希をさらに跳《と》び上がらせた。

「ちなみに俺、Ｕｎｂａｌａｎｃｅではノゾムのファンでした。以上」

「は、へ、……えええ⁉」

「最初女の子だと思ってたんだよなあ……残念だ。あ、これも俺しか知らないと思うから」

我ながらマニアな趣味《しゅみ》だったと頷いて、なにか意味のわからないため息をつく。そして呆然《ぼうぜん》とする希を尻目《しりめ》に、内川は腕時計《うでどけい》を眺め、焦《あせ》ったように言った。

「……おっと時間。んじゃまた来週な。あ、春休みの話マジ考えておけよ！」

「あ、ああ……うん……」

クラス編制の変わるだろう新学年、そして受験を控《ひか》え、春休みにはちょっとした旅行でもしないかと誘《さそ》われていた。考えておくと保留したのも気乗りしなかったせいだったが、内川の爆《ばく》弾《だん》発言に希はそれどころではなくなる。

「あ、頭くらくらしてきた……」

ぼんやりと呟《つぶや》き、思わず歩き出した希はそれが駅とは反対方向だったと気づく。

顔には出ないものの相当に動揺《どうよう》しているようだ。——というよりも希が慌《あわ》てれば慌てるほどに表情がなくなるのは、いつものことだったけれど。

「……なんか、ほんとに」

世の中、自分の悩《なや》み程度はたいしたことではないのだと思い知らされた気分だった。

まるまる一年、内川とクラスが同じになってから、希の過去についておくびにも出さないでいた彼がよくわからない。おまけに「カレシがいてもフツー」ときた。

「柚さんといい、……店長と玲ちゃんはおいといて、……ふ、普通ってなに……？」

大抵《たいてい》普通ではないと自分のことを思っていたが、これならもう普通でなくてもいいのかも。

なんだか一気に疲《つか》れ果て、肩を落とし希は電車に乗りこんだ。この日は一気に減らした貴重なアルバイトのシフト日で、春休みの旅行代を考えれば休むわけにはいかない。

またバレンタインデーに気合いを入れるのは学生より、むしろアルコールを扱《あつか》う業界や関連プレゼントの商品会社であると希は義一に教えられている。

（大人はチョコレート程度は添《そ》え物だから、かあ）

たぶんデートの客でにぎわうだろう店内を想像して、忙《いそが》しそうだと希は吐息《といき》する。ここ二日ばかり、イベント日に合わせた企画《きかく》で3・14も忙しく、玲二も帰宅できないほどなのだ。

「はー……それにしても」

本当に驚いた。友人の中でも内川はかなり良識的で常識的で、頭もいいだけにカタイ相手だと思っていたのだ。暖房《だんぼう》と人いきれでむっとなる電車の中、窓ガラスに頭を押しつけて冷やしながら、それでも少し気が楽になっている自分に希は気づく。

――そっかあ。寂しいんだな。

遠距離恋愛《えんきょりれんあい》のつらさについて、友人が当たり前に認めてくれたことに、救われた気分になる。自宅で過ごす間はうっかり哀《かな》しくなることがあって、それは玲二がひどく気を遣《つか》い、まったく高遠の話題を出さないようにしているせいもあった。それこそ義一が苦笑《くしょう》するくらい、このところあのきれいな叔父《おじ》は希にべったりになっている。

腫《は》れ物に触《さわ》るようにされればよけいに意識して、それでも玲二に心配をかけまいと頑張《がんば》っていたけれど、内川の言葉にそれでいいのだと思えた。

「……寂しいけどね」

でも結構頑張っているぞと、希はそっとひとり微笑《ほほえ》んで、コートの中のそれを指先に遊ぶ。

三ヶ月前、本当に忘れきれないくらい大事に愛された身体《からだ》をいま、自分ひとりで支えられるのも、このお守りがあるからだ。

（本当に電話一本、よこさないんだからさ……）

会えなくなって以来本当に、高遠からはふっつりと連絡《れんらく》が途絶《とだ》えた。いっそ感心するほどのそのつれなさに、不安にならないわけがない。

それでも高遠のくれた合い鍵《かぎ》は、結局一度も使うことはないまま、肌身《はだみ》離《はな》さず持っている。内川に突然の言葉を向けられた時のように、心が乱れることがあれば必ずこれを握りしめた。

冷たい金属片《へん》であるのに、それには高遠のぬくもりが残っている気がしてほっとする。

そのたび、もう少しだけ頑張ろうと思えるのだ。おそらくはいま、地球の裏側で頑張っているあの涼《すず》やかな恋人《こいびと》に、恥《は》じないように。

「……がんばろ」

言い聞かせるように呟いて、ふと周りを見渡《みわた》せば、赤いラッピングが目につくことに気がついた。少し浮かれた気配があるのはやはり、バレンタインデーの影響《えいきよう》なのだろう。

（いたらなにか、俺も、あげたりしたのかな）

自分が渡すのも奇妙《きみよう》な話かとこっそり赤くなりつつ、恥ずかしいことを考えるなと戒《いまし》めることで、恋人のいない寂しさを希は紛《まぎ》らわした。

「……ん？」

電源を切り忘れた携帯《けいたい》がポケットの中で震《ふる》え、こっそりと取り出せばメールの着信が二通。送信時間はそれぞれ昼過ぎのもので、最近届くのが遅《おそ》いなあと希は首を傾《かし》げる。

もしかしてと思えば案の定菜摘からで、『チョコあげる』との件名のそれを開封《かいふう》すれば、添《てん》付《ぷ》の写真には焦《こ》げ茶《ちゃ》色の、ハート形をした奇妙な物体が写っていた。

『番組で作らされたんだけどこれさあ、直径三十センチあるんだよ……あげるから始末して』

よく見ればその横に対比するように煙草《たばこ》の箱が置かれていて、げんなりとした菜摘の言葉に思わず希は笑ってしまう。もう一通はさて、と思えばこれも菜摘だったが、しかしその文面に希は顔をしかめた。

『高遠さんまた髪伸《かみの》びてたねー。さっきスタジオで会ったよ。よろしく言ってって言っといたけど、ついでにマジであのチョコ渡《わた》したからね。絶対食べること！』

「……どういうこと？」

菜摘はもしかしていま、アメリカででも仕事をしているのだろうか。それともこれは柚からのものだったろうかと、混乱するまま何度もメールの文面を読み返し、希はどきどきと胸が高鳴る自分を堪《こら》えきれない。

だって、まさか。でも、そんなはずは。期待しそうな自分を必死になだめるうちに、最寄《もよ》り駅へと電車は到着《とうちゃく》する。

走り出したのはもう、なにか考えてのことではない。実際あの店に高遠がいる保証もない。

けれどメールの送信時間はもう五時間近く前で、だとしたら可能性はあるかもしれない。

普段《ふだん》なら一度自宅に向かい、制服から着替《きが》えて店に向かうのに、そんな時間も惜《お》しかった。

慣れた道をひたすら走り抜《ぬ》け、コートを翻《ひるがえ》した希はいつもの看板を目にして大きく息をつく。

コンクリート打ちっ放しのビルの脇《わき》、まだあの看板は出ていない。けれど——その裏にある駐車場《ちゅうしゃじょう》の端《はし》には、見慣れた車が止まっていた。

「——……うそ……っ」

泣き出しそうな、悲鳴のような声をあげて、希は通用口に回って一気に階段を駆《か》け下りる。

従業員控え室を通り過ぎる時、ひょいとギャルソン姿の塚本が顔を出した。

「あれ、希早いじゃん……って、おい！　おまえ学ラン！」

制服で入ってくるなよと怒鳴《どな》られたが、その声も聞こえないまま一息に、まだ客のいない店内に走り込む。セッティングもまだの椅子《いす》のあげられたフロアには、しかし誰《だれ》の姿もない。

痛いほど期待で高鳴っていた胸が、落胆《らくたん》の苦しさでぎゅうっと縮こまっていく。

「あ、そ……そう、だよね」

人気のない空間に、がっくりと希は肩《かた》を落とす。なにを期待したのだろうと虚《むな》しくなって、額の汗《あせ》を拭《ふ》いたその腕《うで》を、背後からの長い指が掴《つか》んだ。

「こら。なんで制服で来てんだ」

「……そ」

驚愕《きょうがく》の悲鳴はどうにか喉奥《のどおく》で呑《の》みこみ、嘘《うそ》、ともう一度呟いたそれは、もう声にはならない。

「見つかるとやばいだろ、こっち来い」

淡々《たんたん》とした声、強く長い指の感触《かんしょく》。振《ふ》り返って消えてしまうのが怖《こわ》くて、強く腕を引かれても、希は顔が上げられない。

「塚本、こっち人払《ひとばら》い。着替えさせる」

「了解《りょうかい》っス……ったくいくらばればれだからって、ほかの面子《メンツ》いたらまずいべよ？」

気をつけろ、と頭を小突《こづ》いた塚本にどうにか頷《うなず》きながら、がくがくする足を引きずるようにして希は控え室に連れ込まれた。

「……な、んで？」

「なにが」

そのとたん強烈《きょうれつ》なチョコレートの匂《にお》いが鼻腔《びこう》を突き刺《さ》して、希は喘《あえ》ぐような声を発する。

「なん、なんで、い……いるの？」

「いちゃなんか、まずいのか？　いい加減、顔上げろ」

なにを言ってるんだと呆《あき》れた声を出した男に、顎《あご》を摑まれた。そこには菜摘のメールの通り、一年前のように髪を伸ばした高遠がいる。

「たかと、……さん」

「久しぶり」

信じられなくて目を瞠《みは》ったままの希は、くらくらするほどの甘い匂いと同時に、それよりももっと目眩《めまい》のする抱擁《ほうよう》に包みこまれる。

言いたいことは山ほどあって、けれどチョコレートの匂いになんだかわからなくなり、希が三ヶ月ぶりに口走ったのはこんな呟《つぶや》きだった。

「……ずるい——……」

「——はあ？」

「髪伸びたの、俺より先に菜っちゃんに見せた……っ」

「ありゃ偶然《ぐうぜん》だ。おまけにこの巨大《きょだい》チョコ押しつけられて参ったってのに……いきなりそれか」

ひどい、と鼻を啜《すす》ってしがみつけば、なに言ってるんだかと高遠は呆れた声を出す。

「だ、……だってなんで、なんで!?　すっごく時間、かかるって……っ」

「だから、かかっただろ」

なんで怒《おこ》ってるんだと目を丸くされ、なんでじゃないよと希は広い胸を叩《たた》いた。

嬉《うれ》しいのはもちろんだが突然《とつぜん》すぎて、もう自分でも感情の収拾がつかなくなって、まるで八つ当たりのように泣きながらなじってしまう。

「だってまだ三ヶ月しか……っ」

「……もう三ヶ月も、じゃねえのか？」

なんかずれてないかと高遠はうろんな顔になり、希もまた首を傾げる。

「だって、……仕事全部終わるまで、帰れないって、連絡もしないって……」

「だから、終わったから帰ってきたんだろうが……ちょっと待て、おまえ」

激しい勘違《かんちが》いがあるのではと眉《まゆ》をひそめられ、希もぐすぐすと鼻を啜って高遠を見上げる。

「レコーディングで三ヶ月はかかるから、その間は帰れない……って話だったんだが？」

「……え？」

どうしてそんなに驚《おどろ》いているんだとあっさり告げられ、希は呆然《ぼうぜん》となってしまう。なにか、甚《はなは》だしく話がすれ違っている気がして、しかしどこからずれていたのかもはや、わからない。

「……おまえ、どれくらいいないと思ってたんだ？」

「えっと、……最低でも何年か、とか」

「……俺はそんな話をしたか……？」

だったらいくらなんでも、マンションも引き払うだろうと呆れた声で告げられ、考えてみればと希は目を白黒させる。

「え、あれ、……あれ？」

ただただ離れることがつらくて、具体的になにをするのかも問うことをしていなかったのだ。

「うそ、じゃあ、ほんとに……」

「全部終わりだ。テレビ局に行ったのはちょっと仕事の絡《から》みで顔出しして、五分もいなかったのにあのクソガキにとっつかまって、これだ」

コムスメからクソガキに昇格《しょうかく》した菜摘のおみやげは、確かに間近にすれば凄《すさ》まじい代物《しろもの》だ。直径三十センチのチョコレートの塊《かたまり》は、既《すで》に胸焼けのするような強烈な存在だった。

「店に持ってくりゃ処分できるだろうと思ったんだが……まさか泣いて飛びこんでくるとは」

「な、泣いてないよ！……来た時までは」

慌《あわ》てて目元をこすって、にやにやと覗《のぞ》きこんでくる高遠から赤くなった顔を逸《そ》らす。

（は、恥《は》ずかしい……）

もうどこから恥ずかしがっていいのかわからないくらいに恥ずかしい。そう思って、どうか追求しないでくれと思ってちらりと上目にうかがえば、高遠はしかしやはり意地が悪かった。

「たかが数ヶ月の別離《べつり》の割に熱烈《ねつれつ》だとは思ったけどな……？」

「も、もう勘弁……わあっ！」

言わないで、と両手で口をふさげば、指の先を噛《か》まれて飛び上がる。咄嗟《とっさ》に逃《に》げようとしたけれども、背中にはロッカーがあってそれ以上後ずさることはできず、笑ったままの高遠は長い腕の中に希を囲いこんだ。

「……結構思いこみ激しいよな、おまえも」

「た、高遠さ……っ」

「いつまで帰ってこないのか聞こうともしないし、……まあ、夏休みの間であんだけへこんでたから、三ヶ月は長かろうとは思ったけど……」

あまりの嘆《なげ》きように高遠も少し不思議がっていたようだが、前例があるだけにそんなものかと思っていたらしい。言われてしまえば、ほんのちょっとの時間も我慢《がまん》できないただの子どものようで、本当に希は消え入りたいような気分になる。

「……まあ　おまけになんだかんだ、あったろ。ナーバスなんだろうくらいに思ってた」

「ご……めんなさい」

「いいけどな。……いろいろ意外で、楽しめたし……？」

その先の言葉は希にしか聞こえない声で告げられ、三ヶ月前の自分たちを思い出せばもう、希は顔から湯気が噴《ふ》くかと思った。ほとんど家にも帰らず高遠のマンションに入り浸《びた》り、少しばかり会えないからと羽目をはずしていた時間の秘密めいた記憶《きおく》がよみがえると、身体《からだ》が熱くなってしまう。

「おかげであっちに行っても腰《こし》が怠《だる》かった」

「も、もう……言わない、で」

許して、と告げる声はそれこそ淫靡《いんび》にかすれて、腰を抱《だ》く腕の強さに痺《しび》れそうになる。それでも、本当につらかったのにと希は恨《うら》みがましい顔になった。

「……からかうの、やめてください……」

「わかった、……悪かった」

予想よりも短かったとはいえ、実際この三ヶ月はおそろしく空虚《くうきょ》なものだった。

「俺、……つらかったのに」

できるだけ考えないようにしていたけれど、高遠の体温に触《ふ》れることができなくて苦しい夜も何度もあったのだ。瞳《ひとみ》を伏《ふ》せれば結局はまた雫《しずく》が零《こぼ》れ落ちそうで、しかしそれが頰《ほお》を伝う前に、薄《うす》い唇《くちびる》が吸い上げてしまう。

「もう当面、留守にはしない」

「……ほんと？……ほっとかないでくれる？」

「ああ」

「いっしょに、いてくれる……？」

「いくらでも」

じゃあいい、と拗《す》ねた声で告げれば、何ヶ月ぶりかの口づけが降りてくる。離れる以前と同じ、いやそれ以上に濃厚《のうこう》なそれに希は震《ふる》え上がる。

「んふ……」

舌が絡んで、飲みこまされた唾液《だえき》が喉《のど》を降りていくそれにさえ、思わず呻《うめ》いてしまいそうだ。

腕《うで》を伸ばししがみつくと、やわらかい手触《てざわ》りの髪が指先に触れる。

（……高遠さんだ）

久しぶりの感触《かんしょく》に、思わず頭をかき抱《いだ》くようにすれば、自然口づけも深くなる。

指通りのいいこの長さを、舌を絡められるたびに握《にぎ》りしめるくせがまだ抜《ぬ》けていないことに、希はなぜかほっとしていた。しかし、いつまでも終わらないそれに高ぶってくる身体は、安堵《あんど》するばかりでは済みそうにない。

とろりとしたそれに溺《おぼ》れそうになって、しかし希はそっと広い胸を押し返した。もう息があがりきっていて、本当は立っているのもつらくなる。

「も、もう……我慢、できなくな、ちゃう……から……」

潤《うる》んだ瞳のまま、だからここではと震える声で告げる。しかし一瞬《いっしゅん》押し黙《だま》った高遠は、舌打ちしてさらに強く抱きしめてきた。

「あ、あのっ、た、高遠さ……っ」

「……逆効果だろ、それは」

「や、だめ、……だ、め……あ、ん、やぅ」

痛いほどに長い腕に巻きこまれ、跳《は》ね上がる心音が苦しくなる。制止も聞いてもらえずもう一度唇を吸われてしまえば、場所もわきまえずに嬌声《きょうせい》をあげてしまいそうだ。

「んー……っ」

「ん、ん……も、だめ」

「ん……？」

ひとしきり口の中を舐《な》め回され、もうぐったりになった希が肩《かた》に縋《すが》って息を整えていると、耳元に誇《ほこ》らしげな声を吹《ふ》きこまれる。

「……フルオリジナルでソロアルバムを、出すことになった。それで曲作りとレコーディングで、あっちにいたんだ」

「え、……ほ、ほんと？」

ようやく教えられたそれに、希はとろりと霞《かす》んでいた瞳をいきなり輝《かがや》かせる。

「おめでとう……！　すごい、すごいね……！」

いままでの彼はそれなりにプレイヤーとしては著名でも、メジャーでの個人アルバムはいままでにない。多くはどこかしらのミュージシャンとのセッションか、ゲストプレイヤーとしての仕事をメインとしていた。

それがオリジナル曲でのアルバムとなれば、言うまでもなく大きな仕事だ。しかし高遠は照れたように眉《まゆ》をひそめ、大げさだと告げる。

「そんなたいしたもんじゃない。別にタイアップがあるでもない、地味なもんだぞ」

「でも高遠さんだけのアルバムでしょう？……早く欲しいなあ」

CDの最初から最後まで高遠の音が入っているだなんて、希には垂涎《すいぜん》もののアルバムだ。うっとりと瞳を細めれば、目を眇《すが》めた高遠の長い指に額を突《つ》かれる。

「現金なやつだな、さっきまでべそかいてたくせに」

「……だって、俺ずっと欲しかったんだもん」

痛い、と額を撫《な》でながら唇を尖《とが》らせれば、それをかすめるように口づけられた。口を押さえて赤くなれば、まださらりとした髪《かみ》を撫でられる。

「できあがったら、サンプル聴《き》くか？」

即答《そくとう》してまた笑われ、早く着替《きが》えろと小突かれた。

「いくらなんでも学生服で出入りはまずいだろ。……今日は、シフトは？」

「あ、……はい、ごめんなさい。……あの、十時上がりの予定、ですけど」

自分のロッカーを開けながら答えれば、背中からのしかかるようにした高遠が、勝手に制服のボタンをはずしはじめる。

「……金曜、だな？」

「うん、あの……自分で、する……から」

器用な長い指に肌《はだ》を開かれると、ただ着替えるだけだというのにまずい気分になりそうだ。

「や、も……っ、そこ、だめ」

おまけにいたずらでもするように大きな手のひらはシャツの隙間《すきま》に滑《すべ》りこんで、先ほどの口づけですっかり自己主張した胸のあたりをそっとかすめる。

「こんな、とこ、で」

「……全部はしねえよ」

「そん、……当たり前……っ、あ、ぅん……っ」

耳朶に噛みつかれ、ちょっとくらいと触れてくる手つきが妖《あや》しすぎて困る。自分からは拒《こば》めなくて、だからお願いと泣きそうな声で希は長い腕にしがみついた。

「聴く！」

（どうしよう……）

だってもう三ヶ月ぶりになるのだ。それもさんざん、自分でも知らないような感覚までを暴《あば》かれたあとのインターバルは長くて、いまでももう腰が震えて止まらない。

（どうしよう、……どうしよう、もう、……もう）

どうでもよくなってしまいそうで怖《こわ》くて、長く震える息を落とせば背後からの指が顎《あご》をすくい上げていく。

「あ……」

見つめられる視線は、険しいほどに強かった。高遠の瞳は希を捕《と》らえて離《はな》さないあの蜜《みつ》の色に輝いて、もうその色合いになにもかもが消えそうになる。

（もう、だめでいい……）

くらりと潤みきった目を閉じて、吐息《といき》が唇をかすめた、その時だった。

「ちょっと、希？　制服で来ちゃまずいって……あれ？」

「ひいっ!?」

ノックもないままにドアが開け放たれ、竦《すく》み上がった希を高遠はその胸の中に囲いこむ。

「わり。お邪魔《じゃま》？」

「東埜さん……」

飄々《ひょうひょう》としたそれに希はものも言えずに赤くなり、高遠はひどく不機嫌《ふきげん》に呻いた。

（び、びっくりした、びっくりした……っ）

心臓が本当に口から飛び出るかと思った。それ以前にうっかり、場所もわきまえずに高遠の腕に堕《お》ちそうだった自分を希が深く恥《は》じていれば、うなるような声が頭上で発せられる。

「なあ、あんたいったい、希になに吹きこんでたんだ？」

「なにって、……なにが？」

「俺の仕事だよ」

むっすりとした高遠の声に、希もはっとなる。だいたい高遠の渡米《とべい》について、最初に希が教えたのはいったい、誰《だれ》だっただろう。

「そ……そうだ、そもそも店長があんな、思わせぶりに言うからっ！」

「えー？　俺は別に、なにも言ってないじゃない。それにあの日、途中《とちゅう》で会話ぶった切ったの信符だろ」

「だからって、そのあとフォローしてくれたって……！」

三ヶ月もある間に、なにかしら誤解を解く機会はあったはずだ。それなのに希が落ちこむからと、店内で高遠の話題に箝口令《かんこうれい》を敷《し》いたのが、義一を除いてほかにないこともわかっている。

「だって訊《き》かなかったの希だろ……言うと泣きそうになるし、だったら話題は控《ひか》えようって」

「そんな……店長、あんまりです……っ」

自分の落胆《らくたん》ぶりと勘違《かんちが》いが恥ずかしくそれ以上に知って知らないふりをしていた義一が恨《うら》め

しい。本気でつらかったのにと希がなじる瞳《ひとみ》を向ければ、うーん、と義一は首を傾《かし》げた。

「けどさあ、その体勢で怒《おこ》られても俺、なんかのろけられてるみたいで反省できないなあ」

「そ……っ」

突っ込まれてみれば、明らかに普通《ふつう》でなく乱れた衣服で高遠の腕の中に収まっている自分に希は気づかされた。はっとしてもがくが、涼《すず》しい顔の高遠は離そうとしない。

「だっていいじゃない。延滞《えんたい》期間、あの程度しかなかったんだし」

「……延滞？」

話が読めないと顔をしかめた高遠をよそに、希ははっとなる。

（あ、そ、……そっか）

希が高遠との別れを惜《お》しんで自宅に帰らない間、玲二とこの彼がどう過ごしていたのかをうっかり想像しかけて、希は唇《くちびる》を嚙《か》んで赤くなった。

「三ヶ月間はおかげさんで、俺は無視されっぱなしだったしさ」

「ええっと、……それは、申し訳……」

そうしてあの当時自分もくたくたであったけれども、同じように疲《つか》れていた玲二のあれはとふと考えて、それ以上はやめておけと希は首を振《ふ》る。

大好きな叔父《おじ》のプライベートに、おいそれと踏《ふ》みこむのはやはり、複雑なのだ。

「信符がいないと希は玲二にべったりなんだから、ちょっとの間くらい俺に叔父さん返してくれてもいいんじゃない？」

「あー……う……と」

なんだか変な汗《あせ》が出そうで、どうにかしてくれないかと高遠へ縋る目線を向けると、さすがの彼も呆《あき》れ果てた様子でいる。

「……そんな理由でこれだけ引っかき回したわけか？」

「そんな理由って……おまえに言われたくないよ。いままでさんざん蹴《け》ってたアルバムの話受けたの、なんのためだかここで言ってやろうか？」

「……なに？」

わかんないです、と希はあちこちに飛んでいく話題に涙目《なみだめ》になる。

「高遠さん、前から話、あったの……？」

本人もライブメインでやる方が好きらしく、なかなかCD化の仕事については首を縦に振ろうとはしなかったのは知っている。またそれらの話はカバーなどの企画《きかく》ものが多く、高遠自身が納得《なっとく》できないものだったからだと聞いていた。

「それだけじゃなかったの？　じゃあ、今度のアルバムって……？」

なんで、と無心な瞳で見上げる希に、高遠はため息をついて答えない。ただ、その耳の端《はし》だけが少しだけ赤くて、理由はわからないままつられて希もまた赤くなる。

「……恥ずかしさはどっこいだよ……信符も、義一っちゃんも」

そうして奇妙《きみよう》な沈黙《ちんもく》を破ったのは、地の底を這《は》いずるような、玲二の冷たい声だった。

「れ……玲ちゃん？」

びくりとしながら思わず高遠に縋《すが》ってしまうほどに、その鬼気迫《ききせま》る表情は恐《おそ》ろしかった。高遠もまた、息を呑《の》んで腕《うで》の中の希をきつく抱《だ》きしめている。

「まあったく店内だってのにあんたら……っ、恥《はじ》というものを知りなさい……！」

白い顔立ちに血管を浮《う》き上がらせ、こめかみを痙攣《けいれん》させる玲二に希も高遠も黙《だま》ってただ頷《うなず》くほかにない。しかしその恐ろしい形相にも臆《おく》さず、義一はなんでよと涼しい顔だ。

「俺は別に、玲二への愛について恥じ入ることは、なにもないんだけど」

「この……っ、うるさいよばか義一！」

さらりと不服そうに答えた、案外に恥ずかしい男前の後頭部をはたいたのは玲二の、まったく力無いよれよれの拳《こぶし》だった。その疲れきった顔を見るなり、希はなぜこの二日、叔父が自宅に戻《もど》れなかったのかという真の理由を知る。

（……バレンタインでしたっけね）

おそらくは甥《おい》にかまける玲二へふてくされた長い恋人《こいびと》に、昨晩なにやら無体をされでもしたのだろう。

壮絶《そうぜつ》な怒《いか》りと色気を滲《にじ》ませる叔父の姿は実に哀《あわ》れで、希はどうしたものだろうと考える。

「……あのう、高遠さん」

「なんだ？」

あの調子で今日、外泊《がいはく》するなどと言えば玲二の怒りは想像に難《かた》くない。どうしようか、と見上げて、だがこっそりと身体《からだ》の向きを変えた高遠に「週末だよな」と再度確認《かくにん》されてしまう。

「そう、だけど……」

ちらりと目線を流せば、笑うばかりの義一に玲二がひたすら噛みついていた。

「ほんっとにもう……無神経！　ばかじゃないの!?　なんでそうデリカシーないわけ！」

「いまさらの話じゃないのかなあ、それ」

「信っじらんない……っ」

玲二と義一の口論はまだ終わりそうにもなく、広い背中で希を隠《かく》すようにした高遠は、不敵《ふてき》な顔で笑うままだ。

「十時になったら、走って裏に来い」

「……はい」

あっちはあっちで勝手にやるさとうそぶいた彼がその高い背を屈《かが》めてくれれば、希はもう逆らえない。

(ごめんね、玲ちゃん)

すっかりあなたの甥っ子は恥知《はじし》らずになってしまったようですと、胸の中で謝って、希はそっと目を閉じたのだ。

ミルククラウンへのたくらみ

気怠《けだる》いような音楽と、抑《おさ》え気味の照明で演出した店内は、甘く怠惰《たいだ》な雰囲気《ふんいき》が漂《ただよ》う。

外はまだ春先、花冷えもきつい季節だというのにほどよい空調で暖められた地下二階のバーカウンターでは、年間を通して同じ温度を保たれている。

まだ開店前の慌《あわ》ただしさを除けば、充分《じゆうぶん》にくつろげる空間を見回し、高遠信符《たかとおしのぶ》は気のない顔で手の中のグラスを弄《もてあそ》んだ。

「……ってわけで今日の夜から、三日間のステージになるから」

「了解《りようかい》」

打ち合わせの最中《さなか》にも氷を浮かべたジンのグラスを手放そうとしない高遠へ、聞いてるのかねと吐息《といき》したのは店長である東埜義一《ひがしのぎいち》だ。

「信符、おまえさ。その愛想《あいそ》のなさでやってけてんのか？」

「ほどほどには」

二十七歳になる高遠は芸大を中退したのち単身渡米し、二十歳《はたち》から本場のジャズに揉《も》まれてきた実績を持つ。現在の日本では有数と言われる若手サックスプレイヤーだ。その幅広《はばひろ》いジャンルをこなせる実力から、主にスタジオミュージシャンとして重宝されている。

「まあ食える程度ならいいんだけど」

二年前に帰国して以来その腕の確かさで仕事は引きも切らない。だが、サラリーマンのようにこなしていくのは性《しょう》に合わないと、相当数のオファーを断っているのだが、案ずるように吐息した義一にはいちいちそれを伝えてはいなかった。

友人だからといって、自分の仕事をくどくどと語ることは高遠の柄《がら》ではなかった。相手の義一もまたこちらが口を開かなければ詮索《せんさく》をしてくるタイプでもないから、十年近いつきあいながら案外と、お互《たが》いのことを知らない。

「適当にやってるよ……おかげさまで」

ただ、そんな風に多くを語らないながらも、確固たる信頼《しんらい》があるのは、惑《まど》う十代であった高遠の留学に手を貸したのがこの、義一であったからだ。

「別に俺はなにも？　ほんのちょっと口をきいただけで」

押しつけがましいこともないまま、飄々《ひょうひょう》と笑う男の人脈は高遠にも計り知れないものがある。穏《おだ》やかに笑《え》むことの多い端整《たんせい》な顔立ち、なかでもひときわ印象的な、漆黒《しっこく》の瞳《ひとみ》の奥にはどこかいつでも冷めた色があることに、何人が気づいているだろう。

「……食えねえな。相変わらず」

「心外だ。おまえに言われたくない。それはいいとして、これ進行表。突然《とつぜん》で悪いけど、頼《たの》む」

「はいはい」

内心にあるものを探《さぐ》り合うのは苦手で、あっさりと切り上げた義一に肩《かた》を竦《すく》める。いずれにせよ高遠はこの年上の男に恩があり、それだけを事実として受け止めていればいいのだ。

今回のライブも、本来オフの日程を返上してまで引き受けたのは、予定されていた老齢《ろうれい》のミュージシャンが倒《たお》れたためだ。ほかに頼めるってもないと弱った声で告げられ、断る理由もないからやる、それだけだった。

高遠はピンチヒッターを受けることについて抵抗《ていこう》を感じない。いつでもそうして、誰《だれ》もやらない仕事を拾い上げ、いまの自分を作り上げたからだ。

その代わり、気が乗らなければどんないい条件でも首を縦には振《ふ》らない。

本人の気が向かなければ頑《がん》として仕事を受けない傲慢《ごうまん》ぶりは業界では有名だが、高遠は筋の通らない我が儘《まま》を言うタイプでもなかった。

ただ問題は、高遠の顔立ちがあまりに華《はな》やかに過ぎることだ。190センチ近い長身に、やや崩《くず》れた色気を漂わせる顔立ちはひどく危険な引力を放ち、おかげでステージ映《ば》えする容姿を売りにしようとする輩《やから》はあとを絶たない。

(顔でサックスをやるわけじゃなし)

ソロミュージシャンとして売り出そうとするのは大抵、高遠のルックスをも含《ふく》んで商品売り出しをかけようとするから、顔出しの仕事はよほどでない限り蹴っている。少しでもアイドルもどきの扱《あつか》いを受けるようであれば、そのエージェントの仕事は一切《いっさい》断っているため、世間的にはそれほど認知度《にんちど》は高くないが、別段高遠に不満はない。

むしろ、目立つことでの色物扱いもまたごめんだと思っていた。相手が事情通ぶって、実父である日野原についての言及《げんきゅう》があった瞬間《しゅんかん》にはその場でものも言わないまま席を立っている。ともすれば実力より取りざたされる顔と、縁《えん》の切れた父親。逆鱗《げきりん》であるその二点を除いては、高遠にはとくにこだわることもない。

場がある限り、ただあるがままに、自分の音を奏《かな》でるだけだと高遠は思っていた。ただいずれ、納得《なっとく》する形で自分だけの音を残そうと、それだけは七年前から心に決めている。

（あいつが気づくかどうか、わからないけどな）

記憶《きおく》の中にある子どもの顔立ちは既《すで》にうっすらとぼやけた像しか結べないが、材質のいい鈴《すず》をきれいに転がしたようなあの声は、まだ耳に残っているのだ。

「信符、義一っちゃん？　打ち合わせ終わった？」

舌の焼けるようなジンを飲み干したあたりで、ひょいと顔を出したのはこの店のフロアチーフであり、義一と同じほどのつきあいである雪下玲二《ゆきしたれいじ》だ。記憶の中にある少年の面影《おもかげ》を探すにはあまりに強い印象に、高遠はため息する。

（あれが、このひとの甥ってのも妙《みょう》な話だ）

儚《はかな》げで線の細い容姿の割に気が強く、さっぱりとした性格をしている彼は、鷹揚《おうよう》に過ぎていい加減になりがちな義一のいいパートナーのようだった。

それが公私に亘《わた》っているだろうことは察せられたが、案外秘密主義であるのも彼らはよく似ていて、細かい事情はやはり知らないままでいる。

ひとのことは言えないから、高遠もあれこれと詮索しない。

あの華奢《きゃしゃ》な少年は元気でいるのかと、ただ一言を玲二に問えば済むのに口を閉《と》ざしたままでいるのも、なんとなく触《ふ》れずに来た彼のプライベートな事情へ踏《ふ》み込むような気がしたからだ。

必要な時には手を貸す。けれどそこから先を馴《な》れあうような関係ではない。少なくとも義一や玲二との友人関係を、高遠はそう判断している。

いまさら少しの好奇心《こうきしん》と感傷で、十年以上保った不文律を崩したくはない。

「終了《しゅうりょう》。そっちは？」

「一通りは済んだよ。じゃあフロアセッティングはじめていいよね」

じゃあお願い、と玲二が声をかければ、背後からモノトーンのコントラストが印象的な制服姿の数人が現れる。ギャルソンベストにエプロンは相当に着る人間のルックスを選ぶものだが、高遠はそのアルバイトたちがそれなりに見栄《みば》えのするものばかりであることに気づいた。

(またずいぶん、こぎれいなので固めたもんだな)

男だらけの店内といえば普通《ふつう》はずいぶん暑苦しいものだが、見渡《みわた》す限りはモデル並のルックスの若者しかいない。

「……ん？」

その中で、まだもの慣れない様子をしたひとりに気づいたのは、明らかに彼だけがほかの誰とも違《ちが》っていたからだ。この店のイメージ作りに一役買っているのだろう店員たちは、皆《みな》一様に自分の容姿を心得ており、なにげない所作や表情にも自信と明るさが溢《あふ》れている。

（なんだかずいぶん、毛色が違うのがいるな）

だが、その中でもひときわ華奢な彼だけは、うつむき加減で目を伏《ふ》せている。仕事に不慣れなだけかと思ったが、高遠の見る限り一度も顔を上げようとしないのがひどく、気になった。

それでいて目が離《はな》せないのは、顔立ちのうつくしさが群を抜《ぬ》いているせいだ。染めたこともないのだろう漆黒の髪《かみ》を額から流して撫《な》でつけているのは、よく見れば幼げな顔立ちを誤魔化《ごまか》すためとわかる。店内の照明を受けてなめらかな頬《ほお》に落ちた影《かげ》は、すっきりとした鼻梁《びりょう》と長い睫《まつげ》のせいだろう。

あの伏せた瞼《まぶた》の奥には、どんな色合いをした瞳があるだろうか。ひどく気になって眺《なが》め続けていれば、凝視《ぎょうし》する高遠に気づいたのか、彼がふと顔を上げた。

「――……っ？」

正面から、まっすぐに視線が絡《から》まる。その瞬間、なにとはわからないけれども高遠の背中に戦慄《せんりつ》に似たものが走り抜けた。

黒々と濡《ぬ》れた大きな瞳は、テストを繰《く》り返すステージライトに怖《こわ》いまでの光を孕《はら》んでいる。けれどもその中には、まるで意志的な輝《かがや》きがないのだ。

ただひたすら透明《とうめい》に黒いばかりのその瞳を見つめていれば、なにか、恐《おそ》ろしく深いところまで落ちていくような感覚がして、高遠は目を瞠《みは》った。

そして驚《おどろ》いたように瞬《まばた》きをしたのは相手も同じだ。訝《いぶか》ったように首を傾《かし》げ、ゆっくりと瞼を伏せてはまた開く、その一連の動作がひどくゆるやかに映る。

（なんて目だ……こいつ）

（なんだ……？）

その不思議そうな表情に覚えがあるような気がして、高遠はなにか理由のない焦《あせ》りを感じた。

「おーい、ノゾム、ちょっとこっち」

「……っあ、は、はい」

バイトの先輩《せんぱい》格らしい誰かの声に振り返り、答える声はなめらかなものだった。けれどその張りのない、茫洋《ぼうよう》として覇気《はき》のない響《ひび》きが高遠の癇《かん》に障《さわ》る。

それ以上に、呼びかけられたその名前。

「希《のぞむ》……？」

「ああ。おまえ知ってたっけか？　そうあれ、玲二の甥《おい》っ子。雪下希くん」

呆然《ぼうぜん》と呟《つぶや》いた高遠のそれを聞き、さらりと答えた義一の声に目を瞠ったのは、おそらくは信じたくなかったからだろう。

「……別人だな」

「そりゃ。七年経《た》ってりゃ子どもも成長するってもんだろ」

なにを当たり前なと苦笑《くしょう》する義一に、そうじゃないと高遠は叫《さけ》びそうになる。背が伸《の》び、顔立ちが変わったというそれだけの変容では、あり得ない。

あの茫洋とした力無い瞳《ひとみ》、あれがあの日の彼だと言うのだろうか。うつむき、誰ともまともに目を合わせようとしないあの、陰鬱《いんうつ》に暗い瞳をした、あれが。

——すごいね、すごいね……！

やわらかいミルク色の頬をほんのりと染め、小さな手を必死に叩《たた》いたあの、あどけない素直《すなお》さがどこにも見当たらない。

それ以上にひどく苛立《いらだ》たしい。成長期の七年を経た希とは違い、高遠自身は髪の色を戻《もど》した以外に、その顔立ちもなにもほとんど変わってはいないのだ。

（わからないのか、おまえ……）

気づかなくて当然と——そう考えていたくせに、衝撃《しょうげき》を受けた自分こそが高遠は腹立たしかった。自然剣呑《けんのん》な表情になる自分を抑《おさ》えきれないまま、息をついて席を立つ。

「——……信符？」

突然腰《とつぜんこし》を上げた自分に訝った義一の声に、用足しと告げて背を向ける。

（なにを期待してたんだか）

苦笑は既にあざ笑うようなものに変化し、腹の奥に熱のようなものが凝《こご》る。失望と、一言で言ってしまえばそれだけの話で、そんな自分の甘さに高遠は唇《くちびる》を嚙《か》んだ。

「十歳やそこらのガキじゃ、覚えてるわけ、ねえだろ……」

それでももう一度会えたなら、彼の瞳に誇《ほこ》れる自分でありたいと思わせてくれた存在が、あんなにも虚《うつ》ろになっているのはやるせない。きりきりと瞳を尖《とが》らせ、足早に歩いていた高遠は視界の端《はし》になにかがよぎることに、一瞬《いっしゅん》気づくのが遅《おく》れた。

「う、わっ！」

「っ、おい、気を、——！」

どん、と衝撃があり、すり抜け損《そこ》ねてぶつかってきたギャルソン姿の相手に一瞬怒鳴《どな》りかけ、そうして息を吞《の》む。

「す、すみません……っ」

おたおたと転がってしまったフルーツを拾い上げているのは、希だった。

しゃがみこみ、ほっそりとした腕《うで》を伸ばしてバスケットの中に零《こぼ》れたものを収める彼の首筋は白く、痛々しいまでに細い。

「……なにやってんだよ」

頭上から睥睨《へいげい》して告げれば、びくりとその肩《かた》を震《ふる》わせる。シャツの中で身体《からだ》が泳ぐような細さに、気づけば、なにか自分がひどいことでもしたような気分になる。

「あの、すみません、前を見てなくて」

見上げる瞳は泣き出しそうに潤《うる》んでいた。なにをそんなにびくびくするんだといっそ怒《おこ》りたい気分になるのを堪《こら》え、嘆息《たんそく》した高遠は黙《だま》って残りのフルーツを拾ってやる。

「あ、……ありがとうございます」

頼《たよ》りない声は記憶《きおく》にあるそれより数段低く、しかしその中に確かに、あの少年が持っていた声の甘さを感じ取れる。それは、ひどくやるせない感情を高遠に運んできた。

「気をつけろ」

低く告げて腰を上げれば、ぺこりと頭を下げた。そのまま走っていく背中にあの日、自分の腕の中で安心しきって微睡《まどろ》んだ、やわらかいラインはもう残っていない。

けれど間近に見た希の顔立ちは、完璧《かんぺき》と言っていいまでに整っていた。シンメトリックな輪《りん》郭《かく》に繊細《せんさい》な作りをした彼は、当時と変わらない透《す》き通るような肌《はだ》の色を持っている。

あどけなく微笑《ほほえ》ましい印象を拭《ぬぐ》いとり、危《あや》ういまでに張りつめたそのうつくしさはどこか、高遠に動揺《どうよう》を覚えさせた。

「なんだってんだよ……」

いますぐにあの細い腕を引き寄せて、覚えていないのかと揺《ゆ》さぶってやりたい。あの濡れた色の瞳が自分だけを映し、揺れているさまを知ったなら、なにをするのかわからない。

それが身勝手な憤《いきどお》りによるものか、それ以外の理由があるのかを、高遠の混沌《こんとん》とする頭ではもはや、判別できないでいる。

ただなにかに裏切られたような気がして――それが希の失った記憶であるのか、それとも高遠自身の中にあるものであるのかはわからないまま、苦く瞳を眇《すが》める。

「高遠さん、すみません。ちょっとステージチェックお願いします」

「……わかった」

考えても詮無《せんな》いと、その声に一瞬で割り切って、高遠は薄《うす》い背中の残像を脳裏《のうり》から押しやる。

それでも腹の底にはまだ、煮《に》え切らないなにかが残されていた。


高遠の気分をよそに、三日間のライブ日程は、無事に終了《しゅうりょう》した。

ステージを終えてもなにかくすぶるものを抱《かか》えたままの自分が不愉快《ふゆかい》で、機嫌の悪さをそのまま顔に出した高遠は汗《あせ》みずくの身体を拭《ふ》くため控《ひか》え室に入る。

(気分が悪い)

むろんミスをするようなへまはしないが、感情を反映したプレイは相当にアグレッシブなものになっていた。結果今夜のライブは盛り上がったものにはなっていたが、どうにもすっきりしない。いらいらと湿《しめ》ったシャツを脱《ぬ》ぎ捨て、タオルを首に引っかけたまま煙草《たばこ》を口にした時、ノックの音が控えめに響いた。

「……はい?」

「あっ……あの、ドリンクお持ちしました」

剣呑さを隠《かく》さないままの声でいらえを返せば、いままさに高遠を苛立たせている張本人の声がした。無言のままでいれば、ためらうような沈黙《ちんもく》のあとにゆっくりとドアが開かれる。

「頼《たの》んでねえよ」

「あの、……店長が、持って行くように、って」

切って捨てるような声に希がびくりとしたのは不愉快だったが、しかし先ほどとどこか様子が違《ちが》うのにも気づいた。証拠《しょうこ》に、備え付けのテーブルへコロナビールを置いたあとにも去ろうとしない。

「……なんか用か？　休みたいんだが」

これ以上その場にいられれば、なにかひどく理不尽《りふじん》な言葉をぶつけそうで、早く出て行けと高遠は告げる。焦ったようにすみませんと頭を下げた希は、だが思ってもみないことを言った。

「あ、……あのっ、ステージ、見てました」

「……ん？」

その瞬間《しゅんかん》、ふと顔を上げた高遠の視線を受け止めたのは、あの戸惑《とまど》う瞳ではない。七年前と同じ、感動を伝えきれずにもどかしいと告げるような、強くきらめく光があった。

「すごかった、です。……そ、それだけです」

「あ、おい……」

失礼しました、と口早に告げて、まるで逃《に》げるように希は身を翻《ひるがえ》す。なんだったんだ、と呆《ぼう》然《ぜん》としているうちにドアは閉《と》ざされ、またひとりの静寂《せいじゃく》が戻ってきた。

「……なんなんだ？」

思わず呟《つぶや》いたのは、ほんの一瞬の出来事に呆気《あっけ》に取られていた自分に気づいたせいだ。それでまた、先ほどまでの不快な気分が、まるできれいになくなっていることにも、高遠は驚《おどろ》く。

「すごかった、ってまったく……七年経っても語彙《ごい》は増えてねえのか？　あいつは」

呆《あき》れた風に呟きながら、ライムを押し込んだボトルの口に押し当てた唇が笑っている。

「結局、ガキはガキのまんまか……」

覚えていないのは確からしいが、それももうどうでもよくなった。思わずこみ上げてきた笑いを堪えきれず、小さく噴《ふ》き出して汗を拭う。

柑橘《かんきつ》系の香《かお》り付けをした、後口の軽いアルコールを喉《のど》に流しこんでいれば、再度のノックのあとにやわらかい笑顔《えがお》が現れる。

「信符、お疲《つか》れ。さっき希に差し入れもってけって……あ、来てるか」

「お疲れ。……なあ、雪下さん」

まじまじと見れば面差《おもざ》しは似ていなくもないが、やはり相当に印象が違う。叔父《おじ》と甥《おい》でこれだけ似ている方がめずらしいかも知れないと思いながら、高遠は思いつきをそのまま口にする。

「ライブ。定期的にやれるなら、やってもいい」

「え……？　ほんと？　でも、大丈夫《だいじょうぶ》なのかな」

ステージスケジュールを管理するのはこの玲二だ。幾度《いくど》か打診《だしん》されたものの暇《ひま》はないと断っていたが、気が変わった。堪えても浮《う》かぶ笑みをタオルの端で拭うふりで隠し、汗を浮かせたコロナのボトルを手の中に転がす。

「客層が気に入ったからな。……やれればなんでもいい」

「え、ちょ、ちょっと待って！　スケジュール確認《かくにん》するから」

そうと決まればと走っていく玲二の後ろ姿に、ただし限定一名に限ると教えてやるのはやめておく。数日見ていた限りでも、人見知りのひどい希に対する彼の過保護ぶりはよくわかった。

「……ばれりゃあ、ただじゃ済まなそうだが」

それもまた面白いと喉奥に笑い、高遠は湿った髪《かみ》をばさりとかき上げる。そのまま一気にコロナを飲み干せば、喉の奥にはちりちりとした心地《ここち》よい刺激《しげき》が落ちていく。

その小さな痛みに似たものが、胸の奥を騒《さわ》がせている。

理由などはまだわからないけれど、吸いこまれそうな黒い瞳《ひとみ》から向けられる、あの純粋《じゅんすい》な賞賛と憧憬《しょうけい》が欲しい。

あの変貌《へんぼう》の理由を知るのは、そのあとでもかまわない。飲み干したボトルの口を軽く舐《な》めて、高遠は傲慢《ごうまん》な笑みを浮かべた。

「さて、どうするか」

怯《おび》えた瞳の奥にあるものをどうあっても暴《あば》いて、そうして目を離《はな》せなくしてやりたい。

泣いた顔が見てみたい、涙《なみだ》に濡《ぬ》れるあの瞳はその色をいっそう濃《こ》くするだろうから。

タチの悪い想像に胸が躍《おど》って、短く息をついた高遠は飲み干したボトルを弄《もてあそ》ぶ。軽い酩酊感《めいていかん》に目を閉じれば、数日味わうことのできなかった爽快《そうかい》な高揚《こうよう》が身を包んだ。

手の中に追いつめたいほど欲しいものなど久しぶりで、忘れていた飢餓感《きがかん》がいっそ心地よい。

だがそれでも、ただ弄ぶように傷つけたいとは思わないのも事実なのだ。

――また、いっしょに、あそんでね……。

耳に残る甘い、あどけない声を、忘れきれずにいるから。

＊　＊　＊

いや、と甘えた声が耳朶《みみたぶ》をくすぐって、言葉と裏腹に絡《から》みついてきた脚《あし》。そしてねっとりと甘く高遠を包んだ場所もまた、欲しいと訴《うった》えるように何度も収縮を繰《く》り返している。

「……いやか？」

「あん、も……っや、もお、やぁ……！」

繋《つな》がったまま押さえつけられ、微動《びどう》だにしない高遠に焦《じ》れた希の声は、とろりと滴《したた》るほどに濡れている。なじる瞳を向けられ、そのまっすぐな眼差《まなざ》しにぞくりとすれば、細い声がまた。

「やー……っも、また、お、きく……っ」

「なにもしてないだろ」

許してと泣いて、細い指が肩《かた》に縋《すが》る。爪《つめ》を立てるのはいい加減に動いてくれとの抗議《こうぎ》であるとは知っていたが、まだもう少しはこの感覚を味わいたいと高遠はそれを無視した。

「いじわる、しなっ……で」

それは濡れそぼって交わった身体《からだ》ばかりのものではなく、訴えかける希の視線によるものかもしれない。ただひたむきに自分だけを見つめて、欲しがって焦れて泣いている、その表情こそがたまらないと思うのは、悪趣味《あくしゅみ》とは知っている。

「仕方ないだろ……三ヶ月だ」

「や……っあ、……ああ、んっも、……もう、……もう……っ」

ひそめた声で耳元に告げたように、この夜は高遠の渡米《とべい》以来久しぶりに過ごすふたりきりの時間だった。機嫌《きげん》の悪い玲二の目を盗《ぬす》み、言いつけ通り走って高遠の胸に飛びこんできたのは希の方で、いまさら嫌《いや》もないだろうと高遠はうそぶく。

長いこと放《ほう》っておいた自室のベッドは少し埃《ほこり》っぽい気もしたが、アッパーシーツを剝《は》がしてもつれこんだ瞬間にはもう、どうでもよかった。

「うご、いて……？」

「さっきは動くなって言っただろう」

濡れた目で高遠の唇《くちびる》をせがんで、もうどうにかしてくれとしがみついたのは希の方だ。店の訴えていた。

控《ひか》え室でさんざん煽《あお》ったままほったらかされた青い身体は、衣服を取り去る頃《ころ》には既《すで》に限界を
「入れろっていうからすぐしてやっただろ……ほかにどうしろって？」

「だ、て、……だってっ」

愛撫《あいぶ》もそこそこに、欲しいと言われて少しためらった。けれど、三ヶ月の間触《ふ》れずにいたはずの身体はあまりにやわらかく、どういうことだと訝《いぶか》ったのはほんの一瞬《いっしゅん》。

「……待てないで自分でしてたんだろ。だったらそんなにたまってるわけが」

「もお、言わない……って、ってば……！」

何度もいじめた言葉を繰り返し、また泣き出した希が細い身体を捩《よじ》る。その瞬間、放っておくから悪いと高遠に抗議したのは、忙《せわ》しない息を吐《は》き出す唇よりも身体の奥、高遠を受け入れたその粘膜《ねんまく》だ。

「……っこら」

「だ、って……いじめる、からっ……」

はじめて触れてから一年、高遠の手でやわらかく時間をかけ、その本来の機能から男を受け入れる性器に変わったそこは、柔軟《じゅうなん》に蕩《とろ》けて絡みつくような動きを知り、そしてそこに与《あた》えられる愉悦《ゆえつ》を、餓《う》えて欲しがる感覚をも覚えた。

「我慢《がまん》、できな……いっ」

泣きじゃくる希が寂《さび》しさに負けて、自らそこを慰《なぐさ》めたと認めたのは、この甘い責め苦を与えて数分も経《た》たないうちのことだった。

──ゆび、指だけ……ちょっとだけ、だからぁ……っ！

淫《みだ》らなひとり遊びの時間を白状させられた、羞《は》じらう横顔が艶《なま》めかしく、口を割らせるよりもその表情を眺《なが》めたかったと教えたなら、希はどれだけ怒《おこ》るだろう。

そしてまた、こっそりと声を嚙《か》んで自分を高める彼の姿は、どれほどいやらしくかわいいものであっただろう。べそをかいて、小さく喘《あえ》いで、頰《ほお》を染めながら泣いてでもいたのだろうか。

（……っと、やばいな）

散漫《さんまん》に考えるのは、高遠自身またこの艶めかしい熱に負けそうで、あまりみっともないことになりたくないからではあったのだが、そうと知らない希は喉《のど》を震《ふる》わせてしゃくり上げる。

「ひど、い……高遠さ、……やさしくないっ……」

「そうは言ってもな……」

こちらもそう余裕《よゆう》はないのだが、希は少しもわかっていないらしいと高遠は苦笑《くしょう》した。傷つけたいわけではないけれども、希を前にすればひどく急《せ》いた気持ちになる。胸の奥が渇《かわ》いて、やさしいだけではいられず、すべてを奪《うば》い取りたい衝動《しょうどう》を必死に堪《こら》える羽目になるのだ。

（……どうしようもないな、俺も）

別離《べつり》の時間が、再会してからいままでで一番長かったせいかもしれない。一年ほど前、その存在を忘れられていた衝撃《しょうげき》はまだくすぶっていて、確かめるように突《つ》き放すのは追ってくる彼を知りたいからだ。

言い換《か》えれば、高遠はらしくもなく自信がないのだ。手の中で日々鮮《あざ》やかになる存在に、彼が思う以上に溺《おぼ》れている。その綻《ほころ》んでいく表情に、どこの誰《だれ》が目をつけないとも限らない。

かつて同じグループにいた菜摘《なつみ》や柚《ゆう》も、再会して以来この甘い顔立ちとやわらかい声の少年に夢中のようで、それは男と意識してよりもう少し軽い好意であるとは知れたが、おもしろいわけがない。

三ヶ月という時間に焦れていたのは、もしや希より自分の方かと自嘲《じちょう》の笑《え》みさえ浮かぶ。

まだ若くさまざまに人間関係も環境《かんきょう》も変わっていく中で、希がほかの誰にも目を奪われないという保証はどこにもない。学校で仲のいい数人の名を聞くたび、少しばかりでなくいらいらする自分はまったく狭量《きょうりょう》で、情けなくもある。

深く踏《ふ》み込んで誰かに囚《とら》われたりするのが面倒《めんどう》で、ただ適当にあしらうように他人と関《かか》わってきた。そのつけがいまごろになって回ってきたのだろう。

どこまで奪いとっていいのか、どこまでを許されるのか、まるでわからない。だからつい試《ため》すように追いつめては、希の瞳を潤《うる》ませてしまうのだ。

「や、もう、……やだっ」

「怒るな」

差じらって怒って泣くくせに、必死に背中に縋る希の腕《うで》が安堵《あんど》を誘《さそ》う。その瞬間《しゅんかん》にはだめになるほど甘やかしてやりたくもなり、身勝手な情動に高遠は思わず笑った。

「ひ、ひど……なんで、笑うの？」

「……なんでだろうな」

からかっているのかと眉《まゆ》を下げた希がかわいくて、なめらかな額に汗《あせ》で張りついた髪《かみ》をかき上げてやり、唇を落とす。純粋に慈《いつく》しむつもりの仕草だったが、希には少し酷《こく》だったようだ。

「っん――……っん、……あっ」

「おい、……なにしてる？」

その些細《ささい》な振動《しんどう》にも声をあげ、ついには希の腰《こし》が動きはじめた。今度こそからかう意図で瞳《ひとみ》を覗《のぞ》きこめば、くしゃくしゃになる赤い顔が幼い表情を見せつける。

「してな、もん、……っ」

ふてくされたような声さえ、耳に甘い。繊細《せんさい》な希がひどく怯《おび》えて、惑《まど》うように窺《うかが》われるよりよほど、心が近づいていると感じるからだろうか。

「してるだろ。腰なんか回して……いない間にずいぶん、いやらしいこと覚えたな、おまえ」

「い、いない間じゃないもん……っこれ、教えたの、たかと、さんだも……っあ！」

生意気にも言い返すことを覚えた、幼い恋人《こいびと》の腰を引き寄せる。そのまま強引《ごういん》に背中を抱《だ》き上げて体勢を入れ替《か》え、座ったまま膝《ひざ》の上に乗せれば、希は声もないままに茹《ゆ》で上がった。

「あ、……やだ、このかっこ、やだ」

「じゃあ、教えた通りにしてみるか？……どうするのか、やってみな」

「……い、や……っできな、い……！」

かすれきった声でかぶりを振《ふ》り、できないと何度も唇を嚙む。高遠の腰を挟《はさ》んだしなやかな脚は小刻みに震え、深く飲み込んだ男の性器を持て余しているのが知れた。

「できるだろ、……ほら」

「あ、あ、……ふか、い、……！」

軽く揺《ゆ》すぶった瞬間には、ため息のような声で告げ、肩に頰を押しつけてくる。甘えかかる仕草と湿《しめ》った息の零《こぼ》れる肩口《かたぐち》のくすぐったさに、高遠はぞくりとなる。

「んっんっ！　……ん、ふぅっ」

震える細い背を撫《な》で下ろし、いま自分を含《ふく》んで痙攣《けいれん》する場所を指で辿《たど》れば、びくびくと激しく希の身体《からだ》が躍《おど》り、反応の激しさにもその声にもぞくりとなった。

（やばいな）

きゅうっと縋《すが》りついてくるのは指先と、そしていま触れた深い場所の艶めかしい蠕動《ぜんどう》が同時で、たまらないと高遠は吐息《といき》する。

「あ、高遠さ、……高遠、さん……」

縋る瞳を向けて、久しぶりの抱擁《ほうよう》を確かめるように何度も薄《うす》い手のひらが肩のラインを辿る。

そのまま頬に伝う汗を拭《ぬぐ》って、指の先から滴《したた》った水滴《すいてき》をふわりと赤い唇に含む。

「たく……どこまでいくんだか」

「んぅ……？　ん、うっ、うんっ、ああんっ」

渇ききった喉に水分を欲《ほっ》して、無意識にやった仕草だとはわかっていた。けれどもひらめくように踊る濡《ぬ》れた舌、体液を啜《すす》ったそのモーションがいったいどう男の目に映るのか、いっそわかっていてくれとも思う。

だが計算ずくではないからこそ、希の見せる媚態《びたい》のすべては眩《まぶ》しく映るのだとも知っている。

「い、ちゃうよお……すご、すごい、これ、すごいっあ、あー……！」

「だめだ」

「やあっ、なんで、……もおいく、いきたいぃ……！」

息を切らしたまま泣きじゃくる希は、自分の身体がどんなに淫蕩《いんとう》に動いているのかもうわからないだろう。

「まだ、足りてないんじゃないのか？」

「あああん、っあん、いい、もおいい、からあ……っ」

まるで貪《むさぼ》るような勢いで高遠のそれを締《し》め付け、奔放《ほんぽう》に動く細い腰がたまらない。浅ましく鳴ってしまいそうな喉を堪えて細い喉を噛んでやると、きゅんと奥の粘膜が窄《つぼ》まっていく。

「っ、く」

「ね、え……い、って……？　も、いってっ！」

頼《たよ》りない指が頬に触《ふ》れ、お願いだと濡れた瞳がせがんでくる。嚙みしめられる唇《くちびる》を舐《な》めてやれば、従順に開いて高遠のそれを小さな舌が幾度《いくど》も撫でた。

「……中で？」

「ん、ん、……なか……だして」

朦朧《もうろう》とした瞳で頷《うなず》いて、こくこくと頷く細い首がひどくいたいけだ。そのくせにどうしようもない淫靡《いんび》さを含むのは、赤く染まった唇と目元のせいだろう。

「くふ、ん……ああ、あっあっ、あー……！」

追い上げるために律動を速めれば、次第《しだい》に高くなる喘《あえ》ぎが背筋を震わせた。離《はな》さないでと訴《うった》える全身は淡《あわ》く赤く染め上げられ、光る汗を纏《まと》い付かせて、情欲をそそる。

「あく、き、きちゃう……なんか来る……っ」

「いくか？……ん？」

上下に揺すり上げながら問いかけたそれは、我ながら鼻白むような卑猥《ひわい》な声になった。しかし背中を震わせて喘ぎつつ、従順に頷く希が許すからつけあがってもしまうのだろう。

「たかと、さ……高遠さぁ、ん……っ」

——だいすき。

小さなかすれた声で呟《つぶや》くそれに応《こた》えるように、やわらかい頬《ほお》を啄《ついば》んだ。

しなやかに絡《から》む腕が首筋をかき抱《いだ》き、襟足《えりあし》の髪を摑《つか》むのを感じた。細い腿《もも》がきついくらい腰を締めつけ、本当の限界を訴えるそれらに高遠は唇を歪《ゆが》める。

「ん、も……も、だめ、……んっんっ……んあ！」

「——……っ、は……！」

きつくやわらかな収縮に、くらりとしながら奥歯を嚙《か》む。貪欲《どんよく》に吸い取ろうとする希の内部は、一瞬《いっしゅん》高遠の放埒《ほうらつ》よりも早くそれを啜り上げ、凄《すさ》まじいまでの快感を与《あた》えた。

「あ……んん……っ、あ……濡れるっ……」

とろりとした感触《かんしょく》と声に目眩《めまい》がしてかぶりを振り、気がつけば腹部にしぶいた希の体液が滴り落ちている。腹筋をくすぐっていくような感触は、達したばかりの希がそれを無意識に押しつけるせいだろう。

「……希？」

「あ……ふ……」

ぼんやりとした顔を覗きこむと、溢《あふ》れそうなほど潤んだ瞳が赤らんでいる。頼りなく眉を下げ、なにもかも預けきった表情でいる無心な唇を吸うと、力ない舌が唇の端《はし》にひたりと触れた。そのまま背中から倒《たお》れこみ、胸の上に希を乗せたまま髪を梳《す》くと、感じ入ったため息が高遠の肌《はだ》に降り零れる。

呼吸の整いきれない薄い背中を撫でていると、それだけで希はふるりと震《ふる》えた。そっと薄く目を開けて恥《は》ずかしそうに肩を竦《すく》める仕草がいじらしい。

その表情はまだあどけないようなものを残している。出会った頃《ころ》の——高遠にとってそれはあの春のことではなく、七年前の邂逅《かいこう》をさす——あのまっすぐなやわらかい眼差《まなざ》しがいま、目の前にある。

（……変わってない）

覚えず安堵の笑《え》みが漏《も》れて、それを認めた希がかすかに赤くなった。ややだらしない表情になったことは否《いな》めないが、いまさら引き締めようとは思わない。

強引に伸《の》べた腕《うで》の意味をわからずに、希は何度も逃《に》げようとした。震える頰の脆弱《ぜいじゃく》さに、下手をすれば壊《こわ》すかもしれないと思って、後悔《こうかい》を嚙みしめたことは幾度もある。

それでも許さないとそのたび追いつめてそうして、ようやくのいまだ。手放せるわけがない。

（それに……）

また存在そのものを愛《いと》おしいと思うと同時に、濡れながら喘ぐ瞬間の淫蕩な気配も、高遠を虜《とりこ》にしてやまないのも事実だ。

到達《とうたつ》する瞬間、背筋が総毛立つような官能を味わったのは、希の身体においてのみだ。どんな慣れた女にもない、すべてを溶《と》けこませようとする収斂《しゅうれん》の強さを、高遠はほかに知らない。

過去のだらしなさを、隠《かく》すつもりはない。というよりも一年前、かたくなで潔癖《けっぺき》な顔を見せる希を崩《くず》したくてあえて見せつけたような節もあるから、いまさら誤魔化《ごまか》すことも無理だろう。

だが人づきあいが面倒《めんどう》でやり過ごしてきたのは、恋愛《れんあい》もセックスも同じだった。こんなに何度も同じ相手を抱いたのも希がはじめてだ。放埒に欲を満たしたあと、やさしく触れてやることを面倒と思わないのも、この細い身体をおいてほかにない。

きりもなく求めるこの情動が、どこから湧《わ》き上がるものなのかなど、考えても無駄《むだ》だろう。腕に収まるほどの細い肩、さらりとなめらかな髪《かみ》の手触《てざわ》りまでが、なにもかも高遠の身体には心地《ここち》よいのだ。

それだけわかっていればもう、充分《じゅうぶん》だろう。あとは希が同じように求めてくれればいい。

「……なんか、飲むか?」

「ん……いらない」

動きたくない、と縋りつく希とまだ繋《つな》がったままの場所は熱を持って疼《うず》いている。あとを引くような感覚に、高遠もまた熱のこもった息を漏らした。

「……そうだな、まだ」

たゆたっていたいような甘怠《あまだる》い感覚が腰《こし》の奥に渦巻《うずま》いている。もうあとしばらくもすればそれは、穏《おだ》やかな気配をかなぐり捨て、ひどい餓《う》えを覚えさせるとわかっていた。

「あの、ね」

「ん……?」

希もそれを知っているくせに、離せとは決して言わない。穿《うが》たれたままの身体を不自由そうに、それでいて心地よさげにそっと起こして、猫《ねこ》のように背中だけを伸び上がらせる。

「おかえりなさい……」

言ってなかったからとくすぐったそうに笑って、顎《あご》のあたりに唇を押し当ててくる。しなる胸から腰にかけてのラインが白くて、見上げる高遠の瞳《ひとみ》にひどく眩しいようだ。

「なんだ、いまさら」

「……んーん」

なんでもない、と首を振《ふ》って、また胸の上に倒れこんでくる。綻《ほころ》んだままの唇をそっと指先で辿《たど》れば、悪戯《いたずら》をするように伏《ふ》せた瞳で希はそれを食《は》んだ。

「さっきも食ってたな」

「そ、う、……だっけ……？」

濡《ぬ》れた口腔《こうこう》に包まれる感触で、腰の奥がまたざわついた。希が声を詰《つ》まらせたのも体内にあるものがふたたび自己主張をはじめたと感じたからだろう。

「汗《あせ》、舐めたろ……？」

「ん、ん……おぼえ、てな……あ、あ」

凪《な》いでいた呼吸がまた浅く切れはじめ、ふわりと希の体温が上がった。自分よりも低いそれが馴染《なじ》んでいく感覚がたまらず、まだ汗のひかない背中を撫《な》で下ろしながら、胸を逸《そ》らした希の赤く尖《とが》った先に口づける。

びくり、と肩《かた》を崩して唇を噛み、見つめられれば落ち着かないようなあの瞳が閉じる。舌先を躍《おど》らせれば意味もなく唇を何度も開閉し、言葉にならないままの声が細く溢れてくる。

「高遠、さん……っ」

「うん？」

まだあの、狂乱《きょうらん》の時間に落ちるには早く、焦《じ》らし合うように揺《ゆ》らぐだけの身体《からだ》を細い腕で支え、希が頭上からじっと見つめてくる。

その熱っぽい視線を受け止めれば、瞳がひどく哀《かな》しげに揺れている。それはもう少しで決壊《けっかい》を迎《むか》えそうなほどに濡れていて、高遠は表情に出ないまま、ぎくりとなった。

「ひとりは、もう、……やだ」

「……希？」

「寂《さび》しくて、……俺、やっぱり、……すごく」

小さく鼻を啜《すす》って、もう置いていかないでと訴える唇《くちびる》が震える。起き上がりそっと抱《だ》きしめてやれば、艶《なま》めかしい感覚とせつなさの両方に身を焼かれているのか、細い腰がうねる。

「さっき、ここ……濡れて、……すごいそれ、……久しぶりだって思って」

ここが、と繋がった箇所《かしょ》を撫でる指は小刻みにわななき、ひどく卑猥な仕草のはずなのに、どこか痛ましく高遠の瞳には映る。

「そういうの……忘れるくらい、寂しかったよ……」

どうしてか希は微笑《ほほえ》みながら、せつない言葉を発した。はらりと零《こぼ》れていく涙《なみだ》に胸がつまる。

「希……」

仕事のことだと切り捨てるのは、簡単だった。希がここまで不安がったのも、義一が激しく誤解を招くような物言いをしたせいで、自分が謝る筋ではないとは思っている。

「……悪かった」

それでも囁《ささや》いて頬《ほお》を啄《ついば》むのは、細い指が握《にぎ》りしめた腕の痛みがせつないからだ。

顔立ちがきれいなせいか一見はしっかりとして見えるが、実のところ希の心はひどく脆弱に幼い。素直《すなお》すぎるほどにやわらかい心だから、あの澄《す》ました表情できつく鎧《よろ》っているのだと、いまの高遠は知っている。

我が儘《まま》を言い慣れない希のおずおずとした訴《うった》えは、なかなか言葉にならない。それで意味を取り違《ちが》え、意図しない意味で泣かせたことは何度もあった。思うほどに自分の精神がコントロールできていないと痛感するのも、希に関することばかりだ。

手の内で転がすように泣かせているうちはいい。けれどはっきりと傷ついた顔をされてしまうと、自分でも笑えるほどにうろたえてしまうのだ。

「ちゃんと、帰って来ただろ。……もう、頼《たの》むから泣くな」

「……うん。……ごめ、んんね」

もうじきに彼は十八になる。だがその表情は年齢《ねんれい》よりもひどく幼かった。それでも傷つけられ、立ち止まる時間を過ごすことのあった希が、大人になるのはまだもう少し、先でもいいと高遠はいまは思っている。

追いつきたいと願ってくれるのは嬉《うれ》しくもある。だが急がず焦《あせ》らずに、彼のありのままの姿で健《すこ》やかにあってくれと強く願う。

(俺も、甘いか)

玲二のことを笑えない。この華奢《きゃしゃ》な身体の持ち主に対しては、普段《ふだん》のポリシーもなにもかも、もうどうでもいい程《ほど》甘いのは、おそらくは高遠自身なのだ。いっそ甘やかしてだめにして、手の内でずっと遊ばせていたいと思う瞬間、重症《じゅうしょう》だと自分を嘲笑《あざわら》いたくなる。

——さんざん蹴《け》ってたアルバムの話受けたの、なんのためだかここで言ってやろうか?

これでは義一にも見透《みす》かされてしまうわけだと、情けなく高遠は唇を歪《ゆが》めた。

「……なに?」

あの苦々しい声を思い出し、ため息をつく高遠に不思議そうに希は首を傾《かし》げた。

「なんでもない」

「え、なんでもないって……」

なんでもなくないよと覗《のぞ》きこんでくる希は、さすがに気づくことはないだろう。

高遠がこのいまになってあのフルアルバムの話にOKを出したのは、言うまでもなく腕の中にいるやわらかい肌《はだ》の持ち主のためだ。そして留学を決めたのも、自分の腕ひとつを恃《たの》んで生きると決意したのも、結局は希に起因しているのは、本人に告げたとおりの事実だ。

「――……俺もたいがい、しつこい性格だって話だ」

「なにが？　わかんない……」

自分に呆《あき》れて苦笑《くしょう》すると、ますます希は首を傾げる。教えてと見つめてくる瞳に負けそうで、高遠は軽く腰を揺らした。

「……あ！　あっ……急に、な、にっ？」

身体を支えるためについた手のひら、高遠の引き締《し》まった腹部を撫でるそれが、先ほど自分が濡らしたものを確かめるような動きに変わる。

「わかんなくは、ないだろう？」

「や、ん、……ずる、い……ごまか、さな……で」

卑猥《ひわい》な意味にすり替《か》えたまま微妙《びみょう》に身体を揺らしてやると、澄みきった瞳がとろりと潤《うる》む。その目はただ高遠だけを映している。一途《いちず》に見つめてくるそれがもっと近くに欲しくて、抱き寄せれば、細い首がかくりと折れた。

「はう、ん……っ、あ、ん……奥っ」

「ああ、……悪い」

「ちが……、そじゃ、なくて」

意図しない動きに責められて、びくびくと希の腕《うで》が震《ふる》えた。謝らないでとたどたどしい響《ひび》きで呟《つぶや》き、もどかしく身体を揺すってくる。

「……おい？」

「よく、な……って？」

膝《ひざ》を使ってぎこちなく腰《こし》を上げ、またゆっくりと下ろす動きに高遠も思わず奥歯を噛《か》んだ。

「高遠さ、……高遠さんも、俺の、……おれで、いいって、思って……？」

「ばか」

もっと乱れて、欲しがってと唆《そそのか》され、ただでさえこの恋人《こいびと》には骨抜《ほねぬ》きにされているのにと、高遠は苦く笑う。この上誘《さそ》うことまで上手になられればもう、高遠の勝ち目などどこにもない。

「どうすんだかおまえは、ほんとに……」

「ふあっ？　あっん、あん！……やぁ、そこいい……っ」

強く突《つ》き上げて主導権を取り返し、あとはただ切れ切れに喘《あえ》ぐばかりの希の喉元《のどもと》を見つめながら、諦《あきら》めともつかない吐息《といき》が零れていく。

どこまでも自分をらしくなくする甘い声を吸い上げ、含《ふく》ませた舌を無心に舐《な》める希の胸を手のひらでさすれば、ぷつりと小さな粒《つぶ》の心地《ここち》よい隆起《りゅうき》を知る。

「……すごくいい、希」

「ふぁ、ほ、ほんと……？　い、い？　おれ、きもちい……？」

おずおずと上目にうかがうようにされても、もうあの日のように不愉快《ふゆかい》には思えない。

いたずらに怯《おび》えているのではなく、ただ高遠の希《のぞ》むままになりたいという気持ちに、卑屈《ひくつ》さもなにも見えないからだ。それ以上に、怖《こわ》いほどまっすぐに見つめる黒い瞳《ひとみ》に目が眩《くら》んで、高遠にももうなにも、わからなくなる。

「ああ。……だからもっと」

甘く泣きながら溶《と》けてしまえと腰を抱いて、赤く腫《は》れあがったような胸の先を唇に含んだ。

しっとりと汗《あせ》の滲《にじ》んだ肌の手触《てざわ》り、それだけは小さな濡《ぬ》れた頬を拭《ぬぐ》った時から変わらない。

ただ匂《にお》い立つような蠱惑《こわく》がそこには乗せられ、痕《あと》がつくほどに吸い上げてしまう。

「あ、あ、……また、いっちゃ……いっちゃう」

「もうか?」

「だっても、……きもちいい、これ、……これすき、好き……」

ずっとしたかった。朦朧《もうろう》とするまま淫《みだ》らに呟いて、これは高遠が教えた以上の動きで腰を回してくるのには、さすがに負けそうになった。

「……だったらもう、いっちまえ」

「あ、だってまだ……っ」

せかしながら乱れて、とろとろと希が溶けていく。一緒《いっしょ》がいいと訴える唇を盗《ぬす》んで、これが終わりじゃないと不遜《ふそん》に高遠は笑ってやる。

「何度だってつきあってやるよ。……そっちがへばるまでは」

「あ、やぁ……っ！　あ！　あ！　あ！」

言うなり腿《もも》を摑《つか》んで押し上げ、一気に突き落とすように仕掛《しか》けた抽挿《ちゅうそう》に耐《た》えきれず、希は高遠の胸に爪《つめ》を立てる。皮膚《ひふ》を抉《えぐ》るような痛みがあって、汗が滲《し》みた。

「たか、と、さっ、あっいっく、いくっいく——……！」

もうひとつの手の甲《こう》を口元に押し当て、子どものように泣きながら希は無意識に腰をうねらせる。そうして開ききった脚《あし》の間で、淫猥《いんわい》なぬめりを滴《したた》らせているそれを高遠の指が握りしめれば、声もないままに震え上がった。

「——……！」

唇《くちびる》だけを大きく開き、発せられた声にならない叫《さけ》びは、高遠の耳にだけ届けられる。

指痕とともに残された胸の痛みは、もうしばらく消えないだろう。刻みつけるようなあの、儚《はかな》げに甘い希の悲鳴と相俟《あいま》って、高遠をいつまでも揺《ゆ》るがせ続けるのだ。

そうしてまた虜《とりこ》になるのだろう。繰《く》り返し何度でも、その声を耳にするたびに。

あとがき

こんにちは、崎谷《さきや》です。はじめての方は、連作なのでこの本だけでも大丈夫《だいじょうぶ》ですが、できれば「ためいき」「ゆううつ」もよろしくお願いいたします、とまずCMから入ったり……。

さて、ようやく完結までたどり着きましたミルククラウンシリーズ、なんだか個人的に感無量です。「ためいき」が出た時にはまだ、明確にシリーズにできるか不確定な部分もありましたが、三部作にしたいという話は最初から出ておりまして、このラストに向かってずっと書いてきたお話でした。そしてここまで書けたのは読者さんが読んで下さったからこそであります。

シリーズものははじめてで、一話ずつを完結させつつちまちまと伏線《ふくせん》を張ってみたり、それを上手《うま》くこなせるかで悩《なや》んでみたりして、色々大変でしたけれども、本当に楽しかったです。

一作目が出てからすでにまるまる一年半ですが、そんなに長い間お仕事のキャラクターと関《かか》わり続けたのもはじめての経験で、いろんな意味で感慨《かんがい》深いです。腹の中が見えない高遠もようやく丸裸《まるはだか》になり、希もどうにか成長し、作者と一緒《いっしょ》にじたばたと頑張《がんば》ったかなと思います。

しかしなによりこのシリーズと言えば……制作中のハプニングでしょうか。

担当さんと冗談《じょうだん》で「もう今回はマシン壊《こわ》れないよね」などと言っておりましたけれども、二度あることは三度ある、ええ、今回もまたございましたマシントラブル。

ご存じのない方のために列挙しますと、ハプニングの内容は以下の通りでした。

☆一巻目：母、海外の出張先で食中毒、ノートマシンに茶をこぼして崩壊《ほうかい》、買い直し。

☆二巻目：母、インフルエンザで倒《たお》れ、崎谷も感染して倒れ、マシンの上にクーラー水漏《みずも》れ。

☆三巻目：母、原因不明の肺炎《はいえん》、二週間ダウン。看病疲《づか》れで崎谷も微妙《びみょう》、そして原因不明のエラーによりHDD崩壊、マシン買い直し。

母の病状もマシンの壊れ具合もだんだんひどくなるんですけどいったい……。ちなみに一巻のマシンから、98ノート、XPノート、XPデスク、そして今回もXPデスク、と乗り換《か》えました。もうこの三巻目で打ち止めにいたしたいものですハプニング……（遠い目）。

しかしそれでも段々、マシンバースト慣れした私は今回、見事バックアップを取っており、原稿《げんこう》に関しては消えるという最悪の事態は免《まぬか》れました（涙）シリーズ中最短の時間であがったのも、やはり決定していたラストに向けて走れたからかなあとは思います。……まあ、結果、担当さんには色々ご迷惑《めいわく》をおかけしたんですがむにゃむにゃ……お、お見限りなく。

イラストの高久《たかく》先生には三冊通してお世話になりました。毎回ご迷惑おかけしてましたが、今回も本当にありがとうございました。担当熊谷《くまがい》さんも、深夜のメールで励《はげ》まし合った夜は忘れません……バイタリティ溢《あふ》れるお仕事ぶり、いつも励まされています。お二方とも、今後もよろしくお願いしたい……したいです……ごめんなさい（つい謝る）。

でもって執筆《しっぴつ》中、相談した友人たちには深く感謝。特に特殊《とくしゅ》な音大受験についての記述は、葉澄《はすみ》梢子せんせに突撃《とつげき》取材でした(笑)ありがとう。その時知ったんですが最近では音大受験もぐっと楽に(?)なったそうで、その理由が少子化だけでなく、「音大に行かせるまでの経済力を持った親が減っている」からだそうです。なんだか不況《ふきょう》を物語るエピソードですね……。

また本文中の失語症《しょう》という表記についてですが、これは本来怪我《けが》などの身体的な原因による症例の呼称《こしょう》で、精神的な理由から来るものについては緘黙《かんもく》症と言うのが正しいそうです。しかし一般《いっぱん》に馴染《なじ》みのない言葉ですので、シリーズ内部では失語症と統一させて頂きました。

そして実はミルクラシリーズ、これで完全ラストではないです。ありがたいことに、希&高遠の番外編、そして主役を義一と玲二に据《す》えた話の方も書かせて頂けるようです。嬉《うれ》しいなあ。読んで下さる方も嬉しいなあ、となってくれるといいのですが。

番外編、本編ともタイトル迷いまして結局熊谷さんと相談してつけましたが、高遠視点については読者さんのご希望があって、本来は予定になかったのに熊谷さんに「こんなのやれればよかったかな」とうっかり言ったらうっかりＯＫが出てしまい(笑)こんな大量ページと相成りました。自分の首は絞《し》めちゃったし、前述したように、制作中色々あったんですが(笑)いまは本当に、楽しかったなーとだけ思えます。その分皆《みな》さんにも楽しんでもらえれば嬉しいです。

次回はおそらく来年頭あたりかと思います。丸裸になった分遺憾《いかん》なく嫉妬《しっと》深さを丸出しにした高遠と、相変わらずおぶおぶする希でお会いできますようにと祈《いの》りつつ、今回はこれにて。

ミルククラウンのとまどい

崎谷《さきや》はるひ

角川ルビー文庫　R83-3　　13100

平成15年10月1日　初版発行
平成19年11月25日　7版発行

発行者――井上伸一郎
発行所――株式会社角川書店
東京都千代田区富士見2-13-3
電話/編集(03)3238-8697
〒102-8078
発売元――株式会社角川グループパブリッシング
東京都千代田区富士見2-13-3
電話/営業(03)3238-8521
〒102-8177
http://www.kadokawa.co.jp
印刷所――暁印刷　製本所――BBC
装幀者――鈴木洋介

ISBN4-04-446803-6　C0193　定価はカバーに明記してあります。

KADOKAWA RUBY BUNKO

角川ルビー文庫

いつも「ルビー文庫」を
ご愛読いただきありがとうございます。
今回の作品はいかがでしたか？
ぜひ、ご感想をお寄せください。

〈ファンレターのあて先〉

〒102-8078 東京都千代田区富士見2-13-3
角川書店 ルビー文庫編集部気付
「崎谷はるひ先生」係